ullstein

Das Buch

Erst an dem Tag, an dem die Geräte von Mick Römer ausgeschaltet werden sollen, kommen die drei Geschwister Mia, Tom und Anna endlich wieder zusammen. Statt in Trauer vereint, sind alle drei vor allem damit beschäftigt, was mit dem Familienschatz, dem »Pechstein« geschehen wird. Denn jeder hat eigene Pläne mit dem wertvollen Gemälde. Aber Geschwister wären keine Geschwister, wenn sie Geheimnisse voreinander verstecken könnten. Im Laufe des Tages kommen unangenehme Wahrheiten ans Licht. Aber auch die Gewissheit, dass Geschwister immer füreinander da sind – in guten wie in schlechten Zeiten …

Die Autorin

Christine Drews arbeitete schon während ihres Germanistik- und Psychologiestudiums für diverse TV-Produktionen. Nach ihrem Magisterabschluss schrieb sie verschiedene Comedy-Serien und ist seit 2002 als freie Autorin tätig. Sie schreibt Drehbücher für Filme, Familien- und Comedyserien und arbeitet als Autorin für zahlreiche Showformate. Aktuell schreibt sie Drehbücher für Soko Köln und Bettys Diagnose.

Von Christine Drews ist in unserem Hause bereits erschienen:

Sonntags fehlst du am meisten

Christine
Drews

EIN *Tag* HAT VIELE *Farben*

Roman

Ullstein

Besuchen Sie uns im Internet:
www.ullstein-buchverlage.de

MIX
Papier
FSC FSC® C083411

Originalausgabe im Ullstein Taschenbuch
1. Auflage November 2018
2. Auflage 2018

Umschlaggestaltung: bürosüd° GmbH, München
Titelabbildung: www.buerosued.de
Innengestaltung: deblik Berlin
Gesetzt aus der Quadraat Pro powered by pepyrus.com
Druck und Bindearbeiten: CPI books GmbH, Leck
ISBN 978-3-548-29107-9

Für Anne und Philipp

Eins

Familienleben ist ein Eingriff in das Privatleben.
Karl Kraus (1874–1936)

Mick Römer starrte auf das Bild, das über dem Kamin hing, und versuchte, die Kopfschmerzen zu ignorieren, die ihn heute schon den ganzen Tag über plagten. Normalerweise hatte er solche Beschwerden nur, wenn er zu viel getrunken hatte, aber auch dann war das Pochen in seinem Kopf nicht so schlimm wie heute. Und gestern Abend hatte er keinen Tropfen angerührt.

Vielleicht lag es am Wetter, dachte er und betrachtete weiter das Bild. Wie schön es doch war. Diese Farben, wie sie strahlten und die ganze Umgebung in ein warmes Licht tauchten – einmalig. Der Mann auf dem Bild hatte seine Augen geschlossen, wahrscheinlich schlief er. Er lag auf einer Wiese, auf der Mohnblumen blühten, die Sonne schien von der rechten Seite in sein Gesicht. Vielleicht hatte er die Augen auch einfach nur geschlossen, um nicht geblendet zu werden. Jeder sah das anders. Viele meinten, der Mann sähe ihm ähnlich.

»Natürlich sieht er dir ähnlich!«, sagte Hanna lachend.

Abrupt drehte Mick sich um, wodurch die Schmerzen in seinem Kopf noch schlimmer wurden. Für einen Moment glaubte er, sie nicht länger aushalten zu können. Er hatte das Gefühl, als würde sein Schädel jeden Augenblick platzen. Aber Hannas Anblick ließ ihn die Qualen vergessen. Lächelnd stand sie vor ihm. Das blonde, lockige Haar glänzte, keine kahle Stelle war zu sehen. Ihre Haut war rosig und gesund, ihr ganzer Körper schien unversehrt.

»Das bist doch schließlich du!«, sagte sie und streckte ihre Arme aus.

Mick wollte auf sie zugehen, wollte sie umarmen und küssen, endlich wieder ihre Nähe spüren. Er hatte sie so sehr vermisst. Aber er schaffte es nicht, sich zu bewegen. Die Schmerzen in seinem Kopf wurden immer heftiger, er konnte kaum mehr klar sehen. Der Raum schien zu verschwinden, die Farben von Wand und Fußboden gingen ineinander über, die Vorhänge lösten sich auf und auch die Möbel wurden zu einer einzigen breiigen Masse.

Nur Hanna stand klar und wunderschön. Sie war die einzige Konstante in diesem sich auflösenden Etwas.

»Danke, dass du mir verziehen hast«, sagte sie lächelnd und ihm stiegen die Tränen in die Augen.

»Natürlich habe ich dir verziehen, wie hätte ich dir nicht verzeihen können? Nichts ist stärker als unsere Liebe, das weißt du doch.«

Hanna lächelte ihn an und nickte. Doch plötzlich schien ihr Gesicht verzerrt, die blonden Haare wurden dunkler, der zarte Körper fülliger.

»Hanna?«

»Was redest du da?«

Die Stimme. Sie klang nicht mehr warm und freundlich, sondern misstrauisch, fast schrill.

Mick musste sich am Kaminsims festhalten. Er hatte das Gefühl, als würde der Boden seine Festigkeit verlieren, wanken und schwanken, wie ein in Seenot geratenes Schiff. Langsam sackte er in die Knie.

»Hanna ... Bist du das wirklich?«

Dann sah er sie wieder klar. Mit einem Lächeln, das sie immer auf den Lippen hatte, wenn sie an der Staffelei saß, ging sie auf ihn zu und kniete sich zu ihm auf den Boden.

»Ja, Liebster. Ich bin es.«

Dann legte sie die Arme um ihn und er sackte auf ihrer Brust zusammen.

»Hanna ... Ich liebe dich so sehr ...«, sagte er glücklich.

Doch kurz bevor der Schmerz verschwand und alles um ihn herum dunkel wurde, riss er noch mal erschrocken die Augen auf, als er das schrille Schreien hörte:

»Ich bin nicht Hanna, verdammt noch mal! Ich bin Constanze! Deine Frau! Was fällt dir ein ...!«

Dann war es still.

Mia

Er sieht fast so aus wie der Kerl auf dem Pechstein, dachte Mia, als sie ihren schlafenden Mann betrachtete. Mit offenem Mund lag Mark neben ihr und atmete gleichmäßig ein und aus. Sie hatten früher häufig darüber diskutiert, ob der Mann auf dem Bild schlief oder nur die Augen geschlossen hatte, weil er von der Sonne geblendet wurde.

»Interpretationssache«, hatte ihr Vater immer gesagt. »Jeder sieht in dem Bild etwas anderes.«

»Für mich hat er die Augen überhaupt nicht geschlossen«, hatte Constanze dann geantwortet und alle hatten ihr vehement widersprochen. Natürlich hatte er die Augen zu, das war eindeutig. Auch wenn das eine vielleicht einen winzigen Spalt offen stand, wie das bei schlafenden Menschen schon mal vorkommen konnte. Aber Constanze sah ja in allen Bildern etwas anderes, als der Rest der Familie, was nach Mias Meinung an dem mangelnden Kunstverständnis ihrer Stiefmutter lag, das nur aus oberflächlich angelesenem Wissen bestand, mit dem sie auf Partys Small Talk machen konnte. Die Tiefe und raue Schönheit des Gemäldes hatte sich ihr nie erschlossen, Kunst war für sie Dekoration, nicht mehr und nicht weniger.

Warum musste sie jetzt an das Bild denken? In zwei Stunden klingelte der Wecker, dann würde der traurigste Tag ihres Lebens beginnen. Der Tag, an dem sie ihren Vater verlieren würde – und ihre *Familie* wiedersehen musste. Jedenfalls glaubten die anderen ihre Familie zu sein. Dabei hatte sie nur Halbgeschwister und eine Stiefmutter, die sie in den letzten Jahren nur selten gesehen hatte. Einzig zu ihrem Vater hatte sie den Kontakt gehalten. Er, nur er war ihre Familie. Die anderen waren irgendwann dazugekommen, nachdem das Schicksal so unerbittlich zugeschlagen hatte. Und jetzt stand dieses *Familien*treffen an, aus einem Anlass, der ihr die Tränen in die Augen trieb.

»Ich habe für hinterher einen kleinen Snack vorbereitet«, hatte Constanze zu ihr am Telefon gesagt. »Du kommst doch?«

Einen Snack? Für hinterher? Mia hatte es nicht fassen können. Geräte ausschalten und dann erst mal was essen. Das war so typisch für Constanze. Erst mal was essen, dann sah die Welt gleich wieder anders aus. Und Constanze selbst langsam auch.

»Das ist der Stoffwechsel«, hatte sie ihr irgendwann mal gesagt. »Wenn du die vierzig überschritten hast, Liebes, dann wird es auch für dich immer schwieriger, das Gewicht zu halten.«

»Du isst jeden Tag mindestens ein Stück Kuchen.«

»Zum Kaffeeründchen, selbstverständlich. Da ist doch nichts bei.«

»Wenn du meinst. Hauptsache du fühlst dich wohl in deiner Haut.«

Constanze hatte sie empört angeschaut. »Du tust ja gerade so, als wäre ich zum Walross mutiert!«, sagte sie und holte im nächsten Augenblick zum Gegenschlag aus: »Ich hab immerhin zwei Kinder auf die Welt gebracht, das verändert den Körper einer Frau nun mal – für immer!«

Bang. Das saß. Mias ungewollte Kinderlosigkeit beendete zuverlässig jeden Streit, da sie grundsätzlich den Raum verließ, sobald das Thema auf den Tisch kam. Dabei wusste niemand in ihrer Familie, wie lange sie es schon erfolglos versuchten, eigentlich wusste sogar niemand, dass sie sich überhaupt Kinder wünschten, da Mia immer fluchtartig verschwand, wenn sie darauf angesprochen wurde. Constanze rief ihr dann stets noch Entschuldigungen hinterher, aber die wollte Mia nicht mehr hören. Meistens reiste sie kurz darauf mit Mark ab.

»So'n bisschen bist du es aber auch selbst Schuld«, hatte er das letzte Mal zu ihr gesagt, als sie wütend das Haus ihres Vaters verlassen hatte. »Du weißt doch, wie empfindlich Constanze mit ihrem Aussehen ist. Warum musst du denn immer wieder in dieselbe Kerbe hauen? Ist doch klar, dass die dann irgendwann zurückschlägt.«

In Sachen Familienstreit kannte Mark Winter sich aus. Seine Schwester Caro hatte über ein Jahr kein Wort mit ihrem Vater gewechselt, bis es schließlich an der Goldenen Hochzeit von Mias Schwiegereltern zur tränenreichen Versöhnung gekommen war.

Mia wusste, dass sie es war, die immer den Streit suchte. Es war ein Reflex, der sich in ihrer Kindheit bereits zeigte und in Mias Pubertät sicherlich seinen Höhepunkt fand. Natürlich war Constanze nicht zu dick, in den letzten zwanzig Jahren hatte sie sich von Kleidergröße achtunddreißig auf eine gute zweiundvierzig hochgefuttert, das war beim besten Willen nicht dramatisch viel für eine Frau Mitte fünfzig. Und sie hatte genug Freunde, deren Rundungen und Ernährungsgewohnheiten ihr vollkommen wurscht waren.

Es ging nicht um Ernährung oder eine schlanke Linie. Es ging um Constanze. Mia wusste, wie sehr die Frau ihres Vaters darunter litt, nicht mehr die knackige Figur von früher zu haben. Das Alter und der Zahn der Zeit, der trotz aller Hilfsmittel auch an Constanzes Schönheit nagte, waren ihre Achillesferse. Und in regelmäßigen Abständen musste Mia sie einfach verletzen. Es war eine Art Stiefmutter-Tourette, das sie als rebellierender Teenager perfektioniert hatte. In der Pubertät war Mia der lebende Albtraum gewesen.

Wenn sie daran dachte, wie sie sich damals benommen hatte, wie sie mit ihrer Clique, die größtenteils aus düsteren und merkwürdigen Gestalten bestand, nachts über die Friedhofsmauer geklettert war, um eine Erdpfeife direkt neben dem Grab des unbekannten Soldaten zu rauchen, dann wurde ihr jetzt noch schlecht. Diese Mia von damals hatte rein gar nichts mehr mit der Frau von heute zu tun. Heute trug sie ihre blonden Locken zu einem Zopf gebändigt, damals standen sie wild toupiert von ihrem Kopf ab und waren mit bunten Strähnchen durchsetzt. Heute schaute sie ihren Kollegen kopfschüttelnd hinterher, wenn die das Lehrerzimmer verließen, um draußen schnell eine Zigarette zu rauchen, früher hatte sie sich fast jedes Wochenende zugekifft. Es war keine gute Zeit für sie gewesen und es wurde erst besser, als sie von zu Hause auszog. Dabei war es kein Wunder, dass sie als Teenager so schwierig war: Den Tod der eigenen Mutter zu verarbeiten war für sie ein Ding der Unmöglichkeit gewesen. Als wäre das nicht schon schwer genug gewesen, musste sie auch noch Constanze als neue »Mutter« verkraften, da ihr Vater nicht allzu lang mit seiner zweiten Hochzeit wartete.

Heute sollte sie froh und dankbar sein, dass ihr Vater nach dem Tod ihrer Mutter mit Constanze wieder glücklich geworden war, aber noch immer konnte Mia nicht über ihren Schatten springen. Sie konnte es einfach nicht ertragen, dass ihr Vater eine Frau genauso liebte, wie er ihre Mutter geliebt hatte.

Es war immer Papa gewesen, der dem Streit zwischen den beiden Frauen ein Ende setzte, in dem er versuchte zu schlichten. Oder besser gesagt, versuchte ihn zu überdecken, sodass wieder Frieden herrschte. Er tat es immer auf dieselbe Art: Er erzählte einfach eine besonders absurde Hämorridengeschichte, die den Rest der Familie in ein einstimmiges »O mein Gott, bitte hör auf damit!«-Flehen vereinte.

Aus einer persönlichen Betroffenheit heraus und ohne Scham, diese auch immer wieder zu betonen, hatte Mias Vater sich in den 1970er-Jahren dem Thema Hämorriden angenommen. Als Medizintechniker entwickelte und patentierte er den sogenannten Analspreizer, der die Operation von Hämorriden revolutionierte. Heute hatte dieses Operationswerkzeug weltweite Verbreitung gefunden und der Familie ein gutes Auskommen ermöglicht.

Mia wusste genau, wie sehr es ihren Vater wurmte, dass die Leute Witze über seine Erfindung rissen. Lange Zeit war er offensiv dagegen angegangen und hatte die Wichtigkeit seiner Erfindung immer wieder betont. Aber natürlich machte sein Gerede alles nur noch schlimmer. Das Thema eignete sich einfach nicht besonders gut als Partytalk. Mia ahnte, wie sehr ihr Vater darunter gelitten hatte, dass ihm die Anerkennung für seine Erfindung selbst von seinem engsten Umfeld stets verwehrt geblieben war.

Leise kletterte sie aus dem Bett und schlich sich aus dem Zimmer. Sie würde sowieso nicht mehr schlafen können, dann konnte sie auch aufstehen und diesen schrecklichen Tag beginnen. Im Flur nahm sie, wie jeden Morgen, ihr Handy, das griffbereit auf der Kommode lag. Und wie jeden Morgen schaute sie als Erstes, ob sie neue Nachrichten von Ella hatte.

Ella war das, was man in der Amtssprache einen unterprivilegierten Teenager nannte. Der Vater war unbekannt, die Mutter Alkoholikerin, und so lebte die 13-Jährige seit einer ganzen Weile in einer Wohngruppe für Jugendliche, die auf dem Gelände der Diakonie untergebracht war. Seit drei Jahren kümmerte sich Mia nun um sie, half ihr bei den Hausaufgaben und begleitete sie zu den Besuchen ihrer Mutter. Die ganze Grundschulzeit war sie ihre Klassenlehrerin gewesen, hatte dort von ihrem Schicksal erfahren und sie unterstützt, wo sie nur konnte. Inzwischen war das Mädchen ihr regelrecht ans Herz gewachsen.

Sie öffnete den Chat und stellte zufrieden fest, dass Ella, nachdem sie gestern gegen halb zwölf die letzten Nachrichten ausgetauscht hatten, nicht mehr geschrieben hatte. Offenbar war sie danach wirklich schlafen gegangen, so wie sie es vereinbart hatten.

Mia nahm das Handy mit ins Bad, legte es auf den Badezimmerschrank, zog sich aus und ging unter die Dusche, wobei sie die Temperatur so heiß einstellte, dass sie es gerade noch auf der Haut ertragen konnte. Es war grenzwertig, kaum auszuhalten, aber die Freude darauf, sich in ein paar Minuten eiskalt abduschen zu können, war immer das Schönste.

Sie unterdrückte einen Schrei, als der eiskalte Wasserstrahl ihre Haut traf. Ihr Herz schlug schneller und in ihren Armen und Beinen kribbelte es. Geschafft. Schwungvoll zog sie den Duschvorhang zur Seite und schrie auf.

»Ah! Mark! Himmelherrgott, du hast mich zu Tode erschreckt!«

Ihr Mann stand vor ihr, nur mit einem T-Shirt bekleidet, unter dem eine riesige Erektion hervorschaute. Verschlafen strich er sich durch seine verwuschelten Haare.

»Tut mir Leid, Süße.«

»Und kannst du dir bitte was anziehen? Du siehst aus wie ein Exhibitionist.«

»Die Schlafanzughose ist irgendwie zu eng ...«, murmelte Mark und gähnte herzhaft. Dann klappte er den Toilettendeckel hoch und setzte sich. »So kann ich nicht pinkeln. Mist«, murmelte er nach einem Moment des Wartens.

Seit sechs Jahren war sie jetzt mit Mark zusammen, zwei davon verheiratet. Natürlich kannten sie jede Intimität voneinander, es gab nichts, was der andere noch nicht gesehen hatte. Trotzdem zog Mia es vor, alleine im Bad zu sein. Sie fand es immer noch ungewohnt, wenn ihr Mann auf dem Klo saß, während sie sich anzog.

»Wenn wir im Lotto gewinnen, will ich ein eigenes Bad haben.«

»Wir spielen kein Lotto.«

»Vielleicht …« Sie biss sich auf die Unterlippe und schwieg.

»Was vielleicht?«

»Nichts.«

Zum Glück schien Mark noch zu müde zu sein, um weiter nachzufragen. Mia schämte sich für ihren Gedanken, dafür, dass sie kurz überlegt hatte, ob sie von ihrem Vater vielleicht so viel erben würde, dass sie schon bald eine vermögende Frau war, die sich locker ein zweites Bad in ihre Eigentumswohnung bauen konnte. Und vielleicht würde sie den Pechstein ja doch irgendwann verkaufen und sich mit der Million ein hübsches Häuschen anschaffen.

»Die verdammte Morgenlatte will nicht verschwinden«, stöhnte Mark, als sie sich gerade ihre Unterwäsche anzog. »Hast du nicht heute deinen Eisprung?«

»Mark!«

»Ich frag ja bloß.«

»Du weißt doch, was das heute für ein Horrortag wird!«

»Natürlich, das versteh ich ja auch total. Ich wollte ja nur nachfragen, weil du doch immer sagst, wir dürfen keinen Zyklus auslassen.«

Genervt ging sie aus dem Bad, um sich im Schlafzimmer anzuziehen. Eisprung. Hatte er recht? Natürlich hatte er recht. Sie konnte es manchmal kaum glauben, wie gut er über ihren Zyklus Bescheid wusste. Klar, wenn es eine Gelegenheit zum Vögeln gab, dann hatte er die Termine natürlich im Kopf. Sonst konnte er sich nie irgendwas merken, keinen Geburtstag, keine Adresse, nichts. Aber wenn es darum ging, drei Tage hintereinander Sex zu haben, dann hatte sich das in sein Hirn gebrannt.

Mia überlegte für einen Moment. Es wäre ja schnell erledigt und es ging ja nicht darum, dass sie weiß der Teufel was für leidenschaftlichen Sex hatten. Rein, raus und wenn es gut lief, würde es vielleicht endlich mal klappen. Sie war es so leid. Wie lange probierten sie es schon? Zwei Jahre mindestens, davon ein Jahr mit Hormonen und zwei fehlgeschlagenen Inseminationen. Die nächste stand in einem halben Jahr an, bis dahin sollte sie gesund leben, Clomifen zur Unterstützung eines perfekten Eisprungs nehmen und es weiter so versuchen. Das hatte zur Folge, dass ein normales Liebesleben nicht mehr existierte, gevögelt wurde nur noch nach Plan. Alles andere konnten sie sich in ihrem Alter nicht mehr erlauben. Mia war siebenunddreißig, Mark schon sechsundvierzig. Also sollte sie vielleicht doch eben …

Energisch schüttelte sie den Kopf. Nein, die letzten Stunden im Leben ihres Vaters waren angebrochen. Die Vorstellung, dass sie ein Kind zeugten, während er seine letzten Atemzüge tat, war einfach unvorstellbar. Auf einen Monat mehr oder weniger kam es jetzt auch nicht mehr an.

Mia schlüpfte in ihre Jeans und zog eine weiße Bluse an. Sie hörte, dass Mark unter der Dusche stand und betrat wieder das Bad, um sich einen Pferdeschwanz zu binden und etwas Make-up aufzulegen. Sie überlegte, wo sie ihre wasserfeste Mascara hingelegt hatte, eine andere wollte sie heute nicht benutzen.

Mia wusste jetzt schon, dass es heute Abend wieder Streit um das Bild geben würde. Tom würde diese elendige Diskussion, dass sie kein alleiniges Anrecht auf das Bild habe, garantiert wieder anstoßen. Am besten wäre es, wenn sie den Pechstein verschwinden lassen könnte, dachte Mia, als sie sich die Wimpern tuschte. Wenn sie eine Gelegenheit finden würde, ins Haus zu kommen und das Bild wegzubringen, ohne dass Tom oder Constanze sie daran hindern konnten. Würde sie es dann verkaufen können? Nein, das würde Mia nicht übers Herz bringen. Dafür war ihr das Bild zu wichtig. Gegen eine saftige Gebühr an ein Museum verleihen, das konnte sie sich schon eher vorstellen. Aber dafür musste sie das verdammte Ding erst mal aus dem Haus ihres Vaters kriegen.

»Hast du eigentlich in der Schule gesagt, warum du heute nicht kommst?«, fragte Mark, als er nackt und klatschnass aus der Dusche kam. Im Gegensatz zu ihr trocknete er sich immer nur mit einem kleinen Handtuch ab.

»Nimm doch ein großes. Du tropfst ja alles voll«, überging sie seine Frage, warf ihm ein großes Handtuch zu und rettete ihr Handy vor den Wassertropfen, indem sie es schnell in ihrer Hosentasche verschwinden ließ.

»Also nicht.«

Er kannte sie einfach zu gut.

»Ich habe mich für den Rest der Woche krankgemeldet.« Dabei gab es im Moment kaum etwas, auf das sie mehr achtete, als auf ihre Gesundheit. Unter gar keinen Umständen wollte sie krank werden und sie reagierte inzwischen fast panisch, wenn jemand in ihrem Umfeld nieste und schniefte. Mia war felsenfest davon überzeugt, dass ihre Chancen, schwanger zu werden, rapide schrumpften, wenn sie sich einen Infekt einfing.

»Deine Kollegen hätten es sicherlich verstanden, wenn du den wahren Grund genannt hättest.«

Sie zuckte mit den Achseln. »Kann schon sein. Aber für so etwas gibt es nur einen Tag Sonderurlaub. Und ...« Sie stockte und spürte, wie ihr die Tränen in die Augen stiegen. »Ich glaube einfach nicht, dass ich damit auskomme«, fügte sie noch leise hinzu. Die wasserfeste Wimperntusche musste noch auf ihre erste Bewährungsprobe warten.

Mia konnte einfach nicht weinen, wenn jemand in ihrer Nähe war. Weder vor Glück noch vor Traurigkeit, bei keinem anrührenden Film und keiner Hochzeit. Wenn irgendjemand bei ihr war, konnte sie keine Träne fließen lassen.

Manchmal, wenn sie alleine war und wusste, dass weder Mark noch sonst jemand kommen würde, schaltete sie einen besonders kitschigen Film ein. *»Legenden der Leidenschaft«* mit Brad Pitt eignete sich dafür hervorragend. Sie kuschelte sich unter eine Decke, trank ein Glas Rotwein und heulte Rotz und Wasser, obwohl sie den Film schon in- und auswendig kannte und nicht einmal besonders gut fand.

Mark umarmte sie und drückte sie an sich. »Wir werden das zusammen schaffen«, flüsterte er. »Versprochen.«

Für einen Moment standen sie einfach nur da, dann löste sie sich aus seinen Armen und räusperte sich.

»Müsli oder Toast?«, fragte sie, während sie Richtung Küche ging.

»Toast«, meinte Mark und hielt sie im nächsten Augenblick am Arm fest. »Hast du große Angst?«, fragte er einfühlsam und Mia spürte, wie ihr wieder die Tränen in die Augen schossen. Sie nickte stumm. »Das kann ich mir gut vorstellen. Hast du noch irgendeine Erinnerung daran, wie es damals war, als deine Mutter starb? Ich meine, an den Moment, als es passierte?«

Seitdem sie sich kannten, hatten sie schon häufig über den Tod ihrer Mutter gesprochen. Natürlich, es war ein zentrales Thema in Mias Leben, nichts hatte sie mehr geprägt als die Tatsache, ihre Mutter bereits mit fünf Jahren verloren zu haben. Sie konnte sich daran erinnern, wie krank ihre Mutter damals war, wie viele Schmerzen sie hatte, wie sehr sie litt. Der Krebs war überall gewesen, die Ärzte von Anfang an machtlos. Drei Monate hatte sie nach der Diagnose noch gelebt, drei Monate voller Schmerzen und Leid. Es war eine furchtbare Zeit gewesen, die Mia niemals in ihrem Leben vergessen würde. Aber erinnerte sie sich noch an den Moment, als ihre Mutter starb? Ihr Vater hatte ihr gesagt, sie wäre im Raum gewesen, gemeinsam mit ihm und ihrer Großmutter. Aber stimmte das auch? Müsste sie sich dann nicht daran erinnern? So etwas Einprägsames vergisst man doch nicht, schon gar nicht als Kind.

»Da ist nichts«, sagte sie kopfschüttelnd. »Ich sehe die Tage vorher noch genau vor mir, auch die Zeit danach und die Beerdigung. Aber der Moment, in dem sie starb ... nein, nichts. Keine Erinnerung.«

»Vielleicht ist das besser so. Vielleicht verdrängt man als Kind so etwas, weil es einen sonst zu sehr belasten würde«, meinte Mark.

Mia zuckte mit den Achseln. »Ja, wahrscheinlich.« Sie schwieg für einen Moment. »Aber heute kann ich nichts verdrängen«, fuhr sie dann leise fort. »Das heute werde ich für immer mitnehmen. Und vielleicht habe ich davor am meisten Angst: dass ich diese Bilder nie wieder aus dem Kopf kriege.«

Zwei Stunden später saß Mia auf dem Beifahrersitz, während Mark den Wagen auf die Autobahn lenkte. Sofort drückte er das Gaspedal durch und raste mit Vollgas auf die linke Spur. Reflexhaft krallte sich Mia an dem Sicherheitsgriff fest, der seitlich über ihrem Kopf hing.

»Wenn wir gut durchkommen, sind wir in einer Dreiviertelstunde da«, sagte Mark. »Eigentlich hätten wir ja auch über Köln fahren können. Wäre jetzt von Heinsberg ja nicht so'n riesen Umweg gewesen. Dann hätte Anna nicht mit dem Zug fahren müssen.«

»Die Zugverbindung von Köln nach Düren ist hervorragend.«

»Sie hätte nicht allein fahren müssen.«

»Im Zug ist man doch nie allein.«

Mark seufzte. Und Mia wusste sofort warum. Ihm gingen die ewigen Streitereien unter den drei Geschwistern mächtig auf die Nerven.

»Wir können sie ja mit zurücknehmen«, fügte sie deshalb etwas sanfter hinzu. »Es ist ja nicht so, als wenn ich nicht mit ihr zusammen fahren wollte, das musst du nicht denken. Ich habe kein Problem mit Anna.«

»Na ja. *Keins* ist stark untertrieben.«

Mia biss sich auf die Unterlippe. Sie wusste, was Mark jetzt sagen wollte, und sie hatte keine Lust, diese Unterhaltung zu führen. Nicht jetzt, nicht heute.

»Anna kann schließlich nichts dafür, dass sie Micks Liebling ist.«

Jetzt hatte er es doch gesagt. Verdammt noch mal, sie wollte das jetzt nicht hören!

»Mit Tom streitest du dich immer über dieses Bild, was ich verstehe. Er benimmt sich bei dem Thema auch wirklich saublöd. Aber Anna kannst du einzig und allein nur aus dem Grund nicht ausstehen, weil dein Vater sie vergöttert. Und das ist irgendwie nicht in Ordnung von dir.«

»Jetzt hör aber auf!« Konnte er nicht endlich seinen Mund halten? Merkte er denn nicht, wie sehr sie diese *Wahrheiten* verletzten? »Er hat sie nicht vergöttert! Das ist doch totaler Blödsinn. Sie ist die Jüngste, das verwöhnte Nesthäkchen, das kennt man doch, das ist doch der Klassiker. Wenn jemand einen besonderen Draht zu ihm hatte, dann doch wohl ich. Was ja auch nur verständlich ist.«

Mark warf ihr einen zweifelnden Blick zu. »Weil er deine Mutter mehr liebte als Constanze?«

Mia atmete hörbar aus. »Können wir diese Diskussion bitte ein anderes Mal führen? Ich möchte mich nicht unnötig aufregen. Der heutige Tag strengt mich schon genug an.«

»Du hast ja recht, es tut mir leid. Soll ich das Radio anmachen?«

»Nein, schon gut. Es ist ja nicht so, als möchte ich mich nicht mit dir unterhalten. Ich möchte nur einfach möglichst friedlich von Papa Abschied nehmen und nicht bereits in einer aufgewühlten Stimmung dort ankommen.«

»Klar.« Mark erhöhte das Tempo erneut, um einen Sportwagen zu überholen, der mit mindestens 180 Sachen auf der mittleren Spur fuhr.

Mia versuchte, nicht auf den Tacho zu schauen. Sie öffnete den Riemen an ihren Stiefeletten, die etwas drückten. Es waren nicht die bequemsten Schuhe, die sie hatte, aber sie wollte sie heute unbedingt tragen. Als sie sie gekauft hatte und gerade gut gelaunt den Laden verlassen wollte, hatte Constanze sie auf dem Handy angerufen und ihr gesagt, was passiert war. Das war vor genau sieben Wochen gewesen. Seitdem hatte sie die Schuhe nie angehabt und sie hatte sich nicht vorstellen können, sie überhaupt zu tragen. Heute Morgen allerdings war ihr klar geworden, dass sie nur diese Schuhe heute tragen konnte.

»Weißt du schon, wann die Beerdigung sein wird?«

»Mark! Er ist noch nicht mal tot!«

»Ich dachte, es ist jetzt ja irgendwie ... absehbar.«

»Mach das Radio an.«

»Natürlich, Süße.«

Mia starrte aus dem Fenster und versuchte, die munteren Stimmen der 1Live-Moderatoren auszublenden. Warum hatte eigentlich jeder in dieser Familie so einen nüchternen Umgang mit dem, was heute passieren würde? Ihr Vater würde sterben, sie alle würden dabei sein, nein, noch viel schlimmer, sie würden entscheiden, wann der Arzt den Knopf drücken sollte, der die Geräte abschaltete. Auch wenn er keine Chance mehr hatte, waren es doch seine Frau und seine Kinder, die schlussendlich sagen mussten: Aus. Tot. Vorbei. Und zwar jetzt. Alle taten so, als wäre das nicht eine kaum zu verkraftende Verantwortung. Sie mussten Gott spielen – warum sah das eigentlich niemand? Constanze sorgte sich um die richtigen Häppchen für *danach*, Anna hatte schon im Vorfeld jede Menge Papierkram erledigt, damit gewisse Sachen heute *einfacher* gingen und Tom – tja, sie hatte keine Ahnung, wie er damit umging.

Ihr selbst graute vor dem, was ihnen bevorstand. Kein Mensch wusste, was ihr Vater noch mitbekam. Auch wenn es keine messbaren Hirnströme mehr gab, wer konnte ihr denn versichern, dass da nicht doch noch welche waren? Welche, die man mit dem heutigen medizinischen Gerät nur noch nicht messen konnte? Die man in fünfzig Jahren aber ganz klar feststellen würde? Kein Mensch konnte ihr mit Sicherheit sagen, dass ihr Vater sie nicht hörte, dass er nicht vielleicht doch innerlich damit rang, weiterleben zu wollen, dass er sich aber nicht äußern konnte und nun einfach da lag und ertragen musste, wie die Menschen, die er am meisten liebte, seinen Tod beschlossen.

»Und wenn er doch noch eine Chance hat?« Sie hatte den Satz ganz leise gesprochen, so leise, dass sie sicher war, Mark würde ihn nicht hören.

Sofort drehte er das Radio leiser. »Schatz, die eine Gehirnhälfte ist komplett schwarz. Da ist nichts zu machen.«

»Und wenn doch?«

»Dann wäre er ein totaler Pflegefall. Er könnte nichts mehr, würde nur so da liegen, an Maschinen und Geräten angeschlossen, eine schreckliche Vorstellung.«

»Aber er wäre da«, sagte Mia leise und musste an Ella denken, die immerhin noch zu ihrer Mutter gehen konnte, auch wenn diese immer besoffen und dadurch auch irgendwie eine Art Pflegefall war.

»Aber so, wie er es nie wollte.« Mark warf ihr wieder einen Blick zu, der für ihren Geschmack zu lang war und ihn zu sehr von der Straße ablenkte. »Denk daran: Es ist sein Wunsch. Das, was ihr heute Nachmittag macht, ist der Wunsch deines Vaters. Und den solltest du respektieren. So schwer es dir auch fallen mag. Er kann nicht nur für euch weiterleben, nur dafür, dass du ihn nicht verlierst.«

Mia musste schlucken. Natürlich wusste sie, dass Mark recht hatte. Der Wunsch, dass ihr Vater weiterleben sollte, war ein rein egoistischer. Es war für sie einfach tröstlicher, an ein Krankenbett zu gehen und seine warme Hand zu halten, als ihn in der kalten Erde des Friedhofs zu wissen. Im Krankenhaus könnte sie ihn besuchen, ihm eine Stunde etwas aus ihrem Leben erzählen und dann wieder in genau dieses zurückkehren. Und dabei immer hoffen, dass vielleicht doch noch ein Wunder geschah. Was natürlich Quatsch war. Tatsächlich wäre ihr Vater wie eine lebende Leiche ans Bett gefesselt, ohne Aussicht auf Besserung.

Sie dachte an das Gespräch, das sie vor einer Weile mit Ella geführt hatte. Einmal im Monat begleitete sie das Mädchen, wenn es ihre Mutter besuchte. In der kleinen, verwahrlosten Wohnung stapelten sich die leeren Schnapsflaschen und Ellas Mutter war meistens nicht in der Lage, mehr als zwei, drei Sätze zu lallen und ansonsten dumpf ins Nichts zu starren. Trotzdem beklagte sich Ella nie und ließ keinen der Besuchstermine ausfallen, die für Mia manchmal kaum auszuhalten waren.

»Wie schlimm sind diese Besuche für dich?«, hatte Mia das Mädchen irgendwann gefragt. »Wenn du es nicht mehr aushältst, könnte ich mal mit dem Jugendamt sprechen. Vielleicht kann man die Besuche für eine Weile aussetzen.«

Ella hatte sie aus ihren großen, dunklen Augen erstaunt angesehen. »Ich will sie nicht aussetzen. Sie ist doch meine

Mutter!« Und dann hatte sie den Satz gesagt, der Mia seitdem nicht mehr aus dem Kopf ging. »Wenn ich sie nicht mehr habe, habe ich doch gar keine Familie mehr.«

Es war dem Mädchen ein Trost, dass es ihre Mutter sehen konnte, egal, in welchem Zustand diese war. So lange Ella sie besuchte, hatte sie die Hoffnung, dass sich etwas bessern könnte, an der Mutter und am Leben. Niemand durfte ihr diese Hoffnung nehmen.

Für eine Weile schwiegen sie. Mark lenkte den Wagen auf die mittlere Spur und reduzierte das Tempo. Gleich kam die Abfahrt nach Düren. Bis heute konnte Mia sich nicht daran gewöhnen, dass Mark grundsätzlich erst in allerletzter Sekunde auf die Abbiegerspur fuhr, zu einem Zeitpunkt, zu dem sie sich schon längst in der rechten Spur eingeordnet hätte. Aber sie sagte nichts. Sie wusste, dass sie eine schlechte Beifahrerin war und immerhin war Mark seit über zwanzig Jahren unfallfrei, wie er gerne betonte, sobald sie sich über seinen Fahrstil beschwerte. Außerdem wollte sie sich nicht mehr über Kleinigkeiten aufregen. Sie neigte dazu, sich in Unerhebliches hineinzusteigern, wenn etwas tatsächlich Wichtiges bevorstand. Das waren ihre Häppchen und ihr Papierkram, das war ihre Art, echte Sorgen auszuhalten.

»Ist das dein Handy?«, sagte Mark in dem Moment. Tatsächlich, der etwas penetrante Piepton, den sie extra vor knapp zwei Monaten ausgewählt hatte, um ihn auch ja nicht zu überhören, drang aus ihrer Handtasche.

»Hoffentlich ist nichts mit Papa«, murmelte sie, während sie nervös in ihrer Tasche wühlte, die zwischen ihren Beinen im Fußraum des Wagens stand. »Unterdrückte Nummer«, fügte sie hinzu, als ihr Blick auf das Display fiel. »Aber das Krankenhaus zeigt doch die Nummer an, oder?«

»Weiß ich nicht. Geh doch einfach ran.«

Nervös nahm Mia den Anruf an.

»Hallo, Frau Winter, Caren Schuhmacher am Apparat.« Caren Schuhmacher? Wer zur Hölle ist Caren Schuhmacher? Eine Ärztin? Krankenschwester? »Ich bin die Mutter von Leon.«

O nein, bitte nicht. Die Halbjahreszeugnisse standen kurz bevor und Mia hatte, wie es an ihrer Grundschule üblich war, allen Kindern im Vorfeld mitgeteilt, ob sie mit einer Gymnasialempfehlung zu rechnen hatten oder nicht. Diese Informationspolitik hatte die Direktorin der Schule vor ein paar Jahren eingeführt, als eine Schülerin, die fest mit einer Gymnasialempfehlung gerechnet hatte, sich mit ihrer eingeschränkten Empfehlung nicht nach Hause traute und erst am späten Abend von der Polizei in einer Schrebergartensiedlung gefunden wurde. Abgehauen wegen einer eingeschränkten Gymnasialempfehlung. Der Druck, den einige Viertklässler schon jetzt zu spüren bekamen, war unglaublich.

»Frau Schuhmacher, ich bin noch die ganze Woche krankgeschrieben. Wir können gerne ...«

»Sie sind im Auto, das kann ich doch hören. So krank können Sie gar nicht sein.«

»Ich bin auf dem Weg zum Arzt.«

»Der Sie gerade krankgeschrieben hat? So, so.« Mia hasste die Frau jetzt schon. »Sie werden ja wohl zwei Minuten haben. Wenn Sie wieder gesund sind, ist schon Zeugnisausgabe und dann steht mein Junge ohne da. Wie kommen Sie bitte auf die Idee, dass er eine Realschulempfehlung bekommen soll?«

»Leon hat in einigen Fächern ein paar Schwierigkeiten ...«

»Mein Mann und ich sind beide Akademiker!«

»Er steht in Mathe und Deutsch auf Vier.«

»Und da fassen Sie sich nicht an Ihre eigene Nase? Mathe und Deutsch – das sollten doch die Kernkompetenzen einer Grundschullehrerin sein! Aber Sie haben es nicht geschafft, ihm den Stoff anständig zu vermitteln!«

Die Stimme der Frau hatte sich in eine schrille Tonlage hochgearbeitet. Und während sie weiter auf Mia einredete, ihr einen Vortrag darüber hielt, wie schlecht die Didaktik ihres Unterrichts gewesen sei und dass andere Eltern das ja ähnlich sehen würden, musste Mia an ihren Vater denken.

»Warum willst du denn Grundschullehrerin werden?«, hatte er sie ratlos gefragt. »Warum willst du dir das antun? Kein Mensch wird anerkennen, was du da leistest, die Eltern werden dich hassen, wenn du schlechte Noten verteilen musst und die Blagen werden dir den letzten Nerv rauben.«

»Es gibt kaum einen Beruf, der sich besser mit eigenen Kinder vereinbaren lässt«, hatte Mia ihm geantwortet und Papas Gesicht war ein einziges Fragezeichen geworden.

»Aber das kann doch nicht das Hauptkriterium für deine

Berufswahl sein«, hatte er mit Nachdruck gesagt. »Kinder sind doch ganz schnell groß und dann hast du immer noch dreißig Jahre Berufsleben vor dir!«

Aber sie hatte es sich nicht ausreden lassen, sie war davon überzeugt gewesen, dass es keinen besseren Beruf gab, als Grundschullehrerin, wenn man mindestens drei Kinder haben würde, so wie Mia. Und jetzt wurde sie einfach nicht schwanger. Was für eine Ironie.

»Hören Sie mir überhaupt zu?« Die schrille Stimme von Frau Schuhmacher bereitete ihr Kopfschmerzen.

»Ja, natürlich. Aber wie gesagt, ich bin krank und …«

»Ich will von Ihnen ja auch nur wissen, ob Sie die Realschulempfehlung nicht in eine eingeschränkte Gymnasialempfehlung abändern können. Sonst wird mein Sohn doch von vorneherein auf dem Gymnasium abgelehnt!«

Mia sah den Jungen förmlich vor sich. Leon, der Störenfried, der im Unterricht eigentlich nur Mist machte, der nicht in der Lage war, sich auch nur für fünf Minuten zu konzentrieren, der bei der Stillarbeit immer noch Lärmschutzkopfhörer tragen musste, damit ihn die anderen Kinder nicht ablenkten, der das kleine Einmaleins bis heute nicht richtig draufhatte und die Rechtschreibung beherrschte wie ein Zweitklässler. Der aber im Werkunterricht ausgesprochen talentiert war, kein anderes Kind konnte mit Holz so geschickt umgehen wie er.

Sie hätte es der Mutter besser nicht gesagt.

»Was für eine Frechheit!« Jetzt wurde Frau Schuhmacher laut. »Sie wollen mir doch nicht ernsthaft sagen, dass mein

Junge handwerkliches Talent besitzt! Eine kleine Grundschullehrerin will eine mögliche akademische Laufbahn zerstören, nur weil sie glaubt, ein Zehnjähriger hätte handwerkliches Talent?«

»Ich glaube, ich kann Ihren Sohn ganz gut einschätzen ...«, denn wahrscheinlich verbringe ich mehr Zeit mit ihm als Sie, hätte Mia am liebsten noch hinzugefügt.

»Sie haben keine Kinder, nicht wahr?«

Mia musste schlucken, um nicht ausfallend zu werden. »Nein.«

»Dann wissen Sie auch nicht, wie das ist.« Jetzt begann Frau Schuhmacher zu dozieren und Mia fragte sich, welchen akademischen Beruf die Frau wohl ausübte. »Muttersein bedeutete früher vielleicht Essenkochen und Rumkuscheln, aber die Zeiten sind zum Glück vorbei. Ich sehe mich da eher als Beraterin und Förderin. Schon im Kindergarten hat Leon spielerisch den Umgang mit Buchstaben gelernt und beim Zähneputzen gebe ich ihm immer ein paar Rechenaufgaben. Es ist mir daher ein völliges Rätsel, wieso Sie ausgerechnet in diesen Fächern eine Schwäche bei ihm sehen. Ehrlich gesagt, kann das nur an Ihnen liegen.«

Mia atmete tief durch. »Wissen Sie«, begann sie, obwohl sie genau wusste, dass sie einen Fehler machte, »als ich zur Schule kam, war meine Mutter bereits tot. Sicherlich fehlte mir auch mal ihr Rat, aber als *Beraterin* und *Förderin*, habe ich sie am wenigsten vermisst. Dass sie mich nicht in den Arm nehmen und einfach bei mir sein konnte, das fehlte mir dagegen unendlich.«

»Was wollen Sie denn damit sagen? Dass ich zu wenig Zeit mit meinem Sohn verbringe?« Die Empörung am anderen Ende der Leitung war nicht zu überhören. »Was bilden Sie sich eigentlich ein? Was glauben Sie, wer Sie sind?«

»Ich bin krankgeschrieben«, sagte Mia schwach. »Ich muss dieses Telefonat auf einen anderen Zeitpunkt verschieben. Es tut mir leid.«

»Ich werde mich beschweren!«

Mia schaltete das Handy aus und seufzte laut. Mark warf ihr einen mitleidigen Blick von der Seite zu.

»Eltern?«

»Eine Beraterin und Förderin ihres Kindes.«

»Das sind die Schlimmsten. Versuch nicht mehr daran zu denken.«

»Das dürfte mir heute nicht allzu schwerfallen.«

Mark nahm ihre Hand und drückte sie. Vier Jahre war Ella in ihrer Klasse gewesen und in diesen ganzen Jahren hatte sie ihre Mutter nicht ein einziges Mal gesprochen, geschweige denn gesehen. Ella war keine richtig schlechte Schülerin gewesen, aber trotzdem deutlich unter ihren Möglichkeiten geblieben. Erst gegen Ende der Grundschulzeit und mit viel Mühe und Nachfragen hatte Mia schließlich herausgefunden, in welchen Verhältnissen das Mädchen lebte, das keine Mutter zum Kuscheln und Sprechen hatte, und schon gar keine Beraterin und Förderin. Es hatte sie erschüttert, wie wenig sie von der unauffälligen Schülerin gewusst hatte und von den Schwierigkeiten, mit denen sie leben musste. Mia hatte sich damals geschworen, dass so etwas nie wieder vorkommen würde, dass sie von nun an genauer hinschauen und sich mehr auf die Bedürfnisse der Kinder fokussieren würde. Und das galt für einen Leon genauso wie für Ella.

Nach einigen Minuten hatten sie Düren erreicht. Sie fuhren durch den Stadtkern, bogen in die Tivolistraße ab und standen schon bald vor dem weißen Einfamilienhaus, das ihr Vater Ende der 1980er-Jahre mit Constanze gebaut hatte.

Aufgedonnert wie zu einer Vernissage sah sie Constanze in der offenen Haustür stehen, während Mark den Wagen parkte.

»Sie hat nicht diese transparente Bluse an, oder?« Mia spürte, wie die Wut in ihr hochkochte. Mark unterdrückte ein Kichern und machte den Motor aus. »Guck sie dir an. Als würde sie gleich auf der Intensivstation noch einen Arzt aufreißen wollen!«

»Mia!«

»Ist doch wahr!« Genervt schnallte Mia sich ab. »Das ist der Situation überhaupt nicht angemessen.«

»Jetzt komm. Reiß dich am Riemen.«

Als sie aus dem Wagen stiegen, kam Constanze ihnen mit leidender Miene entgegen. Mit einem blütenweißen Taschentuch tupfte sie sich die Augen trocken.

»Ich bin so froh, dass ihr da seid«, schluchzte sie und schloss Mia in die Arme. Nur mühsam konnte sie sich aus der Umarmung befreien. »Ein trauriger Tag ...«

Mia nickte. »Ja. Das kann man wohl sagen. Ich kann

immer noch nicht glauben, dass wir das heute tun müssen ...«

»Hallo, mein Hübscher ...« noch inniger als sie umarmte Constanze nun Mark. Tätschelte sie seinen Hintern?

»Constanze, du Ärmste, wie geht es dir?« Mark drückte seiner Schwiegermutter einen Kuss auf die Wange.

»Tja, wie soll es mir an so einem Tag schon gehen ...« Wieder tupfte sie mit dem Taschentuch in ihrem Gesicht herum. »Es ist natürlich schrecklich für mich. Aber ich weiß ja schon seit einer Weile, dass dieser Tag auf mich zukommen würde ... Dass ich das irgendwann aushalten muss ...« Sie atmete hörbar aus. »Nun, jedenfalls bin ich froh, dass ihr mir beisteht.«

»In erster Linie ist dieser Tag für Papa schrecklich«, konnte Mia sich nicht verkneifen, »er ist es, dem wir beistehen müssen.«

Sie wich Marks Blick aus, sie wusste genau, wie strafend er sie gerade ansah. Aber war es nicht so? Warum musste Constanze betonen, wie viel Leid sie heute ertragen musste? Papa musste sterben. Und Mia verlor ihr letztes Elternteil. Constanze dagegen konnte noch mal neu anfangen, es würde doch keine zwei Jahre dauern, bis sie wieder einen neuen Mann an ihrer Seite hatte, da war sich Mia sicher.

»Das glaube ich nicht«, sagte Constanze in dem Moment ernst. »Ich glaube nicht, dass es für deinen Vater heute so schrecklich ist. Die letzten sieben Wochen waren für ihn die Hölle. Aber heute ist der Tag der Erlösung.«

Mia wollte gerade etwas erwidern, als sie Marks Blick

sah, der ihr mehr als deutlich zu verstehen gab, dass sie endlich die Klappe halten sollte.

»Kommt rein«, sagte Constanze mit versöhnlicher Stimme. »Ich mach uns erst mal einen Kaffee.«

Wie immer, wenn sie über den schwarz-weißen Marmorboden zum Wohnzimmer ging, fiel ihr Blick als Erstes auf den Pechstein, der über dem Kamin hing. Auf dem Kaminsims, direkt unter dem Pechstein, stand jetzt ein Foto ihres Vaters. Und daneben brannte eine Kerze, deren Flamme fast den Rand des Bildes berührte.

»Herrschaftszeiten! Constanze!«

Mia eilte an den großen schwarzen Ledersofas vorbei und pustete energisch die Kerze aus. Weiße Wachsspritzer landeten an der Wand. Und auf dem Bild.

»Verdammt.«

»Was machst du denn da, Liebes? Was soll denn die Hektik?« Constanze blickte kopfschüttelnd auf die Sauerei, die Mias Kerzenlöschaktion hinterlassen hatte.

»Der Pechstein wäre fast in Flammen aufgegangen!«

»Ist er aber nicht.«

»Aber er hätte! Du kannst doch keine Kerze unter ein Ölgemälde stellen!«

»Ich habe sie neben das Foto deines Vaters ...«

»Direkt unter den Pechstein! Solche Bilder brennen doch wie Zunder! Ein paar Minuten länger und hier hätte alles in Flammen gestanden!«

Constanze lächelte sie milde an. »Liebes, da brennt seit sieben Wochen eine Kerze. Und den größten Schaden, den sie bisher angerichtet hat, sind die Wachsflecken, die dank deines Lungenvolumens jetzt überall kleben. Aber kein Problem, die kriegen wir schon weg.«

Constanze kratzte etwas Wachs von Papas Foto, das sonst immer im Eingangsbereich auf der Kommode stand, auf der auch das berühmte Familienfoto seit Jahren seinen Platz hatte. Es war an demselben Fototermin aufgenommen worden und Mia konnte sich noch genau daran erinnern:

Am Tag zuvor mussten sie alle zum Friseur gehen.

»So ein Foto macht man nur einmal im Leben«, hatte Constanze zu ihnen gesagt, »das erinnert euch für immer an eure Kindheit.«

Als hätte Mia Erinnerungen an diese verkorkste Zeit gebraucht. Sie war ein verpickelter Teenager gewesen, während ihre kleinen Halbgeschwister noch im niedlichsten Alter waren. Und so sah man später auf dem Foto auch eine aufgetakelte und vor Stolz platzende Constanze, die ihre zuckersüßen kleinen Kinder im Arm hatte, während Mia sich mit kaum zu bändigenden Haaren und nicht zu versteckenden Pickeln neben Papa gestellt hatte. Danach hatte der Fotograf noch einzelne Porträtfotos gemacht, von denen aber nur das von Papa seinen Platz in einem silbernen Rahmen fand.

Bevor Mia noch etwas sagen konnte, öffnete sich die Haustür und Tom kam herein. Er sah grauenvoll aus, dicker als sonst, blasse Haut und strähnige Haare. Offensichtlich war er vollkommen fertig und intensiv darum bemüht, diesen Eindruck durch einen versucht entspannten Gesichtsausdruck zu überdecken.

»Da bin ich.« Er sprach die Worte in einem fast sakralen Tonfall aus und sah alle erwartungsvoll an. Sofort zückte Constanze wieder ihr Taschentuch und tupfte in ihrem Gesicht herum. Inzwischen war das Tuch voller Make-up-Spuren.

»Tom ... Ich bin so froh ...« Sie nahm ihn schluchzend in die Arme und Tom drückte sie an sich.

»Ich bin ja da, ich bin ja da«, wiederholte er.

Mia musste ihre Lippen fest zusammenpressen, sonst wäre ihr unweigerlich ein schnippischer Spruch herausgerutscht. Ich. Bin. Ja. Da. Bin. Ich. Der Dauerstudent im Fach Kunstgeschichte, der seinen im Koma liegenden Vater genau einmal besucht hatte. Aber jetzt so tat, als wäre es für alle das Größte, dass er, der sagenhafte Dabinich, endlich zu Hause war. Mia empfand nichts als Verachtung für diese Inszenierung.

»Kannst du mir zwanzig Euro leihen? Fürs Taxi?«, fragte Tom seine Mutter.

»Natürlich, mein Schatz.«

Mia musste sich abwenden. Er war ohne Geld von Berlin gekommen? Was. Für. Ein. Idiot. Sie warf Mark einen Blick zu und sah ihm an, dass er diesmal dasselbe dachte wie sie. Wie konnte jemand eine fünfstündige Reise antreten, ohne ausreichend Geld mitzunehmen?

»Wann wollen wir zu Papa?«, fragte er, als er wieder reingekommen war.

»Jetzt gleich. Anna müsste schon bei ihm sein«, antwortete Constanze und bemühte sich sichtbar, Haltung zu wahren.

»Anna ist schon bei ihm?« Mia wusste selbst, wie schrill ihre Stimme klang.

»Ja, sie wollte noch alleine von ihm Abschied nehmen.«

Das hätte ich auch gerne getan! Ja, nichts hätte ich lieber getan als das! Aber aus Rücksicht auf meine Noch-nicht-mal-richtige-Familie bin ich vorher hierhergekommen! Am liebsten hätte Mia die Sätze laut in den Raum hineingeschrien, aber erneut warnte Mark sie mit seinem Blick: Reiß dich zusammen.

»Wir sollten losfahren«, sagte sie stattdessen mit gedämpfter Stimme.

»Wer weiß eigentlich alles von dem, was heute passieren wird?«, fragte Tom, der sie noch nicht mal begrüßt hatte.

»Ich weiß nicht genau, mit wem ich alles darüber gesprochen habe. Wieso fragst du?«, wollte Constanze wissen.

»Ich dachte nur. Solche Anlässe, wo die ganze Familie aus dem Haus ist, werden ja gerne von Einbrechern ausgenutzt. Das kennt man doch auch von Beerdigungen und Hochzeiten.«

Mia sah ihren Bruder irritiert an. Ihr Vater würde gleich sterben und seine Hauptsorge war, dass in der Zeit jemand in dieses verdammte Haus einbrechen könnte? Was war nur los mit ihm? Kopfschüttelnd sah sie ihm nach, wie er in die Küche ging, um sich etwas zu trinken zu holen …

Tom

Tom stützte sich auf dem Rand der Spüle ab und starrte im Fenster sein Spiegelbild an.

»Achte mehr auf dich, Junge. Du gehst ja total auseinander!« Das waren die letzten Worte, die sein Vater an ihn gerichtet hatte. Wie lange lag das zurück? Etwas mehr als acht Wochen, glaubte Tom und erinnerte sich an den Blick, den sein Vater ihm zugeworfen hatte: missbilligend und voller Unverständnis. In diesem Moment hatte er ihm alles sagen wollen, hatte ihm erklären wollen, warum er so zugenommen hatte, was er in den letzten zwölf Monaten durchgemacht und wie viele Arztbesuche er hinter sich gebracht hatte. Aber er hatte nichts sagen können, hatte geschwiegen, so wie er es immer gemacht hatte. Keiner in seiner Familie wusste etwas von seinen Schwierigkeiten, er hatte nie erklärt, warum er manchmal so niedergeschlagen, fast durcheinander wirkte. Dauernd vergaß er etwas oder verlor in Gesprächen den roten Faden, auf andere musste er wirken, als stünde er unter Drogen. Dass er seine Geldbörse nicht eingepackt hatte, war nur eine Kleinigkeit gemessen an den Dingen, die er sonst nicht hinbekam. Und die ihm heute schon eine Anzeige wegen Schwarzfahrens eingebracht hatte.

Im Zug war die Toilette sein Zufluchtsort gewesen, er hatte es in dem überfüllten Abteil einfach nicht mehr ausgehalten und einen Moment für sich gebraucht. So wie jetzt auch. Tom hatte allerdings keine Ahnung gehabt, wie lange er schon in der engen Kabine gewesen war, als jemand energisch von außen gegen die Tür klopfte.

»Hallo? Sie sind schon seit fast zwanzig Minuten da drin! Personalwechsel, Ihre Fahrkarte bitte!«, rief eine strenge, männliche Stimme.

Tom sah auf die Uhr. Verdammt, der Mann hatte recht. Er hatte völlig die Zeit vergessen. Wie konnte er sich nur so lange an diesem unangenehmen Ort aufhalten? Was tat er hier nur?

»Einen Moment! Ich komme!«

Er schloss die Toilettentür auf und stieß fast mit dem Schaffner zusammen, einem kleinen Männchen, das ihn streng anschaute.

»Ihre Fahrkarte, bitte«, sagte er noch strenger als vorher.

»Entschuldigung, ich war auf Toilette, da habe ich sie nicht mitgenommen. Ich müsste sie schnell von meinem Platz holen.«

»Ich komme mit«, sagte das Männchen.

Als er zu seinem Platz zurückging, sich durch die Leute drängte, die auf dem Boden hockten und an den Wänden lehnten, fiel es ihm plötzlich ein. Er hatte die Fahrkarte online gekauft, das Ticket ausgedruckt und in seine Geldbörse gesteckt ... die immer noch auf seinem Drucker lag. Er war ohne Geld, ohne Ausweis und ohne Ticket in den Zug nach Köln gestiegen. Verdammt!

Eine Ausrede! Du brauchst eine Ausrede!

Übertrieben hektisch war Tom daraufhin zu seinem Platz gestürzt und hatte den Sitz und das Ablagefach abgesucht, das an die Rückenlehne seines Vordermanns angebracht war.

»Das gibt es doch nicht!«

»Ihre Fahrkarte, bitte!«, wiederholte das kleine Männchen unerbittlich.

»Sehen Sie denn nicht, dass meine Sachen weg sind?«, blaffte Tom den Schaffner an und hoffte inständig, dass der ihm seine Aufregung und Empörung abnahm. »Mein Portemonnaie, mein Ticket, alles weg!«

Doch der Schaffner zeigte sich vollkommen unbeeindruckt. »Wissen Sie eigentlich, wie oft mir diese Masche schon vorgespielt wurde? Wenn ich die Schwarzfahrer von der Toilette geholt habe, sagen mir grundsätzlich *alle*, sie hätten ihre Karte am Platz. Und danach behauptet von denen mindestens jeder zweite, dass ihm seine Sachen geklaut worden sind, während er auf dem Pott war. Ehrlich, Mann, Ihre Ausrede ist alles andere als originell.«

Tom atmete hörbar aus. Wie konnte er diesem Typen nur klar machen, dass er kein Schwarzfahrer war? Dass er das Ticket online gekauft und bezahlt hatte, dass alles seine Richtigkeit und er den verdammten Zettel nur in seiner Geldbörse auf dem Drucker vergessen hatte! Wie kam er aus der Nummer bloß wieder raus?

»Ich bin bestohlen worden. Ich möchte Anzeige erstatten«, sagte er mit belegter Stimme und wich dem prüfendem Blick seines Gegenübers aus.

Der Schaffner nickte wissend. »Schon klar. Dann folgen Sie mir bitte ins Zugbegleiterabteil. Dort können wir alle Formalitäten regeln. Auch was Ihre Fahrkarte angeht.«

Wenige Minuten später hatte Tom in einem miefigen Abteil gesessen, in das schon lange kein frischer Sauerstoff mehr gekommen war, und seine Personalien angeben müssen. Die Tatsache, dass er auch seinen Ausweis nicht dabei hatte, machte alles nur noch schlimmer. Und vor allen Dingen aufwendiger. Während der Schaffner telefonierte und versuchte, alle Angaben zu überprüfen, hatte Tom an seinen Vater denken müssen. Papa wäre so etwas nie passiert. Niemals hätte er seine Brieftasche zu Hause vergessen, wenn er auf Reisen gegangen war. Kein normaler Mensch hätte das, aber sein Vater schon gar nicht. Vor jeder Abreise hatte er noch in der Haustür überprüft, ob er auch alles dabei hat: Schlüssel, Geldbörse, Ticket – ohne einen letzten Kontrollblick verließ er grundsätzlich nicht das Haus.

Tom machte den Wasserhahn an, hielt ein Glas darunter und ließ es volllaufen, als das Handy in seiner Hosentasche vibrierte.

> Bin in ca. 2h in Köln, dann weiter nach D. Wann treffen wir uns? JB.

John-Boy. Der einzige Mensch, den er kannte, der seinen bekloppten Spitznamen sogar als Kürzel verwendete. Toms ursprünglicher Plan, ihm bereits in Berlin einen Haustürschlüssel zu geben, war gescheitert. Ohne Zertifikat oder

Sicherheitskarte konnte er keine Kopie des Sicherheitsschlüssels machen lassen. Zum Glück war John-Boy auf der Rückfahrt von seiner Spanienreise und hatte sich bereit erklärt, einen kurzen Zwischenstopp in Düren einzulegen, um mit dem Pechstein einen kleinen Ausflug in den Wald zu machen. Aber natürlich war John-Boy kein Profi, und er hatte nicht die geringste Lust, Probleme zu bekommen. Tom hatte ihm zugesichert, dass sein Vorhaben ein Kinderspiel und in keiner Weise gefährlich sei.

Melde dich, wenn du am Hbf in D. bist, komme
dann dahin. LGT

Tom schickte die Nachricht ab. Dann fiel sein Blick auf seinen E-Mail-Account, der auf dem Handydisplay angezeigt wurde.

»Scheiße«, sagte er tonlos, als er das Online-Ticket für seine Bahnfahrt im Posteingang sah. Warum hatte er nicht daran gedacht? Einen Haufen Ärger hätte er sich ersparen können, einen richtigen Batzen!

Vielleicht sollte er die Medikamente für eine Weile absetzen, dachte er und strich sich eine dunkle Strähne aus der Stirn. Womöglich vergaß er sonst irgendwann noch zu atmen. Er hatte keine bipolare Störung, das hatte ihm der Arzt klar und deutlich gesagt. Er litt unter einer depressiven Verstimmung, die er nur durch eine konsequente Aufarbeitung seiner Probleme in den Griff bekommen würde. Die Medikamente waren nur für die Anfangszeit gedacht, um ihn schnell aus dem Tief herauszuholen. Fünf Kilo hatte er seitdem zugenommen. In der körperfixierten schwulen Szene galt er damit schon fast als adipös.

Er drehte den Wasserhahn erneut auf und wusch sich das Selbstmitleid aus dem Gesicht. Er hatte keine schwere Krankheit, die Medikamente musste er nur für kurze Zeit nehmen, die verhassten Nebenwirkungen würden also bald verschwinden. Seine Prognose war wirklich gut! Und vor allen Dingen: er hatte eine.

Während für seinen Vater gerade die letzten Stunden seines Lebens anbrachen.

Vor sieben Wochen hatte ihn der Schlag getroffen, seitdem lag er im Koma. Es war relativ schnell klar gewesen, dass er keine Chance hatte und nie wieder aufwachen würde. Und gleich würde sich die ganze Familie am Sterbebett versammeln, um Abschied zu nehmen. Das war der eine Grund, warum er sich zusammenreißen musste.

Der andere war der Pechstein.

Tom trocknete sich das Gesicht ab und blickte wieder in sein Spiegelbild.

Der Pechstein war der ganze Stolz seines Vaters gewesen, mit Zertifikat und eine Million Euro wert. Das Gemälde war für Tom zum Sinnbild seiner Scham geworden. Er schämte sich, dass sein Vater dauernd damit angab, er schämte sich, dass dieses verdammte Bild seit Jahren der Grund war, warum er sich mit seiner Schwester Mia stritt, und er schämte sich, dass er als Einziger die Wahrheit kannte und dennoch zu schwach war, sie seinem Vater zu sagen. Und jetzt war es zu spät, jetzt konnte er seinem Vater gar nichts mehr sagen.

Im dritten Semester war der Pechstein-Experte an die Hochschule gekommen, ein Gastprofessor, der auch über die zahlreichen Fälschungen sprach, die seit Jahrzehnten im Umlauf waren. Als seine Eltern verreist waren, hatte Tom ihm schließlich das Bild gezeigt. Es dauerte ein paar Tage bis der Mann herausgefunden hatte, dass die chemische Zusammensetzung der Blautöne in dem Bild zu Pechsteins Lebzeiten noch gar nicht existent war. Woher er die Fälschung habe, wollte der Professor wissen und Tom hatte ihm spontan geantwortet, dass er es auf dem Flohmarkt für ein paar Euro gekauft habe und nie jemand behauptet hätte, dass es ein echter Pechstein sei. Zum Glück glaubte ihm der Professor und beließ es dabei, anstatt die Polizei einzuschalten.

Tom war der einzige in der Familie, der von der Fälschung wusste. Und er konnte es seinem Vater unmöglich gestehen. Das Bild war zu wichtig für ihn. Einmal hatte er es versucht, aber dieser Versuch war kläglich gescheitert.

Sie waren an dem Abend alleine gewesen und sein Vater wollte gerade den Fernseher anschalten, als Tom zögerlich das Wort ergriff.

»Warte noch eben ...«

Sein Vater sah ihn erstaunt an. »Warten? Gleich ist Anpfiff! Worauf soll ich warten? Dass die erste Halbzeit vorbei ist?«

Kopfschüttelnd drückte er auf den roten Knopf der Fernbedienung und kurz darauf liefen die Spieler der deutschen Nationalelf ins Stadion. Eigentlich hatte Tom da schon gewusst, dass er das Gespräch abbrechen konnte, aber so schnell wollte er nicht aufgeben.

»Ich würde gerne etwas mit dir besprechen.«

»Und das muss ausgerechnet jetzt sein?«

»Es ist doch nur ein Freundschaftsspiel.«

Papa seufzte laut und stellte den Ton aus. Erwartungsvoll sah er ihn an. »Also gut. Was ist los? Hast du Probleme? Geldsorgen?«

»Nein, nein, alles okay. Es geht nicht um mich. Es geht um dich. Oder besser gesagt um den Pechstein.«

Jetzt seufzte sein Vater geradezu theatralisch. »Nee, mein Junge, verschone mich damit. Ich weiß, dass du mit Mia ständig darüber streitest, aber lass mich da bitte raus.« Demonstrativ stellte er den Ton wieder an.

»Ich wollte gar nicht über das ewige Gezanke sprechen!«

»Gut. Ah, die Hymne!« Papa stellte den Ton lauter und summte gut gelaunt mit.

Damit war die Unterhaltung beendet, das wusste Tom nur zu gut, denn so war es immer gewesen. Papa mochte keine Problemgespräche, was vermutlich für die meisten Menschen galt. Vielleicht hätte Tom in diesem Moment einfach sagen sollen, dass der Pechstein nicht echt war, ihm die Wahrheit an den Kopf knallen sollen. Aber hätte Papa ihm überhaupt geglaubt?

»Es ist ein Werk aus seiner frühen Phase«, hatte sein Vater jedem Gast gesagt, der ins Wohnzimmer kam. »Eine

Rarität mit einer ungeheuren Wertsteigerung. Eigentlich dürfte ich es gar nicht mehr hier hängen haben, meine Versicherung möchte es am liebsten im Safe sehen. Aber was ist das für ein Leben, in dem man alle schönen Sachen wegschließt? Muss ich meine Frau dann auch wegschließen?« Und dann lachte er immer, laut und schallend.

Für Tom war es zeit seines Lebens schwer zu ertragen gewesen, wie sehr sein Vater nach Anerkennung gierte. Natürlich wusste er, woran das lag. An seiner verdammten Erfindung, für die ihm jede Bewunderung verwehrt geblieben war. Anders war es mit dem Pechstein, vor dem jeder Besucher staunend stehen blieb und über den sogar die Lokalzeitung mal einen Artikel geschrieben hatte. Papa gefiel sich in der Rolle des Kunstkenners, es war allemal besser, anstatt als Hämorridengott verlacht zu werden.

Tom blickte in sein blasses, teigiges Gesicht, das sich schemenhaft im Fenster spiegelte und früher mal besser ausgesehen hatte. Er war froh, dass er seinem Vater damals nicht die Wahrheit über den Pechstein erzählt hatte. Er hätte ihm auch gleich das Herz aus der Brust reißen können, wenn er ihm gesagt hätte, dass der alte Schinken eine verfluchte Fälschung war. Trotzdem grämte es ihn, dass er ihn niemals aufgeklärt hatte. Der Zwiespalt zwischen dem Wunsch, die Wahrheit zu sagen, und der Sorge, einen lieben Menschen zu verletzen war viel zu groß gewesen.

Das hatte sich jetzt geändert. Jetzt sah Tom es als seine Pflicht an, das Geheimnis für immer zu wahren. Er musste verhindern, dass irgendjemand erfuhr, dass das Bild nicht echt war. Nicht nur wegen Papa, auch wegen Mama. Sie hatte in der letzten Zeit viel mitgemacht, hatte dabei aber so viel Stärke gezeigt und immer versucht, ihre erwachsenen Kinder vor den allerschlimmsten Nachrichten zu schützen. Schon deshalb wollte er sie nicht mit der Fälschung konfrontieren, er wollte seiner Mutter auf keinen Fall unnötig Schmerz zufügen. Und es würde sie schmerzen, das stand außer Frage. Vielleicht auch deshalb, weil es immer so viele Streitereien wegen des Bildes gegeben hatte. Mama war schon immer ein Familienmensch gewesen und Tom wusste, wie sehr sie darunter litt, dass es unter den Geschwistern so viel Streit gab. Lange Zeit hatte sie sich selbst dafür die Schuld gegeben, hatte nach Fehlern gesucht, die sie in der Erziehung gemacht hatte. Und auch, wenn sie das heute nicht mehr laut aussprach, war Tom sich sicher, dass diese Vorwürfe immer noch an ihr nagten.

Der falsche Pechstein musste noch heute vom Erdboden verschwinden und John-Boy würde ihm dabei helfen. Er wusste genau, dass Mia glaubte, ein Anrecht auf das verdammte Ding zu haben, und dass sie alles tun würde, um das Bild nicht zu verlieren.

»Er hat es mit *meiner* Mutter zusammen gekauft! Verstehst du? Das Bild gehört *unserer* Familie!«

»*Wir* sind deine Familie, Mia! Wir! Deine Mutter ist seit über dreißig Jahren tot!«

»Das ändert nichts an der Tatsache, dass es *unser* Familienbild ist! Akzeptier das endlich!«

Jedes Mal kam es zum großen Streit. Das Bild war in

Mias Augen einzig und allein ihr Erbe und sie ließ sich diesbezüglich auf keine Diskussion ein. Aber wenn Mia es unter ihre Fittiche nehmen würde, war die Gefahr viel zu groß, dass die Wahrheit ans Licht kam. Irgendwo im Safe musste es ein gefälschtes Zertifikat geben, Tom hatte es zwar noch nie gesehen, aber Papa hatte es stets behauptet. Aber was die Versicherung seines Vaters vor über dreißig Jahren vielleicht noch geglaubt hatte, würde heute niemand mehr einfach so hinnehmen. Vermutlich würde Mias Versicherung das Bild neu begutachten wollen und so schnell herausfinden, dass es eine Fälschung war. Sein Vater würde posthum der Lächerlichkeit preisgegeben, seine Mutter wäre tief verletzt. Und die Million wäre auch weg, Geld, auf das die Familie nicht verzichten konnte. Zumal von dem kleinen Vermögen, das sein Vater über die Jahre erwirtschaftet hatte, nicht mehr allzu viel übrig sein dürfte. Seine Eltern waren nie besonders sparsam gewesen und ihre Aktienfonds hatten sich nicht so entwickelt, wie erhofft. Lebenshaltungskosten und Dividendenausschüttungen standen vollkommen konträr zueinander.

Ging es ihm in erster Linie doch nur ums Geld? Prüfend horchte Tom in sich hinein.

»Nein«, sagte er dann laut und schüttelte den Kopf. Natürlich war der Geldaspekt nicht unerheblich, das war er nie und sie alle konnten die Kohle gut gebrauchen. Doch die Vorstellung, seinen Vater zum Gespött der Leute zu machen, wog schwerer.

Warum war es ihm so wichtig, sein Ansehen zu schützen? Wie viel Rücksicht hatte Papa in der Vergangenheit eigentlich auf ihn genommen?

Nicht viel. Noch nie.

Schon mit zwölf hatte er ihn zur Tanzschule angemeldet, obwohl Tom sich nie fürs Tanzen interessiert hatte. Er fand keine Freude an der Bewegung und mochte den Körperkontakt nicht, aber das schien seinem Vater egal gewesen zu sein. Er war davon überzeugt, dass ein bisschen Bewegung das Beste für seinen Sohn war, durchs Tanzen würde er ein besseres Körpergefühl entwickeln, glaubte Papa. Viele Jahre war es Tom so vorgekommen, als habe sein Vater bewusst nach einer Sportart gesucht, in der er möglichst viel Kontakt mit Mädchen hatte. Eine Art Konfrontationstherapie, weil er selbst ein Problem mit seinem schwulen Sohn hatte. Aber damit hatte Tom falsch gelegen, seine Homosexualität war nicht das Problem gewesen.

Was war es dann?

Seine Eltern mussten früh gewusst haben, dass er schwul war, auch wenn zunächst nie darüber gesprochen wurde. Aber natürlich hatten sie es gewusst, alle Eltern wussten es, die Mütter sicherlich eher als die Väter, die es viel häufiger nicht wahrhaben wollten, auch heute noch. Von seinen schwulen Freunden hatte höchstens die Hälfte mit den Eltern offen gesprochen, alle anderen vermieden das Thema, wohnten offiziell mit einem Kommilitonen zusammen, trafen einfach nicht die richtige Frau oder hatten angeblich zu viel zu tun, um eine Familie zu gründen. Das Thema wurde totgeschwiegen, Junggesellen hatte es schließlich immer gegeben. Auf dem Land war die Tabuisierung naturgegeben schlimmer als in der Stadt, ein Grund, warum in den Eifeldörfern rund um Köln praktisch kein Schwuler mehr lebte und die Domstadt selbst zu dem Zentrum schlechthin geworden war. Und in Berlin sah es nicht anders aus. Schwule Landflüchtlinge wohin das Auge blickte.

Manchmal wünschte sich Tom, dass es in seiner Familie so einfach wäre, dass seine Eltern einfach spießig oder unglaublich katholisch waren und deshalb ein grundsätzliches Problem mit Homosexualität hatten. Hatten sie aber nicht.

Dank des vermeintlichen Pechsteins und dem Drang seines Vaters, wenigstens in der Kunstszene Anerkennung und Respekt zu erfahren, organisierten seine Eltern regelmäßig Vernissagen. Sie unterstützten junge Künstler, luden zum *Meet and Greet* vor den Pechstein in ihr Wohnzimmer ein und waren regelmäßige Gäste in diversen Galerien. In einer Kleinstadt wie Düren hatten sie sich so durchaus einen Namen in der Szene gemacht, zahlreiche Künstler und Galeristen zählten zu ihren Bekannten. Darunter waren viele Schwule. Kunst und Schwulsein gehörten für seinen Vater zusammen, je exaltierter ein schwuler Künstler war, desto *herrlicher* und *amüsanter* fand Papa ihn. Dass Tom mit seiner sexuellen Orientierung gehadert hatte, dass er als Kind darunter litt, anders zu sein als die anderen Jungs, als er merkte, dass er keine Lust hatte, die Mädchen auf dem Schulhof zu fangen und sich fast übergeben hatte, als Franziska aus der 7b ihm die Zunge in den Hals schob, davon ahnte in seiner Familie niemand etwas. Es hatte zwar nie jemand problematisiert, dass er schwul ist, aber es hatte auch nie jemand nachgefragt, ob es für ihn vielleicht ein Problem war. Lange Zeit wurde einfach nicht darüber gesprochen, wie über eine zu große Nase oder ein abstehendes Ohr, auf das man ja auch nicht dauernd jemanden ansprach.

Er war nicht so, wie die kreativen schwulen Bekannten seines Vaters. Er hatte keine künstlerische Ader und wenn er ehrlich war, interessierte er sich noch nicht mal besonders für Kunst, was sicherlich auch ein Grund war, warum er mit seinem Studium einfach nicht vorankam. Tom konnte immer ganz gut mit Zahlen umgehen, er hatte keine besonderen Karriereambitionen und ein sicherer Job in einer Bank hätte ihm voll und ganz ausgereicht. Er hatte nie hohe Erwartungen an sein Leben gehabt, einen Beruf, der ihn ernährte, einen Partner, der ihn liebte und ein oder zweimal im Jahr in den Urlaub fahren – das würde ihm vollkommen reichen. Und er hätte gerne einen kleinen Garten. Für Tom gab es nichts Entspannenderes, als Unkraut zu jäten und Blumen zu pflanzen, sie zu hegen und zu pflegen. Selbst sein Hobby war spießig, stellte er nüchtern fest und dachte an die kleine Fläche rund um den Baum vor seinem Haus in Berlin, die jahrelang für nichts anderes genutzt wurde, als zur Ablage von Hundekot. Nachdem er die Hundehaufen entfernt hatte, hatte er die Fläche mit hochwertiger Blumenerde aufgeschüttet und jede Menge gepflanzt, Tulpen, Narzissen und natürlich Mohnblumen, die er besonders mochte, seitdem er sie als Kind zum ersten Mal auf dem Pechstein entdeckt hatte. Einen kleinen Minizaun hatte er um seinen winzigen Stadtgarten gesetzt und seitdem hatte kein Köter mehr dort hingeschissen. Und Tom war stolz gewesen, von Kleingärtnerstolz erfasst, vermutlich vom kleinsten Kleingärtnerstolz der ganzen Republik.

Direkt nach dem Abi hatte ihm sein Vater ein Praktikum in einer Galerie vermittelt. Der Galerist, ein hochgewachsener Kerl, der ständig was von *savoir vivre* faselte, schon mittags Rotwein trank und sich dazu französischen Stinkekäse in den Mund schob, sodass die gesamte Galerie danach stank, war selbstverständlich schwul und sprach in einer dermaßen hohen Tonlage, dass Tom davon überzeugt war, dass er es mit voller Absicht tat, um jedem Klischee zu entsprechen.

Wieso hatte er es eigentlich nicht geschafft, sich einfach bei einer Bank zu bewerben und eine öde Ausbildung zu beginnen? Oder sich wenigstens für BWL einzuschreiben? Selbst als Mama ihn mal darauf angesprochen hatte, ihn fragte, ob er nicht lieber eine Lehre machen wollte, hatte er nichts gesagt. Warum hatte er Papas Wunsch nach einem Studium der Kunstgeschichte nachgegeben? Niemals wollte er in einer Galerie arbeiten, so viel stand fest. Während seines Praktikums geschah über Tage so gut wie nichts, abgesehen von neuen Rotwein- und Käseeinkäufen. Die Blumenkübel vor der Eingangstür hatte Tom in der Zeit bestimmt Zwanzigmal neu bepflanzt. Es reichte völlig, wenn alle paar

Wochen ein Bild verkauft wurde, davon konnte der daueralkoholisierte Galerist bestens leben.

Tom wollte so nicht leben und es belastete ihn, dass er es nie geschafft hatte, sich mit seinem Vater darüber auseinanderzusetzen. Ja, vielleicht war er spießig, aber war das so schlimm? Er wollte weder Hipster noch Künstler sein, weder schrille Tunte noch kreative Tucke, oder was seine Eltern sich sonst noch so vorgestellt hatten. Er wollte einfach nur in Ruhe leben. Aber leider hatte er ihnen seine langweiligen und öden Vorstellungen von einem perfekten Leben nie erklärt. Er hatte die Auseinandersetzung immer gescheut. Sein Vater hätte einen Spießer als Sohn niemals akzeptieren wollen. Tom wusste, dass sein Sexleben im völligen Gegensatz zu seinem langweiligen Ich stand.

Als er nach Berlin gezogen war, konnte er endlich in die Klubs gehen, die es in Düren nicht gab. Endlich konnte er mit Männern flirten, tanzen, feiern und Sex haben, ohne Angst zu haben, auf einen Bekannten seines Vaters zu treffen. So weit so gut. Aber er bekam den Hals nicht voll. Er brauchte ständig die Bestätigung anderer Männer, es war fast so, als brauchte er den sexuellen Kontakt, um sich zu vergewissern, dass man ihn so annahm, wie er war. Tom wusste nicht, ob das der Grund für seine Maßlosigkeit war. Er wusste nur, dass er irgendwie keine normale Einstellung zum Sex mehr hatte und dass er sich so ein Liebesleben nie gewünscht hatte. Eigentlich wollte er nichts anderes als eine glückliche Beziehung.

Nachdem seine Mutter angerufen hatte, um ihm zu

sagen, dass sie die Geräte ausschalten müssen, hatte er nichts Besseres zu tun gehabt, als sich mit John-Boy zu treffen, der eigentlich David hieß, und die ganze Nacht durchzuvögeln. John-Boy war genauso unersättlich wie er selbst. Der Legende nach hatte seine Mutter alle Folgen von *Die Waltons* gesehen, als sie mit ihm schwanger war, hintereinander versteht sich, eine Art frühes Binge-Watching. Und hormongesteuert wie sie damals war, hatte sie sich unsterblich in die Figur des John-Boy Walton verknallt. Damit stand Davids Spitzname fest, erst recht, als er einen Leberfleck an fast genau derselben Stelle bekam, an der auch der Darsteller des John-Boy einen hatte.

Tom schüttelte sich. Er konnte sich kaum vorstellen, dass es noch jemanden auf der Welt gab, der in einer emotional angespannten Situation wie dieser so reagierte wie er. Hätte nicht jeder andere nach so einer Nachricht verzweifelt geweint oder sich alte Fotos angeschaut oder wäre womöglich in die Kirche gelaufen, um dort eine Kerze für den Sterbenden anzuzünden? Vielleicht auch nicht. Sex war schließlich schon immer ein probates Mittel für Stressabbau. Außerdem hatte er so noch mit John-Boy seinen Plan besprechen können, bevor sein Kumpel für einige Tage nach Spanien gefahren war.

Tom trank das Glas leer und räumte es in die Spülmaschine. So bitter es war, aber er würde sein ungeliebtes Kunststudium abbrechen können, ohne sich dafür rechtfertigen zu müssen. Er würde den Pechstein verschwinden lassen, damit posthum Papas Ruf retten und gleichzeitig dafür sorgen, dass seine Mutter eine dicke Versicherungssumme bekommen würde. Und danach würde er sein Leben endlich so leben, wie er es immer wollte.

Es war die richtige Entscheidung.

Wenn alles nach einem Einbruch aussah, musste die Versicherung auch zahlen. War das zu schaffen? Es konnte nicht so schwierig sein. Er hatte mit John-Boy ausgemacht, dass er ein paar Schubladen aufreißen sollte, bloß nicht alles auf den Boden schmeißen, er wollte nicht, dass seine Mutter den Schock ihres Lebens bekam, ein paar Schranktüren und Schubladen offenstehen lassen, das musste reichen. Er selbst musste sich nur unter einem Vorwand aus dem Krankenhaus schleichen, um John-Boy den Schlüssel zu geben. Am besten, wenn seine Mutter und seine Schwestern die Formalitäten regelten. Aber welche Ausrede würde in so einer Situation glaubhaft sein? Es konnte nur etwas Gesundheitliches sein, alles andere würde auffallen, dachte er. Vielleicht sollte er behaupten, sich einen Darminfekt eingefangen zu haben. Von den Medikamenten musste er sowieso dauernd aufstoßen, was man auch auf eine vermeintliche Übelkeit schieben könnte. Und wer Magen-Darm hat, der verschwindet schon mal für eine Stunde vom Totenbett seines Vaters.

Eine Stunde würde er mindestens brauchen. Die Intensivstation lag im fünften Stock. Wenn alles vorbei war, würde er sich zur Toilette entschuldigen. Von dort bis zum Wagen brauchte er fünf Minuten. Den Weg von der Klinik bis zum Bahnhof konnte er in zehn Minuten schaffen. Selbst wenn die Ampel beim REWE wieder kaputt war, wäre er in zwölf, maximal fünfzehn Minuten da. Dann Schlüsselübergabe und schnell wieder zurück, sodass er ein Alibi hatte, wenn John-Boy in sein Elternhaus einbrach. Die Garagentür musste er offenlassen, dann konnte John-Boy von dort den Zugang zur Küche nehmen, sich das Bild schnappen und durch die Garage ungesehen entschwinden. Davon würden Waldvogels von nebenan nichts mitkriegen, die Garageneinfahrt war vom Nachbarhaus nicht einsehbar. Auch Klosmanns konnten nicht in die Einfahrt blicken. Und dann? Dann würde sein Lover in den Wald fahren und das Scheißbild verbrennen. Das war das Beste. Weder die Polizei noch die Versicherung würden mit so etwas jemals rechnen. Welcher Kunstdieb verbrannte seine Beute schon direkt nach dem Raub?

Nur der eigentliche Tathergang machte ihm noch Sorgen. Würde alles so klappen, wie sie es sich vorgestellt hatten? John-Boy sollte den Kanister Benzin aus der Garage mitnehmen, den Papa dort immer gelagert hatte. Normalerweise müsste das Bild brennen wie Zunder und der Spuk wäre nach ein paar Minuten vorbei. Aber was war, wenn John-Boy sich bei der Aktion verletzen würde? Oder ein Spaziergänger vorbeikam?

Tom atmete tief durch. Es würde schon alles gut gehen. Klar würde es für die anderen ein Schock sein, wenn der Pechstein ausgerechnet am Todestag seines Vaters gestohlen wurde, aber es war für alle Seiten das Beste. Das Andenken seines Vaters würde nicht beschmutzt werden und die Familie bekäme eine saftige Versicherungssumme, damit wäre doch allen geholfen.

Nachdenklich nagte Tom an seiner Unterlippe. Was war eigentlich, wenn ihn Papas Sterben mehr mitnehmen würde, als er es im Moment annahm, ging es ihm plötzlich durch den Kopf. John-Boy hatte ihm erzählt, wie es war, als sein Opa starb. Einen richtigen Todeskampf hatte der alte Mann durchleiden müssen. John-Boy hatte gesagt, dass es furchtbar gewesen sei. So würde es bei seinem Vater nicht sein, hoffte Tom. Er war ja eigentlich schon tot, sein Herz und seine Lunge arbeiteten ja nur noch, weil sie an eine Maschine geschlossen waren. Mama hatte ihm gesagt, dass die Ärzte meinten, er würde friedlich hinübergleiten, man würde ihm nichts anmerken. Aber stimmte das auch? Und selbst wenn es stimmte, bedeutete das automatisch, dass ihm das Sterben seines Vaters weniger an die Nieren gehen würde? Nur weil er sich nicht mehr aufbäumen und etwas sagen konnte? Sterben würde er trotzdem. Unwiederbringlich und für immer. Tom wusste nicht, wie er damit zurechtkommen würde. Er bekam in letzter Zeit eh so wenig geregelt und vergaß alles Mögliche, sodass er Sorge hatte, unter dem Eindruck der Trauer womöglich Teile seines Plans zu vergessen und John-Boy nachher ohne Bild im Wald stehen würde.

Und was war eigentlich, wenn er nicht trauern konnte? Seine Gefühle spielten ihm in letzter Zeit so häufig einen Streich, dass er nicht ausschließen konnte, dass sie es heute wieder tun würden. Die Vorstellung, keine Traurigkeit empfinden und keine Träne vergießen zu können, während alle um ihn herum um Papa trauerten, machte ihm fast noch mehr zu schaffen. Er wusste, wie schlecht er sich dann fühlen würde, wie sehr es ihn belasten würde, wenn er auch hier versagen sollte. Was könnte er tun, wenn so etwas wirklich passieren würde? Trauer vortäuschen? Konnte man das überhaupt?

Die Stimme seiner Mutter riss ihn aus den Gedanken. Sie rief zum Aufbruch, zur letzten Fahrt zu seinem Vater, den er danach nie wieder lebend sehen würde.

Anna

Anna strich über die wächserne Haut. Die Hand ihres Vaters, die in ihrer lag, war starr und verkrampft, die Knöchel stachen hervor und die Sehnen und Adern waren deutlich sichtbar. Aber sie war warm. Und Anna wünschte sich nichts sehnlicher, als dass sie für immer warm blieb.

Bevor sie ins Krankenhaus gefahren war, war sie noch eine Runde Joggen gegangen. Das war schon seit Jahren ihre Leidenschaft und es verging kein Tag, an dem sie nicht ihre Laufschuhe anzog und die fünf Kilometer lange Runde durch den Stadtwald lief. Sie joggte, seitdem sie fünfzehn war, also seit gut sieben Jahren.

Ihre erste Runde hatte sie mit ihrem Vater gedreht. Es kam ihr vor, als wäre es gestern gewesen.

»Das Wichtige ist ... dass du dich ... beim Joggen noch ... unterhalten kannst ... Wenn das nicht ... mehr anständig ... geht ... biste ... zu schnell«, hatte er gejapst, obwohl sie höchstens im Schritttempo liefen.

»Wir können eine Pause machen, Papa«, hatte Anna gemeint, als eine Spaziergängerin sie überholte, die von ihrem hechelnden Hund gezogen wurde.

»Kommt nicht ... in Frage ... Ich bin ... Bestform ...«

Er war das Gegenteil davon gewesen, seine Kondition war erbärmlich und sein Wohlstandsbauch wankte und schwankte bei jedem Schritt. Sein runder Kopf war feuerrot und der Schweiß lief ihm in Strömen über die Stirn, in der die grau melierten Haare klebten. Dennoch hatte er so getan, als wenn er ein passionierter Jogger sei, und Anna wusste, warum er so tat. Er machte es ihr zu Liebe, er wollte seiner Teenager-Tochter etwas bieten, wollte ihr zeigen, dass er noch nicht zum alten Eisen gehörte.

Ach Papa.

Anna strich über seine verkrampfte Hand und versuchte, die Finger zu lockern.

Sie hatte das Gefühl, dass der Sport etwas ganz Besonderes war, das sie mit ihrem Vater verband. Ohne ihn hätte sie niemals mit dem Laufen angefangen, das heute fester Bestandteil ihres Lebens war, und sie war davon überzeugt, dass sie bei jedem Lauf wenigstens einmal an ihn dachte.

»Das werde ich auch in Zukunft tun«, sagte sie leise und massierte die verkrampften Finger. Sie spürte, wie ihr erneut die Tränen aufstiegen und sie war überrascht, wie raumfüllend, neu und fremd das Gefühl der Trauer war. Dieses Gefühl war so überwältigend, dass Anna nicht wusste, wie sie damit umgehen sollte. Nie zuvor hatte sie so etwas gespürt, auch körperlich. Ihr Magen fühlte sich an, als hätte jemand ein Seil darum gebunden und es fest zugezogen, ihr Herzschlag war erhöht, auch wenn sie nur ruhig da saß, und es kam ihr die ganze Zeit so vor, als hätte sie seit Tagen nicht mehr geschlafen und viel zu viel Kaffee getrunken. Eigentlich war ihr dauerhaft übel.

Am besten kümmerst du dich gleich um die anderen, ging es ihr durch den Kopf. Das würde sie ablenken, was vermutlich das Beste war. Und so wie sie ihre Geschwister kannte, würde es später sowieso Streit geben. Sie konnte sich nicht daran erinnern, wann es zwischen Tom und Mia einmal harmonisch zugegangen war. Dass besonders ihre Mutter darunter litt, schienen die beiden gar nicht zu bemerken. Gerade heute wollte Anna ihr aber jede zusätzliche Aufregung ersparen, denn für Mama würde es besonders schwer werden. Unzählige Male hatte sie betont, dass Papa die große und einzige Liebe ihres Lebens sei. Anna konnte sich gar nicht vorstellen, wie ihre Mutter ohne ihn zurechtkommen sollte, die beiden waren immer eine Einheit, kein Blatt passte dazwischen. Anna wollte alles tun, damit sich der eine Teil von dem anderen in Ruhe und ohne irgendwelche Streitereien verabschieden konnte.

Schon immer hatte Anna diese Rolle inne, die Rolle der Vermittlerin und Schlichterin, wie sie viele Nesthäkchen in einer Familie haben. Das kleine Baby, der Nachkömmling, den die älteren Geschwister, die Eltern und die Großeltern so wahnsinnig süß finden. Erst wollen alle mit dem Nesthäkchen kuscheln, doch irgendwann kommt der Moment, in dem seine bloße Existenz Anlass zu Streit und Zerwürfnis gibt. Die großen Geschwister merken, wie viel Aufmerksamkeit das Baby bekommt, die Eltern und Großeltern merken, wie eifersüchtig die älteren Kinder sind. Und während die Geschwister alles tun, um das Nesthäkchen aus dem Fokus der Eltern zu drängen, unternehmen diese gleichzeitig einige Anstrengungen, damit die älteren Geschwister bloß nicht zu kurz kommen.

Anna liebte es, für andere da zu sein. Manche unterstellten ihr ein Helfersyndrom und es gab Momente, da glaubte sie selbst, dass da etwas dran war. Es war schon vorgekommen, dass sie sich in Situationen wiedergefunden hatte, die sie an diesen flachen Witz erinnerten, in dem ein Pfadfinder einer alten Dame über die Straße half, obwohl die es gar nicht wollte. Sie hatte einem älteren Mann schon mal fünf Euro gegeben, als sie ihn auf einer Bank sitzen sah, einen Hut in der Hand. Er hatte sich den Bauch gehalten vor Lachen, als sie den Schein in seinen Hut warf, den er wegen der Sonne abgenommen hatte, um auf der Bank eine kleine Pause zu machen. Solche Sachen waren ihr nicht nur einmal passiert. Aber wie konnte sich jemand mit einem solch ausgeprägten Helfersyndrom in zwei Männer gleichzeitig verlieben? Wovon natürlich niemand etwas ahnte, weder in ihrer Familie, noch in ihrem Freundeskreis. Von ihrer besten Freundin Laura mal abgesehen. Aber müsste das schlechte Gewissen des Betrugs nicht eigentlich im krassen Gegensatz zu ihrer Samariterseele stehen? Oder war es womöglich eine Art Ausgleich?

Jonas war so alt wie sie. Auf einer Erstsemesterparty hatte Anna ihn vor drei Jahren kennengelernt und sich sofort in ihn verliebt. Er war einer der lustigsten Jungs, die sie kannte, und brachte sie permanent zum Lachen, durch Blicke, durch Worte und manchmal einfach durch die Art, wie er sich bewegte, wie er für einen winzigen Augenblick seine Hüften kreisen ließ, wenn sie auf der Domplatte an einem Straßenmusiker vorbeigingen oder wie er den Gang des alten Pädagogikprofessors imitierte, den keiner von den Studenten ausstehen konnte. Und er brauchte sie, ohne ihre Hilfe würde er das Studium niemals schaffen. Während Anna hoffte, nach dem Master in Sozialwissenschaften eine Stelle im Öffentlichen Dienst zu bekommen, hatte Jonas noch keine Vorstellung davon, was er nach dem Abschluss des Studiums machen sollte. Erst mal eine Weltreise, so viel stand für ihn fest. Und dann mal gucken. Mit Anna an seiner Seite würde er das schon alles schaffen. Es tat ihr gut, wie sehr er sie brauchte. Im Moment war er in den USA und sie vermisste ihn von Herzen.

Diese entspannte, sprunghafte und leichte Art, mit der Jonas sein Leben lebte, faszinierte sie und die fast drei Jahre, in denen sie nun ein Paar waren, würde sie niemals missen wollen. Warum war sie eigentlich nicht rundum glücklich mit ihm? Mit diesem jungen Mann, der ihr mit seinen dunklen Haaren und den grünen Augen auch optisch voll und ganz gefiel? Der sie offensichtlich abgöttisch liebte und alles dafür tat, damit sie glücklich war?

»Du hast Jonas immer gemocht, nicht wahr, Papa?« Aufmerksam betrachtete sie das Gesicht ihres Vaters, als hoffte sie, irgendeine Regung in den maskenhaften Zügen ausmachen zu können. Aber nichts regte sich. Einzig und allein der Brustkorb ihres Vaters hob und senkte sich, bewegt durch die Maschine, an die er angeschlossen war.

Jonas hatte sich mit ihrem Vater gut verstanden. Ein paar Mal war er mit nach Düren gefahren, zu den Geburtstagen ihrer Eltern und zu einigen Feiertagen. In letzter Zeit allerdings weniger als sonst. Seitdem sie Bernie kennengelernt hatte, war sie einfach viel seltener nach Hause gefahren. Jedenfalls in der Realität. Behauptet hatte sie es oft genug, um sich so ein bisschen Zeit mit Bernie freizuschaufeln.

»Du hast ihn mir vorgestellt, Papa. Ohne dich hätte ich Bernie niemals kennengelernt«, murmelte Anna und biss sich im selben Moment auf die Unterlippe. Sie wollte nicht vorwurfsvoll klingen. Es gab keinen Grund, ihm einen Vorwurf zu machen, er hatte ihr Bernie zwar vorgestellt, aber sie gleichzeitig auch gewarnt, hatte seinen zweifelhaften Charakter betont und sich insgesamt eigentlich nur abfällig über den Mann geäußert, der auf Anna trotzdem eine unglaubliche Faszination ausübte.

»Durch dich lebe ich wieder«, hatte Bernie ihr verliebt gesagt, »du bist mein Lebenselixier.« Und sie hatte gespürt, dass das viel mehr für ihn bedeutete, als nur die körperliche Liebe zu einer deutlich jüngeren Frau.

Anna mochte ihr Doppelleben, so anstrengend es manchmal auch war. Aber es war auch wahnsinnig aufregend und leidenschaftlich, wie es nur sein konnte, wenn man eine Beziehung mit zwei Männern gleichzeitig hatte.

»Brauchen Sie etwas?« Die warme Stimme der Krankenschwester riss sie aus den Gedanken. Schwester Marie-Luise, wie Anna dem kleinen Schild auf der Brust der schmalen Frau entnehmen konnte, hatte ihr eine Hand auf die Schulter gelegt und lächelte sie an. »Soll ich Ihnen einen Kaffee holen?«

Anna presste die Lippen zusammen und schüttelte den Kopf.

»Danke. Aber meine Mutter und meine Geschwister müssten gleich kommen.« Sie schluckte als ihr klar wurde, was dieser Satz zum Ausdruck brachte. Es war keine Zeit mehr, um einen Kaffee zu trinken, es standen schließlich wichtigere Aufgaben an. Zögerlich suchte Anna nach den richtigen Worten, um das zu fragen, was sie fragen wollte.

»Waren Sie ... Waren Sie schon mal dabei?«, fragte sie schließlich.

»Sie meinen, wenn bei einem Patienten die Geräte abgeschaltet wurden?« Anna nickte. »Ja. Schon ein paar Mal.«

»Gibt es etwas ... Also ... Müssen wir dabei etwas beachten?« Anna gingen die Worte nur schwer über die Lippen.

Schwester Marie-Luise schüttelte den Kopf. »Sie können so lange Abschied nehmen, wie Sie möchten. Es kann auch ein Geistlicher kommen, wenn Sie es wünschen.«

Anna lachte kurz auf. »Nein. Das wird nicht nötig sein. Mein Vater ist kein besonders gläubiger Mensch.«

Er hat seinen Glauben vor vielen Jahren verloren, wollte Anna zunächst noch hinzufügen, verkniff sich die Bemerkung dann aber. Zumal sie auch gar nicht wusste, ob das wirklich stimmte. Denn seinen Glauben verlieren kann ja nur der, der ihn vorher hatte. Papa hat immer gesagt, dass er am Tag der Beerdigung seiner ersten Frau das letzte Mal in einer Kirche gewesen war und danach nie wieder einen Fuß in ein Gotteshaus gesetzt hatte. Vielleicht war das einer der Gründe, warum Tom und sie nicht getauft waren. Aber was war in der Zeit davor gewesen? Als Papa und Mias Mutter glücklich verheiratet gewesen waren? War Papa damals ein gläubiger Christ gewesen? Anna hatte keine Ahnung und jetzt in diesem Moment, in dem sie hier am Bett ihres noch lebenden, aber bald schon toten Vaters saß, bedauerte sie zum ersten Mal, dass sie so etwas nicht wusste. Ein paar Generationen vor ihr wäre so etwas vermutlich undenkbar gewesen, damals wusste man, an was der andere glaubte.

»Der Doktor wird nachher noch alles mit Ihnen und Ihrer Familie besprechen«, sagte Schwester Marie-Luise mit warmer Stimme. »Wenn Sie dann so weit sind, wird er die Herz-Lungen-Maschine ausschalten.«

Es klang so technisch, so einfach. Wenn alle so weit waren, wurde ein Knopf gedrückt und die Sache war gelaufen. Die Sache, die in Wirklichkeit ein Leben war, das vor dreiundsechzig Jahren begann, als ihr Vater als Michael Römer mit den Füßen zuerst auf die Welt kam.

Die Schwester sah sie mitfühlend an. »Es ist nicht leicht, einen geliebten Menschen gehen zu lassen«, sagte sie. Jetzt hatte Anna den Eindruck, als läge eine professionelle Wärme in der Stimme der Schwester, eine, die sie nach Belieben an- und wieder ausschalten konnte. Natürlich, so was brauchte man als Krankenschwester. Wahrscheinlich hatte diese Frau tagtäglich mit trauernden Angehörigen zu tun, da war es unmöglich, sich in jeden Fall persönlich reinzudenken und mitzufühlen. Wer es nicht schaffte, eine professionelle Distanz aufzubauen und diese durch ein ebenso professionelles Mitgefühl zu verbergen, der ging vor die

Hunde. Das wusste Anna aus ihrem Studium. Sie hatte eine Vorlesung von einer Gastdozentin besucht, die als Sozialarbeiterin Suchtpatienten im Alltag begleitete. Die Frau hatte von dem Elend gesprochen, das ihr jeden Tag begegnete und das sie am Anfang ihrer beruflichen Laufbahn nicht aus dem Kopf kriegen konnte. Sie hatte es nach Feierabend mitgenommen, hatte zu Hause weitergegrübelt und in ihren Träumen das Leid ihrer Klienten und deren Angehöriger gesehen. Bis sie sich mithilfe eines Psychologen eine Strategie erarbeiten konnte, um alles auf Abstand zu halten. Und Anna wäre froh, wenn sie diese Strategie nun anwenden könnte, ganz einfach, ganz technisch, so als würde sie auf einen Knopf drücken.

Aber so einfach war es nicht.

»Ich lasse Sie noch mal etwas alleine«, sagte Schwester Marie-Luise. »Klingeln Sie einfach, wenn irgendwas ist.«

Was soll denn sein?, ging es Anna schlagartig durch den Kopf. Glaubte die Schwester etwa, Papa würde plötzlich die Augen aufschlagen? Plötzlich hallo sagen und grinsen und ein Liedchen pfeifen, wie er es früher immer gemacht hatte? Aber Anna sagte nichts, nickte der Frau nur zu und betrachtete dann wieder das Gesicht ihres Vaters, das friedlich aussah. Wäre der Schlauch in seinem Mund nicht gewesen, könnte man fast glauben, er würde schlafen.

Vielleicht tat er das ja auch. Dreiundsechzig war doch schließlich kein Alter zum Sterben. Im Gegenteil. Die letzten Nächte mit Bernie hatten ihr deutlich gezeigt, wie vital ein Mann in dieser Altersklasse sein konnte.

Auch wenn Bernie so alt wie ihr Vater war, hatte er zu Annas großer Erleichterung kaum etwas mit ihm gemein. Das war vor allem deshalb gut, weil sie damit die Theorie des Vaterkomplexes widerlegt sah, über den ihre beste Freundin Laura ihr ständig Vorträge hielt. Nein, sie hatte sich nicht in den älteren Mann verliebt, weil er sie an ihren Vater erinnerte, denn das tat er nicht! Und überhaupt: Frauen, die einen Vaterkomplex auslebten, vermissten ihren realen Vater im wirklichen Leben doch meist, in der Regel hatte er die Familie verlassen, war krank oder tot oder sonst wie verschollen. All das traf auf Anna und ihren Vater nicht zu – warum sollte sie dann einen Vaterkomplex haben?

»Weil du mit einem 60-Jährigen vögelst!?« Lauras Gesicht hatte eine Mischung aus Erstaunen und Ekel widergespiegelt. »Weshalb machst du das denn sonst? Kann doch nur aus therapeutischen Gründen sein!«

Anna hatte sich fürchterlich aufgeregt und ihrer Freundin etwas von Liebe und wahren Gefühlen erzählt, worüber Laura nur den Kopf schütteln konnte.

»Du hast Jonas! Den besten Kerl der Welt!«, hatte sie mahnend zu ihr gesagt. »Und du betrügst ihn mit welkem Fleisch – ehrlich Anna, normal ist das nicht.«

Anna seufzte und streichelte weiter die Hand ihres Vaters. Spätestens wenn er erfahren hätte, dass sie eine Affäre mit Bernie Weinheim hatte, hätte ihn der Schlag getroffen, ging es ihr durch den Kopf. Sie wusste noch genau, wie sie Bernie das erste Mal getroffen hatte, gut ein Jahr lag es nun zurück. Sie hatte Papa auf eine Vernissage begleitet, die in einer Galerie in Köln stattfand. Während sie dem Eröffnungsvortrag der Kunsthistorikerin gelauscht hatten, hatte Bernie sie nicht einen Moment aus den Augen gelassen. Sie hatte genau gespürt, dass der gut aussehende Mann nur sie angeschaut hatte, aber Papa hatte das ganz anders gesehen.

»Bernie Weinheim, der größte Arsch südlich von Hamburg«, hatte Papa gestöhnt. »Was glotzt der Kerl mich denn die ganze Zeit an?«

»Du kennst ihn?«

»Ich kannte ihn. Ein arroganter Mistkerl. Gott jetzt kommt der auch noch rüber.«

Kurz darauf hatte er vor ihnen gestanden, hatte Papa freundlich begrüßt und ihm gesagt, wie er sich freue, ihn nach so vielen Jahren einmal wiederzusehen und alle hatten gewusst, dass das gelogen war. Interessiert hatte er ihn nach dem Pechstein gefragt, wollte wissen, ob er immer noch in Papas Besitz sei und ob ihr Vater sich nicht vielleicht doch noch überreden ließe, dass Bernie ihn auf den Markt brachte.

»Oder wenigstens als Leihgabe in ein Museum!«, hatte er noch hinzugefügt, aber Papa hatte nur entschieden den Kopf geschüttelt und jedes weitere Gespräch durch demonstratives sich Wegdrehen verweigert.

Trotzdem war Anna von Anfang an fasziniert von Bernie gewesen, von seiner Ausstrahlung, die ganz anders war als die von Jonas. Die blonden, vom leichten grau durchzogenen Locken, die trotz regelmäßiger Friseurtermine kaum zu bändigen waren, ließen ihn jünger wirken, als er es tatsächlich war, und trotzdem strahlte er so viel Souveränität aus, hatte eine gewisse Ruhe und Lässigkeit an sich, die vielleicht etwas mit seinem Alter zu tun hatte, aber doch wohl mehr seinem Charakter zuzuschreiben war. Bernie wirkte wie ein Mann, der es geschafft hatte, was ja auch tatsächlich stimmte, jedenfalls hatte er sich als erfolgreicher Galerist und Kunstkenner einen Namen gemacht. Und ein Vermögen. Vielleicht hatte auch das Anna unterbewusst angezogen. Sie wusste es nicht und es fiel ihr schwer, sich das einzugestehen. Aber keine Frage, mit einem Mann auszugehen, der sie großzügig zum Essen einlud, der in fast allen möglichen und unmöglichen Situationen wusste, wie man sich richtig zu verhalten hatte, der so vieles erreicht und schon unzählige Kämpfe gekämpft hatte, die noch vor Anna lagen, hatte eine gewisse Anziehungskraft auf sie.

Er hatte sie noch häufig auf den Pechstein angesprochen, hatte gefragt, ob sie nicht Einfluss auf ihren Vater nehmen könne, so ein Bild gehöre schließlich in ein Museum und nicht in ein Einfamilienhaus.

»Man sollte so etwas regeln, bevor eines Tages der Erbfall eintritt«, hatte er schon vor über einem halben Jahr zu ihr gesagt. »Glaub mir, ich habe viele Kunden, die sich in solchen Fällen bis aufs Blut zerstritten haben. Ist das Bild aber in einem Museum, kann es dort erst mal hängen bleiben, bis alles in Ruhe geregelt ist.«

Und nun sollte der Erbfall schneller eintreten, als sie es sich hatte vorstellen können und sie wusste genau, dass es zwischen Tom und Mia wieder zum Streit um das Bild kommen würde. Am besten wäre es, wenn sie es Bernie noch heute geben könnte. Dann wäre es in seiner Galerie, er könnte es in Ruhe an ein Museum vermitteln und es würde nicht im Fokus des Geschwisterstreites stehen.

Aber wie sollte sie das anstellen? Am liebsten würde sie Jonas danach fragen, er hatte immer die besten Ideen. Aber das ging natürlich nicht.

»Hast du Jonas gegenüber gar kein schlechtes Gewissen?« Wie oft hatte Laura ihr diese Frage gestellt. Natürlich hatte sie ein schlechtes Gewissen. Aber es fraß sie nicht auf, im Gegenteil, sie hatte es ganz gut im Griff. Vielleicht lag das daran, dass Bernie und Jonas für sie zwei völlig unterschiedliche Welten bedeuteten, die nichts miteinander zu tun hatten und in denen es auch keine Überschneidungspunkte gab. Jonas, das waren Studentenpartys, Kochabende, schneller Sex und gemeinsames Lernen, gemeinsame Freunde und viel Spaß. Er war die Gegenwart. Die Zeit mit Bernie gaukelte ihr dagegen ein ganz anderes Leben vor, eines, das sie wahrscheinlich niemals führen würde und das mit ihrer Gegenwart rein gar nichts zu tun hatte. Der Sex mit ihm war nicht schnell und wild, sondern ausgiebig und leidenschaftlich, konzentrierte sich weniger auf den Akt selbst, als auf alles andere und konnte sich deshalb endlos hinziehen, auch weil sie nur im Bett ungestört zusammen sein konnten. Gingen sie essen oder spazieren, achteten sie beide darauf, dass man sie nicht als Paar wahrnehmen konnte. Nicht nur wegen Jonas, auch wegen Bernies Frau, mit der er seit über dreißig Jahren verheiratet war.

Eine Affäre mit einem älteren, verheirateten Mann. Als junge Studentin. Was für ein Klischee.

Aber so war es nicht. Es war ganz anders. Die Gespräche mit ihm hatten eine andere Tiefe als mit Jonas, alles war viel reifer, viel durchdachter und erfahrener. Das mochte sie so an ihm.

»Warum bist du dann nicht richtig mit ihm zusammen?« Lauras Frage war berechtigt und Anna wusste nicht, warum sie ihr ausgerechnet jetzt durch den Kopf ging. Doch, sie wusste es wohl. Es fiel ihr nur schwer, sich das einzugestehen.

»Weil ich mit vierzig keine Witwe sein will«, sagte sie leise und betrachtete ihren Vater. Wenn Bernie nicht die Gegenwart war, dann war er erst recht nicht die Zukunft. Eine Lebensplanung war mit ihm nicht vorstellbar.

»Was wurde eigentlich aus deinen Plänen, Papa?«, fragte sie ihn leise und drückte seine Hand noch viel fester, als sie es zuvor getan hatte.

Es war in Papas Leben nicht alles so gelaufen, wie er es sich vorgestellt hatte, das wusste Anna nur zu gut. Der frühe Tod von Mias Mutter stellte eine große Zäsur da, aber Anna fand, dass er danach doch alles einigermaßen gut wieder auf die Reihe gekriegt hatte. Er hatte Mama geheiratet, zwei weitere Kinder bekommen und auch beruflich etwas auf die Füße gestellt.

»Und genau das hattest du dir anders vorgestellt, nicht

wahr?«, sagte sie leise und betrachtete dabei das Gesicht ihres Vaters, so als hoffte sie, irgendeine Reaktion von ihm zu bekommen.

Zwei

Das ist dein Bruder! – das ist verdolmetscht: Er ist aus eben dem Ofen geschossen, aus dem du geschossen bist – also sei er dir heilig!
Friedrich von Schiller (1759–1805)

Mick kam sich fast ein bisschen albern vor, wie er so dalag, die Augen halb geschlossen, einen Schlafenden vortäuschend. Hanna stand etwa zwei Meter von ihm entfernt und warf immer wieder einen Blick auf ihn, um dann erneut mit dem Pinsel über die Leinwand zu streichen.

»Ich weiß nicht ...«, murmelte Mick leise, um Mia nicht zu wecken, deren Bettchen in der Ecke des Raumes stand. »Du weißt, dass ich nicht gerade ein Fan der Großfamilie bin.«

»Mit zwei Kindern ist man noch lange keine Großfamilie«, entgegnete Hanna lächelnd. »Es wäre doch schön, wenn Mia noch ein Geschwisterchen bekäme.«

Mick wusste, dass Hanna sich immer Geschwister gewünscht hatte. Sie war als Einzelkind aufgewachsen und hatte einen Bruder oder eine Schwester ihr Leben lang vermisst. Im Gegensatz zu ihm. Als Ältester von fünf Söhnen hatte er seine Kindheit als sehr anstrengend empfunden. Alle hatten immer etwas von ihm erwartet. Seine Eltern, dass er vernünftig war, nichts anstellte und sich um seine kleinen Brüder kümmerte. Die wiederum gingen stets davon aus, dass Mick es schon richten würde, aufpasste, dass nichts passierte und den Kleinen aus der Patsche half.

Das Gefühl, all diesen Anforderungen nicht gerecht zu werden, war fest in ihm verankert. Manchmal kam es ihm fast so vor, als wäre er eine dauerhafte Enttäuschung. Bis heute. Als Ältester sollte er studieren, das war der ausdrückliche Wunsch seines Vaters gewesen, schließlich sollte er es besser haben und nicht so viel schuften müssen wie er, der Tischler. Jetzt war er fertig mit dem Studium, tüftelte an verschiedenen Ideen herum und hatte keinen richtigen Job, obwohl er bereits eine Familie hatte. Kind, aber kein Einkommen. Größer hätte die Enttäuschung für seinen Vater nicht sein können.

»Einem Kind kann man doch viel mehr Liebe und Aufmerksamkeit schenken, als wenn man sie durch zwei oder noch mehr teilen muss ...«, sagte er leise.

Hanna sah ihn kopfschüttelnd, aber liebevoll an. »Wir haben doch genug Liebe«, entgegnete sie zärtlich. »So viel, dass sie für zehn Kinder reichen würde.«

Dann befahl sie ihm, den Mund zu halten, damit sie in Ruhe weitermalen konnte.

Mia

Als sie sich in den Wagen setzten, sprach keiner von ihnen ein Wort. Constanze nahm wie selbstverständlich auf dem Beifahrersitz Platz, sodass Mia sich neben Tom auf die Rückbank setzen musste.

»Dann wollen wir mal«, murmelte Mark und startete den Motor. Constanze seufzte hörbar und Mia wusste, dass es ihrer Stiefmutter am liebsten gewesen wäre, wenn einer von ihnen irgendetwas erzählen würde. Alles war besser als diese Stille. Aber keiner sagte ein Wort. Vermutlich dachten sie alle an dasselbe. Was würde gleich passieren? Wie würde es sein, wenn die Geräte ausgeschaltet wurden? Würde ihr Vater noch eine Regung zeigen? Einen Laut von sich geben?

Als Mia ihn zum ersten Mal nach dem Schlaganfall besucht hatte, war sein Anblick ein Schock für sie gewesen. Ihr Vater, den sie immer nur als redegewandte und gut gekleidete Person kannte, lag mit geschorenem Schädel in einem Krankenbett, frisch operiert, mit einem Beatmungsschlauch im Mund und durch zahlreiche Kabel mit Monitoren verbunden.

»Wir konnten durch die Operation den Druck im Gehirn, der durch die starke Blutung entstanden ist, etwas mindern«, hatte ihr Dr. Kraft erklärt, als sie zu ihrem Vater ans Krankenbett geeilt war. Ein gut aussehender Mann, der jünger aussah, als er es vermutlich war. Er war der Typ Arzt, den man in den 1980er-Jahren für die Besetzung eines ZDF-Serien-Chefarztes genommen hätte. Braungebrannt, leicht grau melierte Schläfen, freundliche Lachfalten um die blauen Augen, strahlendweiße Zähne, sonore Stimme. Mia konnte nicht fassen, dass ihr solche Gedanken durch den Kopf gingen, während das Professor-Brinkmann-Double ihr gerade die Hirnschäden ihres Vaters erklärte.

»Was für Einschränkungen wird er haben, wenn er wieder aufwacht?«, hatte Mia gefragt und, noch während sie den Satz aussprach, war ihr klar geworden, wie sinnlos diese Frage war. Sie konnte die Antwort in Dr. Krafts Gesicht förmlich lesen. Anders als ein ZDF-Chefarzt, der jetzt vermutlich liebevoll-tröstend den Arm um sie gelegt hätte, wand sich Dr. Kraft wie ein glitschiger Aal in der Hand eines Anglers.

»Äh ... also ... es tut mir wirklich sehr leid ...«

Offenbar war er nicht in der Lage, *es* auszusprechen. Er räusperte sich, fuhr sich mit der Hand durch die Haare und verzog das Gesicht zu einem bedauernden Lächeln. Mia musste schlucken.

»Er wacht nicht wieder auf?«

Dr. Kraft schüttelte den Kopf und atmete hörbar aus. Er wirkte erleichtert und war vermutlich froh darüber, dass sie nicht weinend in seine Arme sank.

»Wahrscheinlich nicht. Dafür sind die Schäden zu groß. Es ist fraglich, ob er ohne die lebenserhaltenden Maschinen überhaupt noch bei uns wäre. Hat Ihr Vater eine Patientenverfügung?«

Seufzend blickte Mia auf die Häuser und Bäume, die vor ihrem Fenster vorbeizogen. Es war nicht mehr weit bis zum Krankenhaus. Zum zweiten Mal musste sie hier herkommen, um sich von einem geliebten Menschen zu verabschieden. Als kleines Mädchen von ihrer Mutter, als erwachsene Frau von ihrem Vater. War es heute schlimmer als damals? Sie nahm alles viel bewusster wahr. Sie war auf dem Weg zu ihrem allerletzten Besuch, danach würde sie ihren Vater niemals wieder sehen. Das war ein merkwürdiges Gefühl. Normalerweise wusste man nicht, wann ein Leben endete und natürlich wusste sie auch damals nicht, dass sie ihre Mutter nie wieder sehen würde, als sie zum letzten Mal zum Krankenhaus fuhr. Sie hätte auch noch ein paar Tage leben können, vielleicht sogar ein paar Wochen, keiner konnte das damals so genau sagen. Die letzte Umarmung, der letzte Kuss, all das war nicht von einer brutalen Endgültigkeit überschattet gewesen wie heute. Manchmal fragte sich Mia, ob sie Papas Patientenverfügung nicht einfach hätte verschweigen sollen. Dann würde ihr Vater heute nicht sterben.

Papa hatte die Patientenverfügung damals in Mias Hände gegeben aus Sorge, dass ihm zusammen mit Constanze etwas passieren könnte und sie dann beide hilflos an irgendwelchen Geräten hängen würden. Nachdem Dr. Kraft sie auf die Verfügung angesprochen hatte, brauchte Mia fast zwei Wochen, bis sie sie gefunden hatte. Oder *wollte* sie die Verfügung gar nicht finden? Sie wusste ja, was drin stand, sie alle wussten es. Alle Geräte ausschalten, und zwar sofort. Das war Papas ausdrücklicher Wunsch gewesen.

Aber so etwas in der Theorie und auf einem Papier festzuhalten, war etwas ganz anderes, als es in die Tat umzusetzen. Und wenn Papa doch noch etwas mitbekam? Wenn er realisierte, was heute mit ihm passieren sollte, wenn er da lag, gefangen in seinem Körper und innerlich schrie: Lasst mich am Leben! Bringt mich nicht um! Was dann? Sie würden es niemals erfahren. Sie würden niemals wissen, ob er noch etwas gespürt oder gedacht hatte, ob er wirklich gehen wollte oder lieber bei ihnen geblieben wäre. Und wahrscheinlich würde Mia ein Leben lang darüber nachdenken, ob sie wirklich die richtige Entscheidung getroffen hatten.

Ihr Handy signalisierte ihr, dass eine Nachricht eingegangen war. Sie zog es aus ihrer Handtasche und lächelte, als sie Ellas Profilbild sah.

»Geheime Nachrichten vom Lover?«, meinte Tom und versuchte, einen Blick auf ihr Display zu erhaschen. Offenbar wollte er witzig sein, was ihm wie immer misslang. »Wer ist Ella?«, fragte er dann.

»Was geht das dich an?«

»Ich frage ja nur! Kein Grund, gleich so patzig zu sein.«

Mia seufzte. Da hatte er recht. »Eine ehemalige Schülerin von mir.«

»Du chattest mit Grundschülern?« Nun klang Tom aufrichtig erstaunt. »Warum zur Hölle?«

»Ehemalige Schülerin hab ich gesagt! Sie ist längst auf dem Gymnasium.«

»Mia hilft ihr bei den Hausaufgaben und kümmert sich ein bisschen um sie«, warf Mark mit Blick in den Rückspiegel ein. »Sie ist sozusagen ihre Patin. Ich finde, das ist eine tolle Sache. Das Mädchen kommt aus schwierigen Verhältnissen.«

»Ich dachte immer, Anna wäre die Mutter Theresa in unserer Familie!« Tom wirkte immer noch überrascht. »Aber dass du so was machst …«

Mia atmete hörbar aus. Sie merkte, wie die Wut in ihr hochkochte. Mutter Theresa? Was bildete Tom sich eigentlich ein? Der Tom, der nichts in seinem Leben gebacken bekam, wagte es, sich so über sie zu äußern?

Mia wollte gerade zu einer Wutrede ansetzen, als Constanze ihr zuvorkam. »Jetzt hab ich mir einen Faden gezogen!«, sagte sie und fummelte nervös an ihrer transparenten Bluse herum. »So etwas Dummes.«

»Wir gehen ins Krankenhaus, Constanze«, sagte Mia und bemühte sich um einen neutralen Tonfall. »Nicht auf eine Party.«

»Das weiß ich, Liebes.« Constanzes Stimme war deutlich anzuhören, dass sie sich um einen ähnlichen Tonfall bemühte wie Mia. »Ich wusste, dass du mein Outfit übertrieben findest.«

Tom stöhnte auf. Vermutlich ahnte er, dass es gleich Streit geben würde und dass er dem Ganzen nicht entkommen konnte. Bewegungslos starrte er aus dem Fenster und versuchte, das Gespräch zu ignorieren. Mark warf ihr einen mahnenden Blick durch den Rückspiegel zu, dem Mia schnell auswich.

»Nun ja, ein bisschen schon! Transparente Bluse, enge

Hose ... ich frag mich, für wen du dich so in Schale geworfen hast.«

»Für deinen Vater«, erwiderte Constanze mit belegter Stimme. »Für ihn will ich so gut wie möglich aussehen.«

Mark warf seiner Schwiegermutter einen mitfühlenden Blick zu und strich ihr aufmunternd über den Arm. »Eine schöne Geste«, sagte er leise und Constanze lächelte ihn dankbar an.

»Ich dachte mir, vielleicht stimmen die Berichte ja, die man so oft gehört hat«, fuhr sie fort. »Von Leuten mit Nahtoderfahrung, die ihren Körper verlassen haben und von oben aus einer Ecke des Raumes auf sich selbst und die Angehörigen blicken. Ich dachte mir, wenn Mick über mir schweben würde, dann soll er mich wenigstens in seinem Lieblingsoutfit sehen. Und mit dem Collier, das er mir zum vierzigsten Geburtstag geschenkt hat. Mick hat es doch immer so geliebt, wenn ich mich schick gemacht habe und seinen Schmuck trug ...«

Meinst du das ernst?, wollte Mia ihr gerade von hinten entgegenschleudern, aber im selben Moment spürte sie, wie sehr sie die naiv klingenden Sätze ihrer Stiefmutter doch rührten. Sie biss sich auf die Unterlippe und versuchte, die aufkommenden Tränen herunterzuschlucken. Offenbar trug Constanze sich mit ähnlichen Gedanken herum wie Mia selbst.

Wie würde Papas Ende aussehen? Würde er noch etwas mitbekommen?

Obwohl sie mit Constanze und Tom viel mehr Zeit in

ihrem Leben verbracht hatte als mit Mark, war er doch der Einzige hier, den sie richtig kannte. Was wusste sie schon von ihrer Stiefmutter und von ihrem Bruder? Von Anfang an hatte sie ihm und seiner Schwester gegenüber eine ablehnende Haltung eingenommen. Zunächst war es nur Constanze gewesen, die in ihr Leben getreten war, und die von Mia mit ihren damals erst fünf Jahren sofort abgelehnt worden war. Constanze hatte nie eine Chance bei ihr gehabt.

Sie arbeitete als Krankenschwester in der Klinik, in der Mias Mutter wegen ihrer Krebserkrankung behandelt wurde und in der nun auch Papa lag. Mama hatte damals bereits seit ein paar Wochen über Bauchschmerzen geklagt.

»Mach dir keine Sorgen, mein Spätzchen«, hatte sie zu Mia gesagt und ihre kleine Tochter auf den Schoß genommen und an sich gedrückt. »Mamas werden nie richtig krank, das weißt du doch.«

Eine Magenschleimhautentzündung hatte ihr Hausarzt vermutet, doch das Bauchweh wurde nicht besser. Es hatte ein paar Wochen gedauert, bis man sie völlig auf den Kopf gestellt und die Diagnose gefunden hatte. Gallengangkrebs, wer kommt da schon drauf, wenn eine 28-Jährige mit Bauchschmerzen zum Arzt geht.

Mama wurde sofort operiert und von dem Moment war eigentlich allen klar, dass sie keine Chance hatte. Allen außer Mia natürlich. Dass ihre Mutter Metastasen in Leber, Gebärmutter, Eierstöcken, Darm und Bauchfell hatte, erfuhr sie erst viele Jahre später. Drei Monate lebte sie nach der Operation noch, eine Zeit, an die Mia sich bis heute nur in schwarz-weißen Bildern erinnern konnte. Die düsteren Gänge in der Klinik, die grauen Apparate im Krankenzimmer, Mamas aschfahle Haut. Ein paar Mal war ihre Mutter in der Zeit noch zu Hause gewesen, aber auch daran erinnerte sich Mia nur farblos. Vielleicht auch, weil Papa sie jedes Mal wieder zurück in die Klinik bringen musste, da die Schmerzen immer schlimmer wurden.

Mia wusste nicht genau, ob es stimmte oder ob die Erinnerung ihr einen Streich spielte, jedenfalls tauchte auf den schwarz-weißen Bildern auch immer wieder Constanze auf. Sie pflegte Mias Mutter und kümmerte sich um Papa. Und auch wenn Mia sich als erwachsene Frau zigmal gesagt hatte, dass Constanze nur ihren Job gemacht hatte, blieb das unbestimmte Gefühl, dass sie sich damals gezielt an den Mann einer sterbenden Frau rangemacht hatte.

Warum hast du eigentlich nie mit Papa darüber geredet?, fragte sich Mia und starrte wieder aus dem Fenster. Es war nicht so, dass zwischen ihr und ihrem Vater eine solche Sprachlosigkeit geherrscht hatte, wie es in Marks Familie der Fall gewesen war. Sie hatte mit ihrem Vater über viele Dinge sprechen können und einige Male hatte er versucht, das Gespräch auf Constanze zu lenken. Mia hatte dann grundsätzlich dichtgemacht. Es war ein Automatismus, ein Reflex, der verhinderte, dass Constanze Zugang zu ihr bekam. Wenigstens hatte sie sich heute noch nicht mit Tom gestritten, noch nicht mal der Pechstein war bisher Anlass eines Streits geworden. Es wäre gut, wenn sie das Bild unter ihre Fittiche nehmen würde, bevor es zur offiziellen Testamentseröffnung kam. Aber wie sollte sie das anstellen? Heute Nacht würden sie alle zu Hause schlafen, alle drei Geschwister unter einem Dach, das war schon seit Jahren nicht mehr vorgekommen. Mia überlegte, nachts aufzustehen, das Bild einfach abzuhängen und ins Auto zu packen. Das war jetzt noch nicht der Masterplan und natürlich würden es die anderen merken, wenn das Bild einfach verschwunden wäre. Aber irgendwie hatte sie das Gefühl, dass alles einfacher würde, wenn sie es erst mal unter ihre Fittiche genommen hatte. Und sie erbte das Bild ja eh, insofern würde sie nichts Unrechtes tun. Tom würde sich vermutlich trotzdem fürchterlich aufregen, aber mit ihm bekam sie ja sowieso ständig Streit. Einmal mehr oder weniger war dann auch egal. Anna dagegen würde wie immer nichts dazu sagen und nur versuchen, den Streit zu schlichten. So wie immer. Außerdem war sich Mia sicher, dass Anna der Pechstein sowieso egal war.

Ein röhrendes Geräusch riss sie aus ihren Gedanken, gefolgt von einem verlegenen »sorry«.

»Was zur Hölle war das denn?« Mia warf ihrem Bruder einen vernichtenden Blick zu.

»Ich musste aufstoßen. Sorry.«

»Aufstoßen? Du hörst dich an wie ein Tier!«

»Tut mir leid. Ich hab im Moment ein paar Magenprobleme ...«

»Klar.«

Natürlich, Tom benahm sich wie ein Schwein und schob es auf irgendwelche Pseudoprobleme. Wie immer. Noch nie hatte sie von ihm gehört, dass er etwas falsch gemacht hatte, dass ihm klar war, dass er sich daneben benahm, nein, immer gab es irgendeinen Grund für sein bescheuertes Verhalten. Jetzt rülpste er wie ein röhrender Hirsch und schob es auf vermeintliche Magenprobleme. Was für ein Idiot.

»Seit wann hast du was mit dem Magen?« Besorgt drehte sich Constanze zu ihrem Sohn um und Mia war gespannt, ob er seine vermeintlichen Probleme nun ausschmücken oder einen Rückzieher machen würde.

Tatsächlich zögerte Tom, stotterte herum und Mia war sofort klar, dass er nach einer Ausrede suchte.

»Hast du vielleicht Diätpillen genommen?«, fragte sie nach und spürte sofort Marks mahnenden Blick im Rückspiegel.

Tom sah sie wütend an. »Nein. Warum sollte ich Diätpillen nehmen?«

Mia zuckte scheinheilig mit den Achseln. »War nur so'n Gedanke. Sind die dir nicht auch häufig auf den Magen geschlagen, Constanze?«

Mark seufzte hörbar und Mia wusste, was er dachte. Warum musste sie schon wieder mit diesen Sticheleien anfangen?

»Ich habe nie welche genommen«, antwortete Constanze mit gepresster Stimme.

»Echt nicht? Ich hätte schwören können, dass bei einer deiner unzähligen Diäten auch ein paar Pillen im Spiel waren.«

»Ich habe schon lange keine Diät mehr gemacht.«

»Das ist nicht zu übersehen.«

Alle schwiegen und Mia wich Marks Blick im Rückspiegel aus. Was für eine dumme Kuh sie doch war. Sie musste jetzt dringend irgendetwas sagen, um für bessere Stimmung zu sorgen.

»Warum spendet Papa seine Organe eigentlich nicht?« Sie hatte den Satz noch nicht zu Ende gesprochen, als ihr klar wurde, dass er nicht dafür geeignet war, die Stimmung zu verbessern.

Constanze schnappte nach Luft.

»Du weißt doch, dass Papa als Kind Tuberkulose gehabt hat«, sagte Tom.

»Ach ja.«

Tom war anzusehen, dass er noch etwas erwidern wollte, aber im Gegensatz zu ihr hatte er sich offensichtlich im Griff.

»Können wir das Thema wechseln?« Constanzes Stimme klang betont munter.

»Worüber willst du denn an so einem Tag reden?«, fragte Mia und merkte, wie vorwurfsvoll sie klang.

»Wie läuft dein Studium?«, Constanze überging Mias Frage und nun war es Tom, der nach Luft schnappte.

»Ich ... Ich hatte eine kleine Durststrecke«, sagte er zögerlich.

Wie in Zeitlupe drehte Mia ihren Kopf zu ihm. »Durststrecke? Du bist neunundzwanzig! Dein ganzes Studium ist bisher eine einzige Durststrecke!«

»Ich mach das Radio an.« Mark drehte die Musik auf die volle Lautstärke und merkte viel zu spät, dass gerade »Halleluja« von Leonard Cohen gespielt wurde. Constanze brach sofort in Tränen aus.

»Super, Mark.«

Warum kannst du nicht einfach deine Klappe halten?, dachte Mia und meinte einzig und allein sich selbst damit.

Alle wussten, dass Tom ein erfolgloser Langzeitstudent war, der in Berlin vermutlich nichts anderes machte, als sich durch die Schwulenklubs der Stadt zu vögeln. Ein fauler Partystudent, der nie was auf die Kette kriegen würde, zumal die Welt auf einen weiteren Kunsthistoriker sowieso nicht gewartet hatte. Trotzdem gab es keinen Grund, diese akademische Misere jetzt zu besprechen, ausgerechnet jetzt, wo sie zu Papa fuhren.

Und wieso würgte sie ausgerechnet Mark noch eine rein? Manchmal konnte sie sich selbst nicht ausstehen, empfand sich selbst als reinste Bitch.

Hektisch fummelte Mark an dem Radio herum und landete schließlich bei 1Live und den O-Ton-Charts der Woche.

»Das lenkt doch vielleicht etwas ab«, meinte er erleichtert und alle lauschten den irrwitzigen Zitaten von Personen, die wahrscheinlich schon in ihrer Kindheit nicht die hellsten Kerzen auf der Geburtstagstorte waren.

Mark lachte künstlich auf. »Das ist doch ganz lustig, oder?«

Keiner im Wagen sagte etwas.

In Mia machte sich fast ein Gefühl von Erleichterung

breit, als sie auf den Parkplatz des Krankenhauses fuhren. Eigentlich hatte sie gedacht, dass beim Anblick der Klinik alles noch viel schlimmer werden würde, dass die Erinnerungen und Emotionen sie einholen würden, aber tatsächlich war sie froh, als sie endlich aus dem Wagen steigen und die angespannte Atmosphäre verlassen konnte.

Unschlüssig standen sie auf dem Parkplatz, Constanze strich ihre Kleidung glatt und kontrollierte ihr Make-up. Mia musste sich auf die Lippe beißen, sonst wäre ihr wieder ein bissiger Kommentar herausgerutscht. Zögerlich ging sie mit Mark ein paar Schritte vor.

»Tut mir leid«, raunte sie ihrem Mann zu. »Ich weiß, dass ich ein Arsch sein kann.«

»Stimmt.«

Sie seufzte. Insgeheim hatte sie auf beschwichtigende Worte gehofft, aber Mark war schon immer nur ehrlich zu ihr gewesen.

Sie blieben stehen und sahen sich nach den anderen um. Constanze stand immer noch neben dem Wagen, hatte ihre Puderdose inzwischen wieder eingepackt und fächelte sich etwas Luft zu, so als wären es fünfunddreißig und nicht fünfzehn Grad. Sie war blass geworden und es sah so aus, als würde sie jeden Moment kollabieren.

Zum ersten Mal in ihrem Leben empfand Mia Mitleid mit ihrer Stiefmutter. Für alle war dieser Gang hart, auch für Constanze. Vielleicht sollte sie zu ihr gehen und sie in den Arm nehmen. Als sie gerade einen Schritt auf ihre Stiefmutter zumachen wollte, hörte sie Toms Worte, die nicht für ihre Ohren bestimmt waren. »Mach dir nichts draus. Sie ist nun mal eine Giftspritze, das wissen wir doch alle.«

Aufmunternd legte Tom den Arm um seine Mutter und drückte sie an sich. Abrupt drehte Mia sich um und stiefelte energisch auf den Eingang der Klinik zu.

»Los, kommt, gibt keinen Grund, zu trödeln.«

»Trödeln? Mia!«

Was war sie nur für eine Bitch.

Tom

Tom hatte immer noch den Arm um seine Mutter gelegt. Mit etwas Abstand folgten sie Mia und Mark durch die große Drehtür ins Krankenhaus, in dem sie sofort von einer warmen Wolke aus Desinfektionsmitteln und Erbsensuppe umhüllt wurden. Er versuchte, seine Wut zu kontrollieren. Natürlich wusste er, dass er in Zeiten, in denen die Mehrzahl seiner Kommilitonen mit achtzehn oder neunzehn Jahren ihr Abitur gemacht und den Bachelor nach drei weiteren Jahren in der Tasche hatten, ein uralter Dauerstudent war, der längst exmatrikuliert worden wäre, wenn er nicht immer wieder diverse ärztliche Attests hätte vorlegen können. Aber das Ganze war verdammt noch mal nicht einer irgendwie definierbaren Faulheit geschuldet!

Er erinnerte sich noch genau, wie er zum ersten Mal bemerkt hatte, dass etwas nicht stimmte. Seine Vespa war wie vom Erdboden verschluckt gewesen, unauffindbar, vermutlich geklaut, wie er zunächst dachte, Zweiräder kamen in Berlin ja alle naselang abhanden. Genervt war er zur Polizei gegangen, hatte den Diebstahl gemeldet, hatte Ewigkeiten warten und unzählige Formulare ausfüllen müssen. Danach war er so erledigt gewesen, dass er zwei Tage mehr oder weniger durchgeschlafen hatte. Als er sich dann wieder fit genug fühlte, um vor die Tür zu gehen, das Zehnparteienhaus in der Schröderstraße verlassen und ausnahmsweise rechts in die Gartenstraße abbog, anstatt wie sonst immer links in die Hermannstraße, da stand seine Vespa, ordentlich angeschlossen und geparkt, unversehrt und ahnungslos von dem, was in den letzten Tagen passiert war. Er hatte vergessen, wo er sie geparkt hatte, er hatte es schlichtweg vergessen. Und das war nur der Anfang. Er fand den asiatischen Supermarkt nicht wieder, in dem er sich so gerne mit Gewürzen und Soßen eindeckte, er vergaß aus der U-Bahn zu steigen, wenn die Haltestelle Uni angezeigt wurde, er musste alle Trommeln im Waschsalon anschauen, weil er nicht mehr wusste, in welche er eine Stunde zuvor seine Schmutzwäsche gesteckt hatte. Und er war permanent müde und erschöpft. So musste es sein, wenn man alt war und tüttelig wurde, dachte er. Und dann schreckte er eines Nachts hoch und bekam keine Luft mehr. Eine klassische Panikattacke, wie ihm sein Arzt am nächsten Tag bescheinigte. Verdacht auf Burn-out, das sei gar nicht so selten bei den ganzen gestressten Studenten, die alles mit besten Noten abschließen wollten und nebenbei noch jobben würden – all das traf auf Tom nicht zu.

»Ich komme seit Tagen kaum noch aus dem Bett«, erklärte er dem Arzt und nachdem klar war, dass weder Drogen noch Alkohol die Ursache waren, stand irgendwann das Wort Depression im Raum. Sechs Wochen dauerte es, bis er einen Termin bei einem Psychiater bekam. Sechs Wochen, in denen er keine Vorlesung besuchte, kein Seminar und keine Bibliothek, sechs Wochen, in denen er nur in seiner Wohnung war und die meiste Zeit im Bett verbrachte, in denen er morgens mit der immer selben Frage wach wurde, wie er nur einen weiteren verfluchten Tag überleben sollte.

Eine reaktive Depression wurde ihm bescheinigt. Dr. Johansen, ein grauhaariger Psychiater in den Fünfzigern, stellte außerdem noch eine verminderte Serotoninaufnahme fest. Er bekam Medikamente und eine Psychotherapie verschrieben, die Dr. Johansen aber nicht durchführen konnte. Psychiater war nicht gleich Psychotherapeut, was Tom vorher nie gewusst hatte. Es dauerte mehr als vier Monate, bis er endlich einen Platz bei einem Therapeuten fand. Die Zeit bis zum Therapiebeginn verbrachte er wie im Rausch.

Er wollte das nicht hinterfragen, er wollte das nicht missen, die Aufgeregtheit, wenn er sich fertig für die Nacht machte, wenn er den Klub betrat und die Männer an der Theke fixierte, wenn er den Richtigen sah, der seinen Blick erwiderte, wenn die ersten Anbahnungsgespräche liefen, die erste Berührung am Arm, dem anderen eine Haarsträhne aus der Stirn streichen, ein Lächeln, ein Nicken und das gemeinsame Verschwinden im Darkroom, auf der Toilette oder im Park um die Ecke. Denn dann fühlte er Leben. Dann waren alle Gedanken, wie man den ganzen Scheiß ertragen konnte, wie weggeblasen, dann fühlte er die Leichtigkeit des Lebens, das Schöne und den Spaß, und die grauen, nein fast schwarzen Wolken, die jeden Morgen über seinem Bett aufzogen, waren verschwunden.

»Du denkst an Papa, was?« Mama strich ihm liebevoll über die Wange und Tom zuckte erschrocken zusammen.

»Ich weiß mein Schatz, ich kann auch an nichts anderes denken.«

Tom verzog das Gesicht zu einem schiefen Grinsen und nickte, vom schlechten Gewissen geplagt. Wieder einmal drehten sich alle seine Gedanken nur um ihn, in den letzten Stunden, in denen sein Vater noch lebte, dachte er, sein einziger Sohn, nur an sich.

Er wusste, dass das nicht untypisch war, dass es einer der Gründe war, warum psychisch Erkrankte von ihrer Umwelt häufig als Egoisten wahrgenommen wurden. Ändern konnte er es aber nicht. Für einen Moment stieg in ihm das Bedürfnis auf, Mama alles zu erzählen, aber schnell verwarf er den Gedanken wieder. Nicht nur der Zeitpunkt war denkbar ungünstig, auch hatte Tom seine Probleme bisher eigentlich immer für sich behalten. Es war merkwürdig. Obwohl er das Verhältnis zu seiner Mutter immer als ausgesprochen gut beschreiben würde, wusste sie relativ wenig von ihm. Woran lag das eigentlich?

»Lasst uns die Treppe nehmen«, meinte Mama und keiner sagte etwas oder fragte, warum ausgerechnet die korpulente Constanze lieber zu Fuß in den fünften Stock gehen wollte, anstatt den Fahrstuhl zu nehmen, wie sie es sonst immer tat. Wahrscheinlich ahnte jeder, warum sie den mühsameren, aber auch längeren Weg auf sich nehmen wollte, als würden ein paar Minuten Verzögerung das Unausweichliche verhindern.

Tom starrte auf die Rücken seiner Angehörigen, die vor ihm die Stufen hochgingen. Seine Mutter, seine Halbschwester und sein Schwager. Oder war es sein Halbschwager? Egal. Wie wichtig waren ihm diese Menschen eigentlich? Wie viel Anteil hatten sie an seinen Problemen, seinen Sorgen, ja gar an seiner Depression? Alles in seinem Leben drehte sich momentan um die Erkrankung. Einzig bei der Pflege seines kleinen Mini-Gärtchens kam er zur Ruhe. Die Pflanzen, das Unkraut und die unbequeme, gebückte Haltung, in der er es zupfen musste, sorgten dafür, dass er an nichts denken musste. Dann war sein Kopf leer, das Rauschen der Autos, das Geplapper der Passanten, alles vermischte sich zu einem eintönigen Brei und manchmal vergingen Stunden, bevor er wieder über den kleinen Mini-Zaun auf den Bürgersteig stieg und selbst überrascht war, was er da geschaffen hatte.

»Dagegen sind die Gärten von Sanssouci ja nichts«, hatte ein Passant mal erstaunt gesagt, nachdem Tom ein Veilchenbeet in Rautenform gepflanzt und mit winzigen Buchsbäumen gesäumt hatte. »Wenn du da reinscheißt, war das der letzte Schiss deines Lebens«, hatte der Mann sofort streng zu seinem Hund gesagt, der sich bereits schnüffelnd an Toms Schlossgartenverschnitt zu schaffen machte.

Plötzlich blieb Mia abrupt stehen, wodurch der ganze Tross automatisch anhielt.

»Was ist los?«, fragte Constanze atemlos.

»Die Kerze unter dem Pechstein!« Mias Stimme klang alarmiert.

»Was ist damit?«

»Sie ist noch an!«

»Ja natürlich ist sie noch an. Seitdem dein Vater ins Krankenhaus gekommen ist, brennt die Kerze. Für ihn.«

»Constanze! Du fackelst noch das ganze Haus ab! Ich fahr schnell zurück.« Energisch ging Mia die Treppe hinunter. »Ich häng das Bild ab, dann kann nichts passieren.«

Sofort machte sich in Tom Panik breit. Er war nicht der Einzige, der den Pechstein verschwinden lassen wollte! Verdammt! Er musste Mia aufhalten!

Für einen winzigen Moment dachte er daran, seiner Halbschwester einfach ein Bein zu stellen, aber schnell verwarf er den Gedanken wieder. Stattdessen hielt er sie am Arm fest.

»Mia, das ist wirklich übertrieben.«

»Was geht dich das an?« Mia warf ihm einen giftigen Blick zu. »Kannst du mich bitte loslassen? Du tust mir weh!«

Sofort ließ er ihren Arm los und sah auf die weißen Flecken, die seine Finger auf ihrer Haut hinterlassen hatten.

»Aber er hat recht, Mia«, meinte nun auch Constanze. »Es kann nichts passieren, die Kerze steht so, dass sie nichts entflammen kann. Du musst dir keine Sorgen machen, Liebes.«

»Ich weiß nicht. Ich würde wirklich gerne ...«

Doch dann trat Mark zu ihr und legte ihr liebevoll den Arm um die Schulter und zog sie wieder zu sich.

»Ich weiß, dass du am liebsten von hier weg willst«, sagte er leise zu ihr, sodass Tom seine Worte kaum hören konnte. »Aber wir müssen da jetzt durch. Komm.«

Mia nickte zögerlich und langsam gingen sie weiter, Stufe für Stufe dem fünften Stock entgegen.

Die will sich das Bild unter den Nagel reißen, ging es Tom durch den Kopf und er spürte, wie seine Nervosität wuchs. Er musste ihr unbedingt zuvorkommen, er musste John-Boy treffen, damit sie seinen Plan durchziehen konnten, so schnell wie möglich. Es war an der Zeit, seine Legende vorzubereiten, oder besser gesagt, seinen vorgetäuschten Magen-Darm-Infekt. Wenn dieser später einfach so aus dem Nichts kam, würde ihm womöglich keiner glauben und alle würden denken, er wolle sich lediglich der Situation entziehen. Er musste jetzt anfangen zu jammern, vor angeblichen Schmerzen stöhnen, sich die Hand vor den Bauch pressen und zur Toilette eilen – eben die international anerkannten Anzeichen eines Magen-Darm-Problems vortäuschen. Das war ja nicht so schwer, so viel schauspielerisches Talent würde er aufbringen. Tom spürte das Vibrieren seines Handys in der Hosentasche und stöhnte auf.

»Mmmh«, presste er hervor und hielt sich eine Hand vor den Bauch. Leider erzeugte das Stöhnen nicht die gewünschte Reaktion und ging in dem allgemeinen Geschnaufe, das bei jeder Treppenstufe geräuschvoll von allen Beteiligten von sich gegeben wurde, unter. Er musste also eine Schippe drauflegen.

»Aaah ... Uuuh ...«, jammerte er nun laut und drückte sich eine Faust in den Bauch, sodass sein Oberkörper leicht nach vorne klappte. Da die anderen alle vor ihm gingen, konnten sie diesen Teil seiner schauspielerischen Meisterleistung leider nicht sehen. Immerhin hatte Mark ihn gehört.

»Ich weiß, Alter«, stöhnte er, »mir läuft auch schon der Schweiß. Vielleicht sollten wir doch den Fahrstuhl nehmen, sind ja noch zwei Stockwerke.«

»Gott seid ihr Memmen.« Mia bemühte sich, so zu sprechen, als wäre ihre Atmung nicht im Geringsten eingeschränkt. Betont dynamisch sprang sie die letzten Stufen zum dritten Stock hoch.

»Wollt ihr vielleicht eine Pause machen?«, fragte sie und wies mit der Hand auf eine Metallbank, die in jedem Stockwerk vor den Türen zum Gang angebracht war. Mama ließ sich sofort mit einem lauten Seufzen auf die Sitzfläche fallen, hob den linken Arm leicht an und schnupperte wenig damenhaft an ihrer Achsel.

»Zum Glück hält das Deo, was es verspricht«, meinte sie und ließ den Arm erschöpft auf den Schoß fallen. »Setz dich zu mir, mein Junge«, sagte sie zu Tom, »du siehst ja fix und alle aus.«

Jetzt musste er sein Schauspiel auf das nächste Level bringen.

»Ich kann nicht ...«, wieder die Faust in den Magen, diesmal von allen gesehen, »mein Magen-Darm-Trakt spielt irgendwie verrückt. Ich muss mal ...« mit diesen Worten stürmte er unter den erstaunten Blicken seiner Familie durch die Glastür in den Flur, blickte sich kurz um, sah die Toilette und lief eiligen Schrittes hinein.

Als die Tür hinter ihm zufiel, lehnte er sich erschöpft

gegen die Wand. Erschöpft vom Treppensteigen, von der Lüge und von dem, was noch vor ihm lag. Aber er war durchaus zufrieden mit seinem Auftritt und hatte das Gefühl, dass die anderen ihm die Dramatik der Situation abgekauft hatten. Schnell fischte er sein Handy aus der Hosentasche, ging in eine der Toilettenkabinen und schloss die Tür hinter sich ab. Zwei verpasste Anrufe, beide von John-Boy. Er drückte auf seine Nummer.

»Bist du schon in Düren?«, fragte Tom gehetzt.

»Ja. Gerade angekommen. Wann kommst du?«

Tom fuhr sich durch die Haare. Er hatte keine Ahnung.

»Kannst du zum Krankenhaus kommen?«, fragte er deshalb. »Das wäre viel einfacher. Vom Bahnhof fährt ein Bus. Dauert höchstens `ne Viertelstunde.«

Er hörte, wie John-Boy seufzte. »Wir hatten das eigentlich anders besprochen.«

»Ich weiß. Aber es wäre wirklich einfacher für mich. Bitte. Du weißt doch, in welcher Situation ich bin.«

Tom nagte auf seiner Unterlippe, während sich John-Boy mit einer Antwort viel zu viel Zeit ließ.

»Na gut«, sagte sein Freund schließlich. »Ich melde mich, sobald ich da bin.«

»Danke.« Erleichtert drückte Tom das Handy aus.

»Tom?«

Marks Stimme ließ ihn zusammenzucken. Wie lange war sein Schwager schon hier? Hatte er das Telefonat belauscht? Wie sollte er sich bloß aus der Nummer herausreden? Tom merkte, wie die Nervosität wieder überhandnahm.

»Tom? Alles in Ordnung?«

»Ja …« Er versuchte, so leidend wie nur möglich zu klingen. Vielleicht hatte Mark auch nichts von dem Gespräch mitbekommen, vielleicht konnte Tom noch erfolgreich an seiner Krankengeschichte festhalten.

»Was ist los mit dir?«

»Ich glaube«, ächzte Tom, »ich hab mir `ne Magen-Darm-Grippe eingefangen.«

Für eine Weile herrschte Schweigen auf der anderen Seite der Toilettentür, dann glaubte Tom, ein ungläubiges Schnüffeln hören zu können. Der gesamte Toilettenbereich roch penetrant nach einem Apfel-Reiniger.

»Ich hab schon Unmengen an Raumspray versprüht«, log Tom schnell, »sonst würdest du es hier nicht mehr aushalten. Ich kotz mir die Seele aus dem Leib und nicht nur das …«

Er versuchte, ein würgendes Geräusch von sich zu geben, das aber eher an eine sterbende Kröte erinnerte. Es dauerte einen Moment, bis Mark sein Staunen überwunden hatte.

»Wow. Innerhalb von einer Minute rennst du zum Klo, schmeißt alles raus, was keine Miete zahlt, versprühst Raumspray und kommunizierst schon wieder normal. Nicht schlecht.«

War da ein ungläubiger Ton in Marks Stimme? Hatte er sein Schauspiel womöglich durchschaut? Tom überlegte, ob er einfach alles zugeben sollte. Schnell entschied er sich dagegen. Mark war sicherlich ein feiner Kerl und Tom schätzte seinen Schwager sehr. Aber es bestand kein Zweifel, dass er Mia sofort Bescheid sagen würde, wenn er ihm den Grund seiner vorgegaukelten Krankheit erzählen würde, erst recht nach der Nummer mit der Kerze eben. Und vielleicht war ihm ja auch gar nichts aufgefallen und er hatte von seinem Gespräch mit John-Boy nichts mitbekommen.

»Ich hätte schwören können, dass du da drinnen telefonierst«, fügte Mark noch hinzu und zerstörte damit Toms Hoffnung.

»Nein … Vielleicht hat sich das so angehört …«, stöhnte Tom und überlegte kurz, ob sich die Geräusche, die ein Mensch beim Brechen machte, auch nur ansatzweise nach einem Telefonat klingen konnten. Demonstrativ betätigte er die Toilettenspülung. Dann zupfte er sich das Hemd unordentlich aus der Hose, wuschelte sich durch die Haare und versuchte, einen möglichst leidenden Gesichtsausdruck aufzusetzen. Vorsichtig öffnete er die Kabinentür.

»Geh lieber ein bisschen auf Abstand«, stöhnte er, als er aus der Kabine kam. Mark wich sofort ein paar Schritte zurück. Stirnrunzelnd sah er ihn an. Es war offensichtlich, dass er Tom kein Wort glaubte.

»Willst du über irgendwas reden?«

»Nein, nein, mir geht es schon besser«, antwortete Tom, als würde er denken, dass sein Schwager mit ihm über den Magen-Darm-Infekt reden wollte.

Mark warf ihm einen prüfenden Blick zu. »Sollen wir die Episode besser für uns behalten?«, fragte er.

»Auf gar keinen Fall!« Die Antwort kam viel zu schnell und Mark konnte sein Erstaunen kaum verbergen. »Also, ich meine, mit meinem Magen-Darm-Infekt. Das sollten wir auf keinen Fall für uns behalten!« Mark sah ihn verstört an. Natürlich, kein Mensch, der wirklich Magen-Darm hatte, war scharf darauf, dass andere etwas von seinen Durchfall- und Brecheskapaden erfuhren. »Äh ...«, Tom suchte fieberhaft nach den richtigen Worten, »ich meine, ist doch besser, wenn die anderen es erfahren. Dann passen alle ein bisschen darauf auf, sich nicht anzustecken. Von wegen Händewaschen und so.«

»Klar.« Mark musterte ihn noch mal und nickte ihm dann freundlich zu. »Ist dein Virus, du kannst mit ihm umgehen, wie du willst.«

Er glaubte ihm nicht, das war nicht zu übersehen.

Tom versuchte, möglichst mitgenommen auszusehen. Mit bedrückter Miene wollte er an Mark vorbeigehen und den Waschraum verlassen. Zum Glück fiel ihm in der Tür ein, dass es wohl mehr als angemessen wäre, sich nach der Geschichte die Hände zu waschen, wenn er die Story einigermaßen glaubwürdig durchziehen wollte. Marks Blick signalisierte ihm, dass er mit dieser Einschätzung nicht falsch lag.

Kurz darauf standen sie wieder vor Mia und Constanze, die Mark Richtung Toilette gefolgt waren.

»Alles in Ordnung«, sagte Mark schnell, bevor einer der

Frauen etwas sagen konnte. Oder Tom. »Ein blödes Virus, nichts Dramatisches.«

Tom nickte bemüht leidend. »Brech-Durchfall ... schon heftig ...«

Seine Mutter sah ihn besorgt an. »Du Ärmster! Ausgerechnet heute ...«

»Ich weiß.«

»Schaffst du es denn?«

»Bestimmt.«

Seine Mutter strich ihm voller Mitgefühl über den Rücken. So war sie schon immer gewesen. Sobald eines der Kinder krank war, überschüttete Mama es mit Zuneigung, selbst wenn es nur ein Schnupfen war. Eine professionelle Distanz zum Erkrankten, wie man sie bei einer ehemaligen Krankenschwester vielleicht erwarten würde, gab es bei ihr nicht. Mia dagegen schien wegen seiner Krankheit ernsthaft verärgert zu sein.

»Und das sagst du jetzt erst? Komm mir bloß nicht zu nah! Und wie rücksichtsvoll, dass du mich im Auto vollgerülpst hast.«

»Ich hab dich ja nicht vollgekotzt ...« Auch wenn seine Krankheit erfunden war, fand Tom, dass Mia ein bisschen mehr Mitgefühl zeigen könnte. Aber das Gegenteil war der Fall. Während sie demonstrativ auf einen der zahlreichen Desinfektionsspender drückte, die überall in den Fluren hingen, und dann die durchsichtige Flüssigkeit so energisch zwischen ihren Fingern verrieb, als hätte sie Kontakt mit einem Aussätzigen gehabt, sah sie ihn fast angewidert an.

»Mal ehrlich, Tom«, sagte sie mit vorwurfsvoller Stimme, »mit so einem Virus kannst du doch nicht in ein Krankenhaus gehen, also als Besucher, meine ich. Und schon gar nicht auf die Intensivstation! Wenn du da jemanden ansteckst, das ist doch nicht zu verantworten!«

»Ich habe nicht vor, irgendjemanden auf der Intensivstation anzufassen.«

»Ach, und was ist mit Papa?«

Tom sah seine Schwester ungläubig an. Was redete sie da? Merkte sie, was sie da sagte?

»Äh ... Du meinst, ich könnte Papa anstecken?«

Mia warf ihm einen ihrer typischen Ich-habe-Recht-du-hast-Unrecht-Blicke zu und wandte sich ab.

»Du bist ja ein erwachsener Mensch, du musst wissen, was du tust«, sagte sie spitz und zog ihren Mann am Arm Richtung Treppenhaus. »Mit dem steige ich in keinen Fahrstuhl.«

Mit zusammengekniffenen Augen starrte Tom auf Mias Rücken, während er hinter ihr die Stufen nach oben ging. Er hatte nie so ganz verstanden, warum Mia wirklich alles, was er tat, ablehnte. Nicht nur eine vorgetäuschte Magen-Darm-Grippe, das konnte er ja nachvollziehen. Aber seitdem er denken konnte, war es nicht anders gewesen. Vermutlich hatte es etwas mit Mias Vergangenheit zu tun. Sie war acht Jahre alt gewesen, als Tom geboren wurde. Es musste für das kleine Mädchen ein Schlag ins Gesicht gewesen sein, dass ihr geliebter Papa ein Kind mit einer anderen Frau hatte, vielleicht hatte sie es sogar als Verrat an ihrer verstorbenen

Mutter empfunden, jedenfalls glaubte Tom, dass hier die Wurzel ihrer schlechten Beziehung lag.

Aber hätte man das als Erwachsene nicht überwinden müssen?, ging es ihm durch den Kopf. Dass die kindliche Mia voller Neid und Ablehnung gegenüber der neuen Familie ihres Vaters war, konnte er verstehen, aber hätte die erwachsene damit nicht irgendwann einmal abschließen können?

Durch eine gläserne Schwingtür betraten sie den fünften Stock. Schweigend und ein bisschen ratlos blieben sie auf dem hellgrünen Linoleumboden stehen und starrten auf eine weitere Tür, die vielleicht zwanzig Meter von ihnen entfernt war und über der in großen Buchstaben »Intensivstation« stand. Eine Krankenschwester kam freundlich lächelnd auf sie zu.

»Kann ich Ihnen helfen?«

Mama nickte und Tom sah, wie sie schlucken musste. »Wir möchten zu meinem Mann. Mick Römer.« Ihre Stimme zitterte ein bisschen und Tom wollte wieder tröstend den Arm um sie legen, als er Mias Blick sah.

»Ansteckungsgefahr«, sagte sie fast tonlos und sofort ließ Tom den Arm sinken. Jetzt kam er sich selbst wie ein Aussätziger vor.

»Dieser junge Mann hat einen Magen-Darm-Infekt«, hörte er in diesem Moment Mia sagen. Die Krankenschwester machte große Augen.

»Wie bitte?«

»Genau. Das habe ich auch gesagt.« Mia machte ein selbstzufriedenes Gesicht.

»So kann ich Sie nicht auf die Intensivstation lassen«, wandte sich die Schwester mit bedauernder Miene an Tom.

»Aber er muss dabei sein!« Constanzes Stimme wurde schrill. »Sie wissen doch, warum wir heute hier sind. Er ist sein Sohn! Er muss doch dabei sein!«

»Natürlich. Kommen Sie mal mit«, sagte die Schwester und zog Tom mit sich.

Einige Minuten später stand er in einem fast bodenlangen Schutzkittel gehüllt, mit Mundschutz und Einweghandschuhen ausgestattet vor seiner Familie. Was für ein Mist. Wie sollte er sich später heimlich aus dem Krankenhaus schleichen, wenn er so aussah? In dem Aufzug würde er jeder Krankenschwester und jedem Arzt sofort auffallen. Er würde sich erst unauffällig seiner Verkleidung entledigen müssen, bevor er seinen Plan in die Tat umsetzen und John-Boy treffen konnte. Das war riskant und kostete Zeit.

Vielen Dank auch, Mia.

»Jetzt bist du wenigstens keine tickende Zeitbombe mehr«, zischte sie ihm zu, als sie durch die Tür zur Intensivstation gehen wollte. »Hoffentlich hast du noch niemanden angesteckt«, fügte sie hinzu, als im selben Moment Anna an ihnen vorbeischoss, eine Hand vor den Mund gepresst, und schnurstracks hinter der nächsten Ecke verschwand.

»Na toll. Anna hat es schon erwischt.«

Kopfschüttelnd und voller Vorwürfe sah Mia ihn an.

»Aber wie soll ich denn ...«

»Pass jetzt einfach besser auf, Mann!«

Und obwohl Tom eigentlich etwas erwidern wollte, ihr sagen wollte, wie bescheuert der Vorwurf war, und dass er Anna doch noch gar nicht hatte anstecken können, weil er sie das letzte Mal vor zwei Monaten gesehen hatte und außerdem ja gar nicht krank war, nickte er nur schuldbewusst.

Anna

Erschöpft wischte sich Anna mit dem Handrücken über den Mund. Hatte sie gerade wirklich aus dem Fenster gekotzt? Hoffentlich hatte sie niemand gesehen. Es konnte doch nicht sein, dass sie ausgerechnet jetzt krank wurde! Hatte sie sich hier im Krankenhaus mit irgendetwas angesteckt? Vielleicht ging ein Virus um, vielleicht war das der Grund, warum Tom so aussah, als käme er direkt aus der Pathologie.

Anna warf einen Blick aus dem Fenster und stellte zu ihrer Erleichterung fest, dass die Fassade nichts abbekommen hatte. Wenn sie das richtig sah, hatte sie das Blumenbeet neben dem Haupteingang zielsicher getroffen, was allemal besser war, als einen der Patienten oder Besucher zu erwischen.

Sie griff nach ihrer Handtasche, holte eine kleine Flasche Wasser heraus und nahm einen Schluck. Dann betrachtete sie im Spiegel ihrer Puderdose ihr bleiches Gesicht. Sie sah wirklich elend aus. Aber komischerweise fühlte sie sich jetzt nicht mehr krank und heute Morgen war sie auch noch joggen gewesen, hätte sie das geschafft, wenn ein hinterhältiges Virus es sich bereits in ihrem Körper bequem gemacht hätte? Vielleicht war das auch einfach alles zu viel für sie, vielleicht hatte ihr Magen deshalb rebelliert. Vielleicht bekam sie aber auch einfach nur ihre Periode, dann ging es ihr meistens nicht so gut.

»Scheiße.«

Nein, nein, jetzt mal ganz ruhig bleiben. Wegen der ganzen Aufregung um Papa konnte ihr Zyklus auch so mal durcheinandergeraten. Wann hatte sie das letzte Mal ihre Tage gehabt? Anna dachte fieberhaft nach, rechnete, überlegte und versuchte die letzten Wochen zu rekonstruieren.

»Mindestens acht Wochen.«

Sie hörte ihre eigene Stimme fast nicht, so leise sprach sie. Wie konnte ihr das durchgegangen sein? Wie konnte sie fast acht Wochen nicht bemerkt haben, dass ihre Periode ausblieb? Papa. Natürlich. Der Schlaganfall lag sieben Wochen zurück, seitdem war sie voller Angst um ihn gewesen und hatte an kaum etwas anderes gedacht, schon gar nicht daran, dass ihre Regel längst überfällig war. Aber sie hatte seitdem auch nicht viel Sex gehabt, das beruhigte sie ein wenig, und wenn, dann hatten sie doch immer Kondome benutzt, da war sie sich sicher.

Kurz vor Papas Schlaganfall war es allerdings anders gewesen. Sowohl mit Jonas als auch mit Bernie. Und es würde sie überhaupt nicht wundern, wenn dabei auch mal ein Kondom zu Bruch gegangen war.

Aber bei wem?

Großartig. Jetzt war sie womöglich schwanger und wusste nicht von wem. Ausgerechnet sie, die Überlegte und Planvolle, die, die nichts dem Zufall überlassen wollte, ausgerechnet sie war jetzt womöglich schwanger und wusste nicht von wem.

Sie beugte sich aus dem Fenster und übergab sich erneut.

Wie konnte sie nur in so eine Situation geraten? Wie konnte sie sich überhaupt auf eine Affäre mit dem so viel älteren Bernie einlassen?

Während sie sich den Mund abwischte, dachte sie an das erste richtige Treffen mit Bernie. Am Abend der Vernissage, an dem sie ihn das erste Mal gesehen hatte, hatte er ihr seine Telefonnummer zugesteckt, heimlich, damit Papa nichts davon mitbekam. Sie wusste nicht, warum sie ihn angerufen hatte. Vielleicht lag es an der Art, wie er sie anschaute, sich dabei durch seine graublonden Locken strich, und ihr mit jedem Blick seine Bewunderung signalisierte. Er hatte sich gefreut, als sie anrief, hatte betont, dass er normalerweise seine Nummer nicht irgendwelchen jungen Frauen zusteckte, aber dass es sofort um ihn geschehen war, als er Anna das erste Mal gesehen hatte. Er hatte sie umworben und umschmeichelt, wie sie es nur aus alten Filmen kannte und wie Jonas es niemals machen würde. Reizende Komplimente, viele kleine Geschenke und so viel Aufmerksamkeit, wie sie sie schon lange nicht mehr bekommen hatte. Vielleicht noch nie.

Lag es daran?, dachte sie, als sie einen letzten Schluck aus der Wasserflasche nahm. Hatte sie sich auf Bernie eingelassen, weil ihr die Aufmerksamkeit so guttat? Sie hatte nie das Gefühl gehabt, besonders viel davon in ihrem Leben bekommen zu haben. In ihrer Familie drehte sich immer alles um Mia und Tom. Ihre große Schwester hatte es nach dem Tod ihrer Mutter schwer, war als Teenager nicht gerade einfach und stand schon allein deshalb dauernd im Mittelpunkt. Und auch Tom hatte viel mehr Probleme gehabt als sie selbst. Dann war da noch Papa und seine Hämorridenrevolution, von seinen Kunstambitionen ganz abgesehen, die Mama mit der Organisation von Vernissagen und Empfängen unterstützte. Alles Dinge, die viel Raum beanspruchten. Mama hatte zwar immer versucht, allen gerecht zu werden, aber Anna hatte seit ihrer frühsten Kindheit das Gefühl, dass es für ihre Mutter eine große Erleichterung war, dass ihr jüngstes Kind so wenig Aufmerksamkeit einforderte. Das war der Hauptgrund, warum Anna ihre Probleme meistens für sich behielt, warum sie sich nur selten hilfesuchend an ihre Mutter wandte und sie um Rat fragte, während sie umgekehrt immer ein offenes Ohr für deren Sorgen hatte.

Es war nicht so, dass Anna sich jemals vernachlässigt gefühlt hätte, überhaupt nicht, im Gegenteil, sie hatte die Aufmerksamkeit ja auch nie eingefordert, eben auch, weil sie diese nicht vermisst hatte.

Vielleicht hatte sie diese aber unterbewusst vermisst. Jedenfalls war Bernies Aufmerksamkeit der ausschlaggebende Punkt gewesen, warum sie sich auf ihn eingelassen hatte. Wenn sie mit ihm zusammen war, dann stand sie im Mittelpunkt. Das galt sowohl für die Gespräche, als auch für den Sex, bei dem er sich immer viel Zeit ließ und sich nur um ihre Bedürfnisse kümmerte. Auch das war bei Jonas anders. Mit ihm waren sowohl die Unterhaltungen als auch der Sex gleichberechtigt, es ging dabei genauso um seine Probleme und Wünsche, wie um ihre.

Eine gleichberechtigte Beziehung. Das war das, was sie wollte. Und deshalb war die Sache mit Bernie nur ein kurzer Ausflug, wie der Besuch in ein Luxusrestaurant, in dem man sich mit einem Fünf-Gänge-Menü verwöhnen lässt, um dann in sein normales Leben zu Butterbrot und Käse zurückzukehren.

Mann, bist du bescheuert. Jonas ist doch kein Käsebrot!

Vielleicht bist du ja gar nicht schwanger, ging es ihr durch den Kopf. Sie hatte noch keinen Test gemacht, es bestand durchaus die Möglichkeit, dass sie sich tatsächlich nur einen Virus eingefangen hatte.

Sollte sie einen machen? Heute? Hier im Krankenhaus?

Es kam ihr so unpassend vor, fast schon egoistisch, in dieser Situation überhaupt nur an so etwas zu denken. Aber der Gedanken hatte sich in ihren Kopf eingebrannt, sie konnte an nichts anderes mehr denken und wusste genau, dass das vermutlich auch so bleiben würde.

Als sie sich ihr Gesicht gepudert hatte und sich einigermaßen fit fühlte, verließ Anna ihren Fensterplatz und anstatt sich nach rechts zur Intensivstation zu wenden, bog sie links zur Schwesternkanzel ab. Die Krankenschwester, die an einem Schreibtisch saß und Patientenakten und Krankenberichte sortierte, sah sie freundlich an.

»Entschuldigung«, sagte Anna leise und blickte sich zur

Sicherheit noch einmal um. »Ich hätte eine vertrauliche Frage an Sie.«

»Ja bitte?«

»Könnten Sie mir ... also, ich würde natürlich dafür bezahlen ... könnten Sie mir ... wenn es nicht zu viele Umstände macht ... wäre es möglich, einen Schwangerschaftstest zu bekommen?« Sie spürte, wie ihr die Röte ins Gesicht schoss.

»Unten im Foyer ist eine Apotheke«, sagte die Schwester. »Dort können Sie einen kaufen.«

»Ja ... ähm ... es ist nur so, ich muss jetzt wieder auf die Intensivstation ... also eigentlich habe ich keine Zeit, ihn jetzt zu holen ...«

»Dann machen Sie das doch einfach später«, meinte die Schwester lächelnd, »im Zweifelsfall wird es doch für ein ganzes Leben sein, da kommt es doch auf ein paar Stunden nicht an, oder?« Sie zwinkerte ihr zu und widmete sich dann wieder ihrem Papierkram.

Seufzend wandte sich Anna ab. Natürlich hatte die Schwester recht. Aus ihrer Sicht kam es auf ein paar Stunden nun wirklich nicht an. Und vielleicht war es ganz gut, wenn sie es jetzt noch nicht wusste. Vielleicht würde es sie zu sehr ablenken, wenn es gleich ans endgültige Abschiednehmen ging. Andererseits ...

Als die Fahrstuhltür sich neben ihr öffnete und zwei Ärzte heraustraten, sprang Anna kurzerhand hinein.

Keine zehn Minuten später stand sie wieder oben im Flur. Den Test hatte sie in ihrer Handtasche versteckt, sie wollte auf keinen Fall, dass irgendjemand sie damit sah. Ihr Handy piepte und signalisierte ihr, dass sie eine Nachricht bekommen hatte. Bernie. Ausgerechnet jetzt. Er wollte wissen, ob sie noch im Krankenhaus war und wie es ihr bei der ganzen Sache ging. Eigentlich nett von ihm. Aber irgendwie hatte sie keine Lust, ihn jetzt an ihren Gefühlen teilhaben zu lassen. Jetzt, wo sie den Schwangerschaftstest in der Tasche hatte.

Würdest du den Pechstein noch ausstellen wollen?, antwortete sie ihm stattdessen und schaltete ihr Handy aus, ohne auf seine Antwort zu warten.

Ja, sie wollte ihm den Pechstein geben. Sie würde den Hauptstreitpunkt ihrer Geschwister aus deren Leben verbannen und ihm einen würdigen Platz in einem renommierten Museum verschaffen, wo alle ihn bewundern konnten, so wie Papa es immer wollte. Das würde sie ablenken von dem, was ihr jetzt bevorstand, gleich in der Toilettenkabine und später auf der Intensivstation.

Doch bevor sie in den Waschraum gehen konnte, stand Mia plötzlich vor ihr, einen Schutzkittel und einen Mundschutz in der Hand.

»Hier, zieh das an. Es müssen ja nicht noch mehr angesteckt werden.«

»Aber …«

»Und wir warten auf dich! Jetzt komm.«

Anna wusste, dass jegliches Diskutieren überflüssig war. Mit ihrer großen Schwester gab es noch nie was zu diskutieren. Mia hatte recht, Anna hatte unrecht, so war es schon immer gewesen. Ihr Verhältnis war nicht besonders eng, es war nie so gewesen, wie Anna es aus Büchern oder Filmen kannte, in denen die große Schwester der kleinen Tipps gab, sei es nun was Styling oder Jungs betraf oder auch wichtigere Dinge im Leben. Anna hatte immer das Gefühl gehabt, dass sich Mia nie für sie interessiert hatte, jedenfalls nicht im positiven Sinne. Wenn es darum ging, die Ungerechtigkeit des Lebens an ihr festzumachen, dann war Mias Interesse durchaus groß gewesen. Es war grundsätzlich Mia gewesen, der es auffiel, wenn Anna einen Euro mehr Taschengeld bekam, als Mia es im selben Alter bekommen hatte. Es war Mia, die ihre Eltern darauf hinwies, dass Anna in einem Alter Cola trank, in der ihre Geschwister es noch nicht durften, es war Mia, die jede Jugendfreizeit und jedes Zeltlager, jede Sprachreise und jeden neuen Wintermantel gegen die Dinge aufrechnete, die sie selbst bekommen hatte. Und selbstverständlich war Mia immer die Benachteiligte gewesen. Dieses pubertäre Die-Welt-ist-ungerecht-Denken war ihr bis heute geblieben, weshalb jegliche Diskussion sinnlos war. Anna hatte das nicht nur akzeptiert, es war ihr sogar ganz recht. Konflikte und Streit waren nicht ihr Ding.

Also zog sie den Schutzkittel an und streifte sich den Mundschutz über, wobei sie die ganze Zeit an den Schwangerschaftstest dachte, der in ihrer Handtasche lag. Langsam folgte sie ihrer Schwester durch den Flur der Intensivstation.

Der Gang kam ihr inzwischen fast vertraut vor, so oft war sie in den letzten Wochen hier gewesen. Die ersten Male in

Tränen aufgelöst, zusammen mit Mama, der es nicht besser gegangen war. Damals waren sie noch voller Hoffnung gewesen, die aber schon bei ihrem ersten Besuch zunichtegemacht wurde. Danach war sie regelmäßig nach Düren gekommen, die Tränen waren weniger geworden und so hatte Anna langsam aber sicher auch das neue Umfeld ihres Vaters wahrgenommen. Sie hatte in den letzten Wochen viele Patienten auf der Intensivstation gesehen. Nicht allen ging es so schlecht wie Papa, vielen aber schon. Viele Schicksale hatten sie erschüttert und berührt und nicht selten hatte sie das Krankenhaus mit der Frage im Kopf verlassen, was wohl schlimmer war: bei klarem Verstand zu erleben, wie der Körper stirbt oder ohne Bewusstsein in einem gesunden Körper zu vegetieren. Sie hätte genauso gut Pest und Cholera miteinander vergleichen können. Schrecklich war beides.

Aber sie hatte in den Wochen auch Schönes an diesem Ort erlebt, an dem so viel Elend war. Eine Frau mit einer schweren Blutvergiftung, bei der kein Medikament anschlug, konnte mit einer wirksamen Therapie geheilt und entlassen werden. Als Anna sie zum ersten Mal gesehen hatte, war die Frau buchstäblich dem Tode geweiht gewesen, ein Priester war bei ihr, um sie für die letzte Reise zu segnen. Aber vor einer Woche war sie dann von ihrem Mann und den zwei Kindern fröhlich lachend abgeholt worden. Solche Momente ließen Anna bis zuletzt auf ein medizinisches Wunder hoffen, das es für Papa leider nicht gab.

Die Türen der einzelnen Zimmer standen offen und

Anna warf einen Blick in den Raum, in dem vor ein paar Tagen die todgeweihte Frau entlassen werden konnte. Sie konnte den neuen Patienten nicht sehen und hörte nur die Maschinen, an denen er angeschlossen war. Ähnliche Geräusche drangen aus den anderen Zimmern. Es piepste hier und ächzte da, Beatmungsmaschinen und Überwachungsmonitore waren überall im Einsatz.

Auch aus Papas Zimmer kamen die ihr inzwischen vertrauten Geräusche entgegen. Mama saß auf seiner Bettkante und streichelte seine Hand, während Tom, immer noch in Schutzkleidung gehüllt, genauso blass wie seine Mutter, daneben stand. Erstaunt sah er Anna an, als sie mit Mia in das Zimmer kam.

»Wieso hast du …«

»Weil du sie angesteckt hast«, unterbrach Mia ihn schnippisch.

Mark, der auf einem Stuhl an der Wand Platz genommen hatte, schüttelte den Kopf.

»Ich weiß nicht, was das für ein Virus sein soll. Findest du das nicht alles etwas übertrieben?«

Mia sah ihren Mann genervt an. »Nein. Finde ich nicht. Du weißt, was eine Viruserkrankung für mich bedeuten kann.«

»Wieso sollte Magen-Darm für dich schlimmer sein als für mich?«, fragte Tom erstaunt.

»Streitet euch nicht. Bitte«, warf Mama fast flehend ein.

Anna sah ihrer Schwester an, dass sie am liebsten etwas erwidern wollte, aber zum Glück konnte sie sich zurückhalten. Ein Streit wäre das Letzte, was sie jetzt an Papas Bett haben wollte. Und nicht nur jetzt. Mama würde es nicht ertragen, wenn Mia und Tom sich an Papas Todestag streiten würden. Wenn der Pechstein weg wäre, würde auch das Hauptstreitthema fehlen. Es dürfte nicht so schwierig sein, Bernie noch heute zu treffen und ihm das Bild zu geben. Er war so an dem Pechstein interessiert, dass sie sich sicher war, er würde sich sofort ins Auto setzen und von Köln hierher fahren, um das Bild persönlich abzuholen. Sie musste nur den richtigen Zeitpunkt dafür finden.

»Kommt her«, sagte Mama dann. »Setzt euch alle zu ihm.«

Sie streckte beide Hände nach ihnen aus, doch weder Anna noch Mia griffen danach. Mia, weil sie jeglichen Kontakt zu Constanze immer vermieden hatte und Anna, weil sie Schutzhandschuhe trug. Schnell setzte sie sich zu ihrer Mutter und lehnte sich an sie, während sie ihre Handtasche auf dem Boden abstellte.

»Er sieht so friedlich aus«, sagte Anna, wobei ihr der Mundschutz an der Oberlippe klebte. Das Ding nervte sie jetzt schon.

Ihre Mutter nickte. »Ja. Ich glaube, er ist es auch.«

Nun setzte sich auch Mia auf die Bettkante, allerdings auf die andere Seite von Anna und ihrer Mutter.

»Ob er uns hört?«, fragte Mia mit belegter Stimme.

»Bestimmt«, meinte Mama leise. Dann beugte sie sich vor und strich ihrem Mann über die Wange. »Mick, Liebling, wir sind alle hier«, sagte sie mit erstaunlich gefasster

Stimme. »Mia, Tom, Anna und ich, alle sind da. Wir sind bei dir.«

Es rührte Anna, wie ihre Mutter mit ihm sprach. So liebevoll, vertraut und zärtlich. Sie hatte in den letzten Wochen viele Gespräche auf der Intensivstation mitbekommen. Notgedrungen, ohne dass sie sich darum bemüht hatte. Aber der nächste Patient lag keine fünf Meter von ihnen entfernt, nur durch eine dünne Wand von Papa getrennt, durch die man jedes Geräusch hören konnte. Mindestens zwei verschiedene Patienten mit ihren Angehörigen hatte Anna dort in den letzten sieben Wochen gehört, eine Frau und einen Mann, die beide nicht mehr dort waren, ohne dass Anna wusste, warum. Ging es ihnen besser oder waren sie gestorben? Sie hatte keine Ahnung. Aber die Art, wie ihre Ehepartner mit ihnen gesprochen hatten, war ihr in Erinnerung geblieben. Da war die Ehefrau eines Herzinfarktmannes gewesen, die ihm eigentlich die ganze Zeit nur Vorwürfe gemacht hatte. Schließlich hatte sie ihm doch immer schon gesagt, dass er abnehmen müsse, mehr Sport treiben und die verdammte Raucherei aufgeben solle! Aber nein, er habe ja nie auf sie gehört und jetzt hatten sie den Schlamassel. Anna erinnerte sich noch, wie unpassend sie die Vorwürfe der Ehefrau zunächst gefunden hatte, bis sie der Frau einmal auf dem Gang begegnet und sie in Tränen aufgelöst vorgefunden hatte. Da hatte Anna verstanden, dass sie nur deshalb mit ihrem Mann so schimpfte, weil sie vor Sorge und Angst nicht wusste, was sie sonst sagen sollte. Vorwürfe als Katalysator der eigenen Ängste.

Bei dem anderen Paar war es genau gegensätzlich gewesen. Die schwerkranke Frau hatte sich pausenlos das muntere Geplapper ihres Mannes angehört, der ihr Witze und Anekdoten erzählte und die arme Frau offensichtlich um jeden Preis aufheitern wollte.

Anna wusste nicht, ob es ihm gelungen war, aber sie fragte sich, ob sie nicht alle so einen Katalysator hatten, etwas, dass sie automatisch taten, um eine große emotionale Belastung auszuhalten. Einige stopften sich mit Schokolade voll, andere tranken zu viel, Mia zickte rum und Tom schien sich geistig irgendwie ausgeklinkt zu haben.

Und sie selbst kaufte einen Schwangerschaftstest. War ihre vermeintliche Schwangerschaft vielleicht auch nichts anderes, als der Versuch, etwas zu finden, was sie von dem Unabänderlichen ablenkte?

Schnell schob sie mit dem Fuß ihre Tasche unter Papas Bett, damit auch niemand einen Blick hineinwerfen konnte.

»Ich fände es schön, wenn wir ihm noch was erzählen«, sagte Mama in dem Moment, »vielleicht eine ganz besondere Erinnerung, die ihr habt, etwas, das euch mit ihm verbindet.«

»Eine schöne Idee«, sagte Anna leise und Mama drückte ihre Hand.

»Fängst du an, Liebes?«, fragte sie. »Du bist doch seine Jüngste.«

Anna glaubte, Mias Blick auf sich zu spüren, doch sie vermied es, ihre Schwester anzuschauen. Sie nickte und räusperte sich. Sie wusste sofort, was sie erzählen wollte. Es war immer das Erste, was ihr durch den Kopf ging, wenn sie an Papa dachte. Dabei war es kein bestimmtes Erlebnis, sie konnte es an keinem Tag oder Datum festmachen, es war keine Unterhaltung, die sie geführt hatten und auch keine Laufrunde. Es war vielmehr ein Gefühl, das sie für immer mit ihm verband, und sie überlegte, wie sie das am besten erzählen sollte.

»Die Wärme seiner Hand«, begann Anna zögerlich und griff im selben Moment nach der ihres Vaters, in der Infusionsnadeln und Schläuche steckten. »Er hat mir seine Hand beim Spazierengehen immer in den Nacken gelegt. Immer wenn wir wandern gingen, einen Ausflug machten oder auch nur durch den Ort gingen ...« Sie musste schlucken, als sie daran dachte. Diese Spaziergänge waren schön gewesen, das hatte sie sogar als kleines Mädchen so empfunden, obwohl Kinder normalerweise nie gerne spazieren gingen. Aber sie hatte es gemocht, hatte die Stille genossen und die Nähe zu ihrem Vater. »So lange ich klein war«, fuhr sie zögerlich fort, »legte er mir immer seine Hand in den Nacken. Ich weiß nicht, ob er sich auf mir abstützen oder seinen Arm einfach ablegen wollte, oder ob er so darauf achten wollte, dass ich nicht auf die Straße lief oder sonst etwas anstellte, aber immer, wenn ich an Papa denke, spüre ich seine Hand in meinem Nacken. Es gibt keinen anderen Menschen auf der Welt, der das jemals bei mir gemacht hat.«

Und es würde auch niemals jemand wieder tun, dachte sie noch.

Ihre Mutter zog ein Papiertaschentuch aus der Tasche,

das sie offensichtlich schon häufiger benutzt hatte, und fuhr sich damit über die Augen.

»Das stimmt«, sagte sie stockend. »So seid ihr zwei immer spazieren gegangen.«

»Dieses Gefühl von seiner großen Hand in meinem kindlichen Nacken ...« Anna stockte. Sie würde dieses Gefühl nie wieder spüren und sie schwor sich in diesem Moment, falls jemals irgendjemand auf die Idee kommen sollte, eine Hand in ihren Nacken zu legen, diese sofort wegzustoßen.

Anna streichelte die verkabelte Hand und hoffte so sehr, dass ihr Vater diese Berührung noch irgendwie wahrnahm. Die Endgültigkeit, die an diesem Tag alles überstrahlte, raubte ihr fast den Atem. Die Vorstellung, dass sie nun zum letzten Mal seine warme Hand spürte, war kaum auszuhalten.

»Er hat wirklich wunderbare Hände«, sagte Mama dann. »Seine Hände waren eines der ersten Dinge, die mir an eurem Vater aufgefallen sind. Hier, in diesem Krankenhaus, habe ich ihn das erste Mal gesehen ... Vielmehr seine Hände ...«

Sie schluchzte auf und erzählte, wie sie damals als Krankenschwester durch die halb offene Tür des Patientenzimmers geschaut und die großen Hände gesehen hatte.

»Er hatte sie gefaltet auf seinem Schoß liegen und ich konnte das Gesicht eures Vaters durch den Türspalt gar nicht erkennen, aber seine Hände fielen mir sofort auf. Groß und trotzdem feingliedrig, wie die eines Pianisten. Diese schönen Männerhände machten mich so neugierig, dass ich unbedingt den Rest dieses Mannes sehen wollte. Tatsächlich waren seine Hände der Grund dafür, warum ich in das Zimmer trat und ihn dann zum ersten Mal sah ...«

Anna warf schnell einen verstohlenen Blick zu Mia. Sie musste dafür sorgen, dass ihre Mutter das Thema wechselte, eine andere Erinnerung erzählte, als die, wie sie sich in Papa verliebt hatte. Am Sterbebett von Mias Mutter ... Um Himmels Willen!

Fieberhaft überlegte sie, wie sie ihre Mutter von dieser Geschichte abbringen könnte. Gleichzeitig dachte sie aber auch daran, wie hart es für sie sein musste. Mama nahm gerade Abschied von ihrer großen Liebe, von dem Mann, mit dem sie zwei Kinder bekommen und drei aufgezogen hatte. Hatte Anna das Recht, ihr diesen Abschied zu diktieren? Wog Mamas Schmerz nicht mehr als Mias Empfindlichkeit?

Sie sah, wie Mias Unterlippe zitterte und Anna wusste nicht, ob es vor Wut oder Trauer war.

»Abgesehen von seinen Händen«, begann Anna schnell, »was war sonst das Schönste, das du mit ihm erlebt hast?«

»Das Schönste war, als wir uns ineinander verliebt haben«, sagte ihre Mutter leise und strich Papa zärtlich über die Wange. »Nicht wahr, Mick? Weißt du noch, wie unsere Blicke sich das erste Mal trafen?« Mama seufzte und wischte sich wieder über die Augen. »Die erste Zeit der Verliebtheit, und dann natürlich die Geburt von euch beiden, es war eine wunderbare Zeit ...«

Anna wagte es nicht mehr, zu ihrer Schwester zu schauen. Sie konnte ahnen, was in Mia vorging. Wenn Mama und Papa früher ihren Jahrestag gefeiert hatten, was sie aus unerklärlichen Gründen lieber taten als ihren Hochzeitstag zu feiern, war Mia häufig krank gewesen und hatte nicht mitkommen können, wenn die Familie essen ging oder Mama ein Festmahl im Esszimmer aufgetürmt hatte. Anna hasste es, wie in Frauenzeitschriften oder von Prominenten das Prinzip Patchworkfamilie romantisiert und als modernes Miteinander gefeiert wurde. Eine Patchworkfamilie war immer eine Herausforderung und meistens harte Arbeit, das hatte Anna in ihrem Leben nur zu deutlich miterlebt. Und meistens blieb auch irgendetwas dabei auf der Strecke, es war fast unmöglich, auf alle Verletzungen und Empfindlichkeiten angemessen zu reagieren.

Anna dachte, dass sie selbst gerade so etwas wie eine Patchwork-Beziehung führte, und dass auch dabei einiges auf der Strecke blieb. Falls sie wirklich ein Kind erwarten sollte, wollte sie alles dafür tun, dass es in einer heilen Familie aufwuchs.

Aber wollten das nicht alle Eltern?

»Hier in den Gängen des Krankenhauses haben wir uns das erste Mal geküsst ...«, rissen Mamas Worte sie aus ihren Überlegungen. »Ich weiß noch, wie ich durch den Gang gelaufen bin und er mich plötzlich von der Seite hinter einen Pfeiler gezogen hat ...«

Verstohlen schielte Anna zu Mia rüber, deren Gesicht inzwischen rot angelaufen war. Mark hatte seine Hände auf ihre Schultern gelegt und schien sie beruhigend zu massieren. Aber dass Mia kochte, war nicht zu übersehen. Auch Tom war es offenbar aufgefallen, sein Blick pendelte die ganze Zeit zwischen Mama und Mia hin und her. Dadurch, dass sein halbes Gesicht von einem Mundschutz bedeckt war, sah er mit seinen hektischen Augen irgendwie irre aus.

Mama schien als einzige nicht zu bemerken, was in Mia vorging.

»Wir mussten natürlich aufpassen, dass wir nicht von der Oberschwester erwischt wurden«, fuhr sie mit schwacher Stimme fort. »Euer Vater zog mich dann in eine dunkle Ecke und wir küssten uns bestimmt minutenlang. Ich werde diesen ersten Kuss niemals vergessen. Ich wusste in dem Moment genau, dass er der Mann fürs Leben ist. Jemand, der so küssen konnte wie euer Vater, den muss man doch einfach heiraten«, sie lachte traurig auf. »Und jetzt werde ich ihm hier in diesem Krankenhaus, in dem wir uns verliebt und zum ersten Mal geküsst haben, seinen letzten Kuss geben.« Mama brach in Tränen aus, während Mias Atmung immer hektischer wurde und Anna Sorge hatte, dass ihre Schwester gleich laut losbrüllen könnte.

Drei

Denn zur Zeiten der Not bedarf man seiner Verwandten.
Johann Wolfgang von Goethe (1749–1832)

»Stell dir doch nur mal vor, uns würde etwas passieren«, sagte Hanna und betrachtete das Bild mit kritischem Blick. »Dann wäre Mia ganz alleine. Wenn sie aber einen Bruder oder eine Schwester hätte, hätten die Geschwister immer noch sich.«

Man konnte zu Geschwistern keine Nicht-Beziehung haben, das wusste Mick aus eigener Erfahrung, auch wenn das Verhältnis zu seinen Brüdern nicht besonders gut war, eigentlich hatte er so gut wie keinen Kontakt zu ihnen. Aber man hatte so viel Zeit miteinander verbracht, selbst wenn man sich überwarf und nicht mehr miteinander sprach: In Gedanken wurde man seine Geschwister nicht los.

Mick war sich allerdings nicht sicher, ob das unbedingt ein Vorteil war.

»Wenn man Geschwister hat, hat man doch nicht automatisch eine liebevolle Familie«, warf er skeptisch ein und musste spontan ans Alte Testament denken, wo Kain seinen Bruder Abel erschlägt, weil er ihm Gottes Wohlwollen nicht gönnt.

»Aber man hat eine«, entgegnete Hanna. »Und ist das nicht besser, als keine zu haben?«

In dem Moment wurde Mia wach und krabbelte verschlafen aus ihrem Bettchen. Auf wackeligen Beinen tappte sie auf Mick zu.

»Papa!«

Lächelnd schloss er seine kleine Tochter in die Arme und drückte sie innig an sich.

»Gut geschlafen, kleine Maus?«

Mia rieb sich die Augen, nickte und Mick drückte ihr einen dicken Schmatzer auf die Wange. Dann hob er den Blick und sah seine Frau glücklich an.

»Was soll uns schon passieren?«, sagte er strahlend und in dem festen Glauben, dass nichts und niemand seiner kleinen Familie je etwas anhaben konnte.

Mia

Mia war froh, dass Mark hinter sie getreten und ihr die Hände auf die Schultern gelegt hatte. Trotzdem konnte sie sich kaum beherrschen. In jeder anderen Situation hätte sie Constanze vermutlich angeschrien, vielleicht hätte sie ihr sogar eine gescheuert. Wie konnte sie das nur erzählen? In Erinnerungen schwelgend beschreiben, wie sie sich an Papa rangemacht hatte, während Mias Mutter im Sterben lag? Genau hier in diesem beschissenen Krankenhaus, in dem auch er jetzt sterben sollte? Wie konnte man nur so geschmacklos sein?

Die Vorstellung, dass Constanze kichernd und gackernd durch die Flure des Krankenhauses gelaufen war und sich von Papa hatte einfangen lassen, wie in einem schlechten Liebesfilm, ließ ihr die Galle hochkommen. Ihre Wut auf Constanze wurde immer heftiger, als ihr klar wurde, dass sie Mia mit dieser pietätlosen Geschichte auch noch den Abschied von Papa erschwert hatte. Wie hatte Papa so etwas nur tun können? Wie hatte er in der Klinik rumknutschen können, während Mama auf dem Sterbebett lag und sie, seine kleine Tochter, weinend daneben gesessen hatte? Das konnte doch wohl nicht wahr sein! Nein, so etwas hätte sie Papa niemals zugetraut. Aber würde Constanze in dieser Situation lügen? Sollten die letzten Worte, die ihr Mann von ihr hörte, gelogen sein? Normalerweise würde sie das keinem normalen Menschen zutrauen. Aber ein normaler Mensch kam ja auch nicht in transparenter Bluse an ein Sterbebett, dafür musste man schon Constanze Römer sein.

Mia versuchte, ihren Zorn herunterzuschlucken. Sie wusste, dass Mark mit seinem beruhigenden Händeauflegen nur eines bewirken wollte: dass Mia keinen Streit vom Zaun brach. Und das wollte sie auch nicht, wirklich nicht, sie wollte sich jetzt nicht in den letzten Minuten, die Papa auf dieser Welt noch blieben, mit seiner bescheuerten zweiten Frau streiten.

Aber sie würde platzen, wenn sie jetzt nichts sagen würde.

»Hattet ihr eigentlich schon was miteinander, als meine Mutter noch lebte?«

Sie hoffte, dass ihre Stimme so neutral wie nur möglich geklungen hatte, aber sie merkte an Marks Händen, die den Druck auf ihren Schultern erhöht hatten, dass ihr das nicht ganz gelungen war.

»Was?« Constanze drehte sich zu ihr um und blickte sie erstaunt an. Erst dann schien sie langsam zu begreifen, was sie da eben überhaupt für eine Geschichte von sich gegeben hatte. »Ach du meine Güte! Entschuldige, Liebes, das muss dir ja ungeheuer taktlos vorkommen. Gott wie konnte ich nur ...« Constanze schüttelte über sich selbst den Kopf. »Nein, als ich meinte, wir hätten uns in diesem Krankenhaus zum ersten Mal geküsst, meinte ich natürlich nicht die traurige Zeit, in der deine Mutter starb. Nein, nein, damals haben wir so was natürlich nicht gemacht. Er kam mich später im Krankenhaus häufiger besuchen.«

»So?« Wer's glaubt wird selig, wollte sie noch hinterherschieben, aber da spürte sie wieder Marks Hände auf ihrer Schulter.

Constanze sah sie ernst an und berührte sie am Arm, worauf Mia reflexhaft zurückzuckte, was ihrer Stiefmutter nicht entging. »Mia, dein Vater hätte deine Mutter niemals betrogen, das kannst du mir glauben. Und schon gar nicht in der Zeit, als sie hier in der Klinik war. Als ich deinen Vater hier das erste Mal traf, war er am Boden zerstört. Ich habe in meinem ganzen Arbeitsleben als Krankenschwester selten einen Angehörigen erlebt, der so niedergeschlagen war, wie er. Wir hatten ihm ein Feldbett in dem Zimmer aufgebaut, damit er Tag und Nacht bei ihr sein konnte, während du bei deinen Großeltern warst. Sogar als sie verstorben war, blieb er noch eine Nacht bei ihr. Unsere Liebe begann erst viel später.«

So viel später nun auch nicht, dachte Mia, aber sie schwieg und nickte Constanze nur zu. Als Tom auf die Welt kam, war sie schließlich gerade mal acht Jahre alt gewesen und fünf war sie, als ihre Mutter starb. Wenn Constanze nicht beim ersten Mal sofort schwanger geworden war, dann fing die Beziehung eben doch ziemlich kurz nach Mamas Tod an.

Mia versuchte den Gedanken, dass Constanze sofort schwanger geworden war, aus ihrem Kopf zu verbannen. War doch vollkommen egal, lag doch jetzt auch schon fast dreißig Jahre zurück, in diesem Moment gab es doch wohl Wichtigeres als die Fruchtbarkeit ihrer Stiefmutter.

Trotzdem. Warum wurden eigentlich alle um sie herum sofort schwanger? Was zur Hölle machte sie nur falsch?

»Du glaubst mir doch, Mia?« Wieder griff Constanze nach ihrem Arm, diesmal war Mia zu langsam, um rechtzeitig zurückzucken zu können. Sie nickte nur und lehnte sich an Mark, der vermutlich als Einziger verstand, was in ihr vorging.

»Mein schönstes Erlebnis mit Mick«, begann ihr Mann und Constanze zog ihre Hand von Mias Arm zurück, »war eigentlich damals, als ich das erste Mal bei euch zu Hause war. Es war Winter und ich hatte diese Boots an, die mir eine halbe Nummer zu groß waren.«

Jetzt musste Mia grinsen. »Du hattest sie dir extra zu groß gekauft, damit du besonders dicke Wollsocken anziehen konntest, wenn es mal minus zehn Grad werden sollte.«

»Im Rheinland ist es doch praktisch nie zehn Grad unter null«, warf Constanze ein.

»Eben. Ein klassischer Fehlkauf. Und in dem Winter war es überhaupt nicht kalt, im Gegenteil, aber ich hatte mir die Schuhe nun mal gekauft, also zog ich sie auch an«, fuhr Mark fort. »Ich hatte also diese zu großen Boots an und war zum ersten Mal bei euch. Ich weiß noch genau, wie ihr alle im Wohnzimmer gesessen und mich erwartungsvoll angeschaut habt, als ich mit Mia ins Haus kam. Als ich dann die zwei Stufen ins Wohnzimmer runterging, rutschte ich mit meinem Fuß im Schuh zur Seite, was ein ziemlich merkwürdiges Geräusch machte.«

»Ich dachte immer, du hättest einen fahren lassen«, sagte Tom.

»Ich weiß. Ihr habt alle gedacht, ich hätte einen fahren lassen«, meinte Mark und grinste. »Constanze sagte sofort was von wegen ›kein Problem, kann doch jedem Mal passieren‹ und ich erinnere mich noch gut, wie feuerrot ich geworden bin.«

»Kein Wunder«, auch wenn Toms Mund von der Maske bedeckt war, konnte Mia sein Grinsen deutlich erkennen, »da lernt man seine Schwiegereltern das erste Mal kennen und flatuliert zur Begrüßung munter im Raum herum.«

»Mick hat mich damals aus der peinlichen Situation gerettet«, erinnerte sich Mark, »in dem er ohne Zusammenhang auf seine medizintechnische Erfindung zu sprechen kam, was euch allen dann noch viel peinlicher war, als mir mein pupsender Fuß.«

Ein leises Lachen ging durch den Raum. Mia sah ihren Mann dankbar an. Er hatte es geschafft, dass ein Moment der Heiterkeit in die traurige Atmosphäre eingedrungen war. Mark hatte schon immer dieses besondere Gespür gehabt, im passenden Augenblick das Richtige zu sagen. Und dabei war er sich nie zu schade gewesen, einen Witz auf eigene Kosten zu machen.

»Durch Mick habe ich gelernt, dass mir bei euch nichts peinlich sein muss, weil ihr meine Familie seid«, fügte Mark noch hinzu. »Dafür werde ich ihm immer dankbar sein.«

Constanze musste erneut in ihr Taschentuch schnäuzen. »Das hast du schön gesagt, Mark.«

Für eine Weile schwiegen alle. Ein warmes Gefühl durchfuhr Mia, während ihr Blick auf dem Gesicht ihres Vaters ruhte. Ja, er war der Mittelpunkt der Familie, er war es, der diese unterschiedlichen Charaktere verband und zusammenhielt. Ohne ihn würde alles anders werden. Nie wieder würde er mit seinen peinlichen Hämorridengeschichten einen Streit schlichten und für Erheiterung sorgen.

»Was ist deine schönste Erinnerung an deinen Vater?«, fragte Mark nach einer Weile.

Mia räusperte sich. Sie hatte das Gefühl, ihre Worte mit Bedacht wählen zu müssen. Aber dann wurde sie von den Bildern, die durch ihren Kopf rauschten, förmlich mitgerissen. Sie als kleines Mädchen mit wippenden Zöpfen auf Papas Schultern. Er hielt sie an den Beinen fest und sie hatte eine Hand auf seinen Kopf gelegt, während die andere die Hand ihrer Mutter hielt, die neben Papa herlief. Schon etwas dünn und blass war Mama damals gewesen, aber fröhlich und munter. Mama hatte sie von hinten gekitzelt und Papa musste sie lachend festhalten, weil Mia sonst von seinen Schultern gefallen wäre. Papa, Mama, Mia. Die perfekte Einheit. Sie konnte sich nicht erinnern, wann sie jemals wieder so glücklich gewesen war, wie in diesen wenigen Jahren, in denen sie eine Familie waren. Und auch Papa hatte sie nie wieder so glücklich gesehen, davon war Mia überzeugt.

Als ihr gerade die Worte aus dem Mund sprudeln und sie von dieser Zeit erzählen wollte, fiel ihr Blick auf Constanze, die da saß, in ihrer durchsichtigen Bluse, die sie extra für Papa angezogen hatte, falls er doch noch etwas wahrnehmen würde. Sie sah den schweren, von tiefer Trauer gezeichneten Blick dieser Frau, die immer ihre Stiefmutter sein wollte und der sie sich stets verweigert hatte. Sie war so anders als ihre Mutter gewesen, so anders als die Frau, die Papa als junger Mann geheiratet hatte. Aber sie liebte ihren Vater, das stand außer Frage und jetzt war nicht der Zeitpunkt, sie zu verletzen.

Versuch' Größe zu zeigen, dachte Mia. Ihr Leben lang hatte sie Constanze gepiesackt und auch heute hatte sie sich nicht gerade vorbildlich benommen. Sie wollte sich zusammenreißen, sie wollte Constanze jetzt nicht wehtun. Wegen Papa. Aber auch wegen ihr selbst. Denn manchmal ertrug Mia sich selbst am wenigsten. Sie wusste, dass ihr Nervenkostüm durch die Hormonbehandlung nicht das Beste war, und sie wusste auch, dass ihr Job als Lehrerin ebenfalls an ihren Nerven zerrte und dass Papa eigentlich immer recht gehabt hatte und sie einen anderen Beruf hätte ergreifen sollen.

Hör auf, dein ganzes Leben zu hinterfragen!

Die Arbeit mit den Kindern machte ihr doch eigentlich Spaß! Sie mochte es, wie die Kleinen sich freuten, wie sie »Du, Frau Winter« sagten, wenn sie ihr ein Problem anvertrauten, wie sie die Grundschüler dabei beobachten konnte, wie die Buchstaben langsam zu Worten wurden und sie sich freuten, endlich richtig lesen zu können. Ihr Beruf hatte viel Schönes, er zeigte ihr jeden Tag, was sie bewegen und wie sie Kinder in ihren ersten Lebensjahren prägen konnte. Nein, die Kinder waren nicht das Problem, auch wenn gerade die Erstklässler sie immer wieder an ihre Kinderlosigkeit erinnerten, zumal dauernd eine Mutter schwanger in ihrer Sprechstunde saß.

Das Hauptproblem waren in der Tat die Eltern, wie Papa es immer vorhergesagt hatte. Die viel gescholtenen Helikoptereltern waren dabei gar nicht das Schlimmste, die wollten doch eigentlich nur das Beste für ihre Kinder. Am schlimmsten waren die Eltern der Wohlstandsverwahrlosten, die ihre Söhne und Töchter schon vor der Schule mit dem iPad ruhigstellten, dic nie Zeit hatten, aber dafür dem Nachwuchs schon zur Einschulung das neuste iPhone in die Schultüte packten. Und mit einem Anwalt drohten, wenn es nach der vierten Klasse keine Gymnasialempfehlung gab. Sie hasste diese Eltern fast und sie empfand es als so ungerecht, dass solche Menschen, die offensichtlich kaum Lust hatten, sich um ihre Kinder zu kümmern, überhaupt welche hatten, während es bei ihr einfach nicht klappen wollte.

Jetzt hör auf im Selbstmitleid zu versinken und reiß dich endlich zusammen!

Sie räusperte sich und versuchte, sich zu sammeln. Unwillkürlich musste sie an Ella denken und wie sehr das Mädchen in ihrem Leben bisher kämpfen musste. Auch wenn Mia sie unterstützte und ihr half, wo sie nur konnte, spürte sie in diesem Moment doch ganz deutlich, wie sehr Ella auch ihr half.

»Mein schönstes Erlebnis mit Papa«, begann Mia

schließlich zögerlich, »war seine Rede auf meiner Abiturfeier damals.« Es war sicherlich nicht der schönste Moment mit ihrem Vater gewesen, aber sie dachte noch häufig gerne daran zurück. Er war so stolz auf sie gewesen, auf ihr Einser-Abitur, das hatte es in der Familie noch nie zuvor gegeben. Eigentlich seien sie doch eine klassische Dreier-Familie, hatte Papa grinsend gesagt, Einsen habe nie jemand geschrieben. Bis auf Mia. »Während er die Rede in der Aula unseres Gymnasiums hielt«, fuhr Mia fort, »hat er mich die ganze Zeit angeschaut. Er war der einzige Redner, der seine Tochter oder seinen Sohn anschaute. Alle anderen sprachen in den Raum hinein, wie sich das ja vielleicht auch gehört. Aber Papa war es egal, was sich gehört. Er wollte die Rede für mich halten, und er hielt sie für mich.« Mia beugte sich vor und drückte ihrem Vater einen Kuss auf die Stirn. »Danke, Papa«, sagte sie leise und spürte, wie die Traurigkeit in ihr aufstieg.

»Das war wirklich ein besonderer Tag damals«, Constanzes Stimme war voller Herzlichkeit. »Wir waren alle wahnsinnig stolz auf dich. Und am Abend, auf dem Abiturball, hast du einfach wundervoll ausgesehen.«

»Du auch.« Sie war fast ein bisschen stolz auf sich, dass sie diese Worte über ihre Lippen brachte. Denn sie würde niemals vergessen, wie Constanze auf dem Ball ausgesehen hatte. Unmöglich wäre das treffende Wort gewesen. Sie hatte einen rosa Albtraum aus Tüll getragen, der für die damals fast Vierzigjährige in Mias Augen einfach völlig unpassend war. Alle anderen Mütter hatten dezente Etui-

oder Cocktailkleider in gedeckten Farben getragen, nur Constanze hatte sich mit ihrem Kleid einen Auftritt wie Aschenputtel verpasst. Mia wusste noch, wie wütend sie an dem Abend gewesen war. Es war ihr Abend gewesen, ihr Tag, ihr Auftritt, nicht der von Constanze.

»Wir haben viele schöne Feste gefeiert«, sagte Constanze wehmütig. »Euer Vater hat immer gerne gefeiert. Ich weiß nicht, wie viele Vernissagen er organisiert hatte.«

Mia nickte. »Ja. Mit dem Pechstein hatte er ja auch ein wirklich außergewöhnliches Exemplar für beinahe jede Ausstellung.«

Tom räusperte sich geräuschvoll und Mia hatte fast den Eindruck, er würde mit den Füßen scharren. War er nervös? Natürlich war er nervös, sie waren alle nervös. Das, was Papa bevorstand, konnte einen ja nur nervös machen. Und wenn es um den Pechstein ging, wurde Tom ja sowieso immer nervös. Es war fast abstoßend, wie scharf er auf das Bild war, das sie erben würde. Sie war sich sicher, dass er es sofort verkaufen würde, wenn er könnte. Gut, auch sie hatte kurz mit dem Gedanken gespielt, das viele Geld war einfach zu verlockend. Aber irgendwie hätte sie dann das Gefühl, Papa zu verraten. Er war immer so stolz auf das Bild gewesen, es hatte ihm so gutgetan, dass alle ihn dafür bewundert hatten. Ob Tom vorhatte, das Erbe anzufechten? Keine Frage, der Pechstein war das Wertvollste, was die Familie besaß, es würde sie nicht wundern, wenn Tom versuchen würde, ihr das Bild streitig zu machen. Es war richtig, dass sie es noch heute an sich nehmen würde.

Für einen Augenblick spürte Mia Scham in sich aufsteigen. Wie konnte sie nur über ihr Erbe nachdenken, während Papa hier vor ihr lag? Das war doch eigentlich gar nicht ihre Art! Geld und materielle Dinge hatten sie nie sonderlich interessiert und gerade, wenn es um das Bild ging, war ihr der finanzielle Aspekt nie wichtig gewesen. Wenn Tom nicht immer so merkwürdig reagieren würde, sobald der Pechstein zur Sprache kam, dann hätte sie so unangemessene Gedanken gar nicht gehabt. Sie fühlte sich von ihm permanent provoziert. Allein wie er da in der Ecke stand, aufgedunsen und schwitzend und kaum in der Lage, einen geraden Satz zu sagen.

»Was ist denn deine schönste Erinnerung mit Papa?«, fragte sie ihn. »Du hast noch gar nichts erzählt, Tom.«

Sie war gespannt, was er sagen würde, alle wussten, dass sein Verhältnis zu Papa schwierig war. Obwohl sich ihr Vater in der Kunstszene mit vielen Schwulen umgeben hatte und sich gerade den etwas schrilleren Persönlichkeiten betont tolerant gegenüber gezeigt hatte, war die Homosexualität seines eigenen Sohnes ein merkwürdiges Tabu in der Familie gewesen. Vielleicht hatte Papa Angst, dass seinem Sohn dadurch Ausgrenzung und Anfeindung widerfahren würde, wie er sie selbst in seinem Leben häufig genug erlebt hatte, vielleicht war es aber auch nur einer gewissen Hilflosigkeit geschuldet gewesen, immerhin stammte Papa aus einer Generation, in der schwule Männer noch im Gefängnis landen konnten. Es war nicht zu übersehen gewesen, dass Papas Schwulenbild jenseits des normalen Lebens war. Ein exaltierter Künstler, der fabelhafte Bilder malte und schwul war – das passte in seinen Augen zusammen. Aber ein schwuler junger Mann, der nichts hinkriegte, außer mehr Gewicht auf den Hüften anzusammeln – das passte nicht ins Weltbild von Mick Römer. Als Guido Westerwelle sich damals geoutet hatte, hatte ihr Vater den entlarvenden Satz gesagt: »Der sieht doch überhaupt nicht schwul aus!« Zu konservativ, nicht bunt genug. Schwule Anzugträger in wichtigen Positionen, das konnte er sich nur schwer vorstellen.

Aber obwohl Mia das alles bewusst war, hatte sie kein Mitleid mit ihrem Bruder. Warum hatte er nie auf den Tisch gehauen und gesagt, ich bin halt so wie ich bin, akzeptiert das endlich? Nein, er hatte immer schön gemacht, was seine Eltern ihm gesagt hatten. Selbst Schuld.

»Ja, Tom«, meldete sich nun auch Constanze zu Wort, »erzähl du uns dein schönstes Erlebnis mit Papa.«

Tom trippelte von einem Fuß auf den anderen und Mia glaubte, Schweißperlen auf seiner Stirn zu sehen.

»Also ... Äh ...«

Dieses Rumgestotter! Dauernd suchte er nach Worten, nie konnte er einfach mal geradeheraus antworten. Ihre Viertklässler hielten die Referate besser, als ihr fast dreißigjähriger Bruder seiner Mutter antworten konnte. Tom war wirklich ein komischer Kerl und manchmal fragte sie sich, ob sein Verhalten noch normal war. Er hatte zwar eine Magen-Darm-Grippe, aber das Virus hatte doch nicht sein

Hirn lahmgelegt! Konnte er sich nicht einmal zusammenreißen?

»Ja? Erzähl doch!«, forderte sie ihn auf und versuchte, dabei so freundlich wie nur möglich zu klingen.

»Natürlich ... Also ... meine ... äh ...«

Tom täuschte ein Husten vor, was jeder sofort als gespielt erkennen konnte. Sie kannte das von ihren Schülern, da gab es auch so ein paar Kandidaten, die grundsätzlich einen Hustenanfall bekamen, wenn sie an der Tafel standen und ihr antworten sollten. Mia stand dann immer daneben und beobachtete die Kinder amüsiert, ohne etwas zu sagen. Sie wusste, dass die Schüler auf ein na-dann-setz-dich-erst-mal-wieder hofften, was sie ihnen aber konsequent verweigerte. Der Sohn von Frau Schuhmacher, der penetranten Mutter, war so ein Kandidat. Und er legte bei seinen Hustenanfällen eine erstaunliche Ausdauer an den Tag, sodass sie manchmal minutenlang neben ihm an der Tafel stand und darauf wartete, dass er endlich antwortete. Seit einiger Zeit hatte sie deshalb immer eine Packung Hustenbonbons dabei.

Mia griff in ihre Handtasche und holte sie hervor.

»Hier, die helfen schnell.«

»Äh ... Danke.«

Umständlich nahm er ein Bonbon aus der Tüte und packte es noch umständlicher aus. Auch das Verhalten kannte sie von ihren Viertklässlern. Je länger sie das Bonbon auspackten, desto mehr Zeit hofften sie zu gewinnen, um vielleicht doch noch der Frage entgehen zu können. Genau wie ihr Bruder.

Er steckte sich das Bonbon in den Mund und lutschte ausgiebig daran. »Das hilft …«

»Gut. Also: dein schönstes Erlebnis?«

Auffordernd sah sie Tom an, der ihrem Blick immer wieder auswich. Er wirkte geradezu erleichtert, als es an der Tür klopfte und Dr. Kraft den Raum betrat.

Mias Magen zog sich beim Anblick des Arztes zusammen. Obwohl er eine ernste und getragene Miene aufgesetzt hatte, umgab ihn immer noch diese onkelhafte Professor-Brinkmann-Aura. Aber auch die konnte sie jetzt nicht mehr beruhigen und von einer Sekunde auf die andere verschwendete sie keinen Gedanken mehr an ihren fahrigen Bruder.

War es etwa schon so weit? Nein, sie waren doch erst eine gute Stunde hier, es konnte doch jetzt noch nicht an der Zeit sein! Und wenn doch? Ihr wurde fast schlecht, als ihr klar wurde, was das bedeutete.

»Ich grüße Sie«, sagte er mit fast pastoraler Stimme. Dann drückte er Constanzes Hand. »Alles in Ordnung?«

Was für eine bescheuerte Frage. Was sollte hier schon in Ordnung sein? Nichts, aber auch rein gar nichts war in Ordnung.

»Danke, Doktor.« Constanze sprach merkwürdig gepresst.

Täuschte sich Mia oder zog ihre Stiefmutter gerade den Bauch ein? Sie merkte, wie neben der Angst, die sich immer mehr in ihr ausbreitete, auch eine gewisse aggressive Zickigkeit in ihr hochkam. Obwohl sie wusste, dass das immer passierte, wenn ihre Emotionen sie zu überwältigen drohten und dass das nichts anderes war, als eine Art Schutzmechanismus, um ihre Gefühle unter Kontrolle zu halten und vor den anderen nicht loszuheulen wie ein kleines Baby, konnte sie diese Zickigkeit nicht unterdrücken. Sie musste ihre Lippen fest zusammenpressen, um den spitzen Kommentar, der ihr auf der Zunge lag, zu unterdrücken.

»Die Schwester sagte mir, dass sie keinen Priester wünschen«, fuhr Dr. Kraft getragen fort. »Wenn Sie sich anders entscheiden sollten …«

»Nein, nein«, unterbrach Constanze ihn lächelnd, »mein Mann war nicht religiös.«

»Ist«, murmelte Mia, aber keiner hörte sie. Sie konnte es einfach nicht ertragen, dass alle von Papa in der Vergangenheitsform sprachen. Dachte denn keiner daran, dass er sie vielleicht noch hören könnte?

»In Ordnung.«

So beruhigend die Professor-Brinkmann-Stimme von Dr. Kraft auch wirken sollte, so unruhiger wurden sie alle. Sie wussten ja, warum er in diesem Tonfall mit ihnen sprach. Und was als Nächstes passieren würde.

Erwartungsvoll sah Dr. Kraft Constanze an. Die nickte schließlich langsam. »Ja … Gut …«, sagte sie leise.

Mia merkte, wie ihre Hände zu schwitzen anfingen, so stark, dass sie sie an ihrer Hose abwischen musste. Ihr Herz raste und sie musste immer wieder schlucken, damit der Kloß in ihrem Hals ihr nicht die Luft zum Atmen nahm.

Anna wimmerte leise und hielt Constanzes Hand, deren Unterlippe zu zittern begann, während Tom laut und geräuschvoll sein Hustenbonbon zerbiss, sich dabei verschluckte und erneut zu Husten anfing.

»Sorry«, sagte er leise, als er sich wieder beruhigt hatte. Nervös schien er noch etwas sagen zu wollen, brachte aber kein Wort über die Lippen.

»Okay. Wenn Sie dann so weit sind?«, sagte Dr. Kraft leise und Constanze nickte erneut, diesmal allerdings so langsam, dass man den Eindruck gewinnen konnte, sie würde am liebsten mit dem Kopf schütteln.

Alle schwiegen und starrten auf Papa, der unverändert vor ihnen lag, warm und rosig.

Langsam ging Dr. Kraft auf ihn zu.

Tom

»Halt, stopp!« Tom merkte, wie laut seine Stimme war, fast panisch hörte sie sich an. Er hatte noch nicht seine schönste Erinnerung erzählt, seinen glücklichsten Moment mit Papa und er wollte auf keinen Fall, dass sein Vater starb, ohne dass er etwas gesagt hatte.

Warum fiel ihm bloß nichts ein?

Fieberhaft wühlte er in seinem Gedächtnis, ging diverse Kindergeburtstage durch, dachte an seine Abiturfeier, an seine bestandene Führerscheinprüfung, an alle wichtigen Ereignisse in seinem Leben. Aber komischerweise konnte er keine Verbindung zwischen einem dieser Tage und einem schönen Erlebnis mit Papa herstellen. Dabei gab es sie, davon war er überzeugt, nein er wusste es sogar. Aber sie wollten ihm partout nicht einfallen und je mehr er grübelte, desto weiter entfernte sich jede einzelne Erinnerung.

Diese verdammte Depression, dachte er. Sie hatte sein Gedächtnis zu einem löchrigen Schwamm werden lassen.

»Möchten Sie noch etwas sagen?«, fragte Dr. Kraft einfühlsam.

»Wir haben uns eben unsere schönsten Erinnerungen erzählt«, erklärte Mama und wischte sich eine Träne aus dem Auge.

»Eine wunderbare Geste«, meinte Dr. Kraft und lächelte Tom an. »Und Sie waren gerade an der Reihe?«, fragte er ihn.

»Ja.«

Was soll ich sagen? Was soll ich jetzt bloß sagen?

»Bitte, erzählen Sie. Es ist wichtig, dass Sie in Ruhe Abschied nehmen.« Dr. Kraft sah ihn auffordernd an.

Tom nestelte nervös an seinem Mundschutz herum und trat von einem Fuß auf den anderen. Alle sahen ihn an, besonders Mia schien ihn fast zu fixieren. Geradezu aggressiv sah sie dabei aus, was ihn noch mehr unter Druck setzte.

»Also ... Meine schönste Erinnerung mit Papa ...« Denk nach, denk nach! »Liegt schon ein paar Jahre zurück ... Ich weiß gar nicht mehr genau, wann es war ...« Wann was war? Was redest du nur? »Wir waren zusammen in Köln und sind am Rhein spazieren gegangen ... Ja genau ... Und plötzlich ... Stolperte Papa und stürzte ins Wasser. Ich konnte ihn in letzter Minute aus den Fluten retten, sonst wäre er ertrunken.« Was erzählst du nur für einen Schwachsinn.

Seine Familie schien das genauso zu sehen. Alle starrten ihn ungläubig an.

»Papa wäre fast im Rhein ertrunken?« Annas Stimme war voller Zweifel und Irritation.

»Wie soll man denn bitte am einbetonierten Rheinufer stolpern und dann in die *Fluten* fallen? Das sind doch nicht die Niagarafälle!« Mias Spott war nicht zu überhören. Sie glaubte ihm offensichtlich kein Wort.

»Warum hat Mick mir nie davon erzählt?«, murmelte seine Mutter vor sich hin und Mark warf ihm denselben Blick zu, wie schon im Waschraum, als Tom ihm die Magen-Darm-Grippe vorgeschwindelt hatte.

Tom wich den Blicken der anderen aus und starrte auf Papa. Sein Gesichtsausdruck hatte sich nicht verändert, natürlich nicht, alles andere wäre ja auch einem Wunder gleichgekommen. Papa hatte seine Worte nicht gehört. Bestimmt nicht. Er lag doch jetzt nicht da und fragte sich, was sein nichtsnutziger Sohn da bloß für sinnlose Geschichten von sich gab. Nein, das war undenkbar.

Papa hatte immer schnell gemerkt, wenn Tom log. So wie alle anderen eigentlich auch. Er war ein hundsmiserabler Lügner, das wusste er. Er tat all das, was man beim Lügen nicht tun sollte, wurde nervös, stotterte herum und vermied jeden Augenkontakt. Vermutlich könnte er sich auch gleich mit einem Edding »Achtung, jetzt kommt eine Lügengeschichte« auf die Stirn schreiben. Er war einfach ausgesprochen schlecht darin, sich glaubhafte Lügen einfallen zu lassen. Das war schon immer so gewesen. Wenn er in der Schule zu spät kam, erzählte er etwas von schweren Unfällen, Vollsperrungen und Feuerwehreinsätzen, selbst wenn er nur zwei Minuten nach dem Gong in den Klassenraum eilte. Seine Lehrer hatten ihn dann immer genauso angesehen wie Mia und die anderen es jetzt auch taten und seine Mitschüler hatten gekichert, zunächst amüsiert und irgendwann leicht genervt. Manchmal, und das war das Allerschlimmste, mischten sich in diese Reaktionen auch Mitleid, so wie man es einem Kind gegenüber empfand, das sich redlich mühte, aber leider nichts hinbekam.

Tom fühlte sich wie der größte Versager des Universums. Vielleicht hätte er doch besser seine Klappe gehalten, als so eine unglaubwürdige Geschichte zu erzählen. Aber dann wäre sein Versagen nicht weniger offensichtlich gewesen, dann wäre er der einzige gewesen, der nichts gesagt hätte. Und er wollte sich doch auch von Papa verabschieden, würdevoll und angemessen, mit einer schönen Erinnerung, die sie miteinander verband, und die es doch gab, verdammt, warum fiel sie ihm nur nicht ein! Nichts fiel ihm mehr ein, neulich hatte er Spaghetti ins kalte Wasser getan und erst dann den Herd angestellt. Ratlos hatte er später vor dem klumpigen Brei gestanden und selbst da noch überlegt, was schief gelaufen war. Dauernd passierten ihm solche Sachen. Wenn er in den Supermarkt ging, weil sein Kühlschrank leer war, dann konnte er darauf wetten, dass er mit zig Dingen nach Hause kam, die er nicht brauchte und unter denen garantiert keine Lebensmittel waren. Wie oft war er in der letzten Zeit in den Keller gegangen und hatte dort minutenlang gestanden, ohne zu wissen, was er da überhaupt wollte. Wenn er als alter Mann mal Alzheimer bekommen sollte, dann wusste er wenigstens, was ihn dann erwarten würde. Er hasste es so sehr, nichts mehr hinzukriegen und die Person zu sein, die er geworden war.

Würde ich doch nur hier liegen und Papa vor mir stehen.

Tatsächlich kam ihm der Tod manchmal weniger schrecklich vor als das Leben.

»Das gehört zu ihrer Erkrankung dazu«, hatte Dr. Johansen ihm erklärt und ihm dann allerdings versichert, dass er Tom nicht für suizidgefährdet halte. Klar, was sollte ein Therapeut auch sonst sagen. Hätte er ihm prognostiziert, dass er sich in naher Zukunft vor den Zug werfen würde, hätte das seinen Stimmungsschwankungen vermutlich nicht besonders gutgetan.

»Ein ungewöhnliches Erlebnis«, unterbrach Dr. Kraft seine Gedanken mit sonorer Stimme und Tom musste kurz überlegen, was der Doktor damit eigentlich meinte. »Wahrscheinlich hat Sie dieses Beinaheunglück noch näher zusammengebracht.«

»Ja. Genau«, murmelte Tom und versuchte, dabei so normal wie nur irgendwie möglich zu wirken.

Mia musterte ihn von oben bis unten. Ihre Augen hatten sich zu Schlitzen verengt und sie wirkte nun richtig aggressiv. Er ahnte, was in ihr vorging und was sie ihm jetzt am liebsten an den Kopf werfen würde. Er fürchtete Mias spitze Zunge, gegen die er nur selten ankam. Zu Teenagerzeiten hatte sie ihn bereits in Grund und Boden geredet, hatte grundsätzlich immer die besseren Argumente gehabt, sei es nun bei politischen Themen oder wenn es darum ging, wer die Spülmaschine ausräumte. Obwohl sich die Geschwister dabei abwechseln sollten, hatte er bestimmt fünf Jahre diesen Job übernommen.

Wie in Zeitlupe nahm er wahr, dass Mia ihren Mund öffnete. Aber bevor sie etwas sagen konnte, legte Mark ihr seine Hände auf die Schultern und begann sie zu massieren, wie ein Trainer es kurz vor dem Kampf bei seinem Boxer tat. Ob das Mia beruhigen sollte? Vermutlich. Jedenfalls schnappte ihr Mund wieder zu und sie drehte ihren Kopf zu Papa.

Vielleicht massierte Mark ihr immer die Schultern, wenn er wollte, dass sie den Mund hielt? Ehepaare hatten doch manchmal so Mechanismen, Mama hatte jedenfalls immer einen Trick, wenn Papa es mit seinen Hämorridengeschichten übertrieb. Er liebte alkoholgefüllte Pralinen über alles, besonders von Mon Chéri hätte er sich theoretisch wochenlang ernähren können. Er biss sie an, kippte den hochprozentigen Inhalt in seinen Mund und aß erst dann die Schokolade. Meistens hatte Mama immer mindestens eine Packung Mon Chéri im Haus, kaufte kurz vor der Sommerpause sogar extra welche auf Vorrat, damit Papa selbst bei 35 Grad seine Lieblingspralinen hatte. Und nicht selten steckte sie ihm die Dinger mitten in seinem Redefluss in den Mund und brachte ihn damit zum Schweigen, wenn die Hämorridengeschichten wieder einmal überhandnahmen. So wie man einen Hund mit einem Leckerli ruhigstellen konnte, konnte man Papas Geschichten mit Mon Chéri stoppen. Vielleicht war das Schultern massieren Marks Mon Chéri, sein Leckerli, um Mia zu beruhigen.

Dr. Kraft begann, ihnen noch irgendwelche medizinischen Vorgänge zu erklären, aber Tom schaffte es nicht, ihm zuzuhören. Er sah den Arzt an, versuchte, sich auf seine Worte zu konzentrieren und nahm doch nur Worthülsen wahr, die für ihn bedeutungslos waren. Auch das kannte er schon seit einer Weile. In der Uni besuchte er schon keine Vorlesungen mehr, weil er den Professoren ja doch nicht folgen konnte. Seine Aufmerksamkeitsspanne war erstaunlich kurz geworden. Zuerst war ihm aufgefallen, dass er keine

Bücher mehr lesen konnte. Normalerweise las er gerne, besonders Krimis, von denen er früher bestimmt einen pro Woche gelesen hatte. Irgendwann hatte er ein Buch zugeschlagen und ratlos auf dem Bett gelegen, weil er nicht mehr wusste, was er da überhaupt gelesen hatte. Es waren keine kleinen Details gewesen, die er vergessen hatte, sondern so zentrale Dinge wie den Mörder und sein Motiv. Beim nächsten Buch musste er fast jede Seite zweimal lesen und trotzdem kam es ihm fremd vor, wenn er es abends wieder aufschlug. Inzwischen lag es Monate zurück, dass er überhaupt ein Buch in der Hand gehabt hatte und selbst U-Bahn-Fahrpläne und Speisekarten waren für ihn zum Problem geworden. Es war fast so, als wenn sein Gehirn so sehr mit ihm selbst beschäftigt war, dass es keinerlei Kapazitäten mehr für andere Dinge hatte.

»Möchten Sie noch etwas zu ihm sagen?« Dr. Kraft stand plötzlich so nah vor ihm, dass Tom unwillkürlich einen Schritt nach hinten wich. Er mochte es nicht, wenn ihm jemand zu nahe kam, das hatte er noch nie gemocht.

Tom nickte nur. Dann stellte er sich ganz nah ans Bett seines Vaters. Er strich vorsichtig über seine Hand und überlegte kurz, wann er ihn das letzte Mal so berührt hatte. Hatte er das überhaupt schon mal getan? Vermutlich nicht, warum sollte er seinem temperamentvollen und munteren Vater schon über die Hand streicheln. Aber jetzt war es anders, jetzt war alles anders.

Tom beugte sich herunter und küsste vorsichtig die glänzende Stirn, die ihm fast ein bisschen heiß vorkam.

»Verzeih mir, Papa«, flüsterte er ihm so leise ins Ohr, dass die anderen es nicht hören konnten.

Verzeih mir, dass ich nicht der Sohn bin, den du dir gewünscht hast, verzeih mir, dass ich nicht in der Lage bin, mich anständig von dir zu verabschieden, verzeih mir, dass ich so bin, wie ich bin.

Er überlegte kurz, ob er ihm noch »ich liebe dich« ins Ohr flüstern sollte, aber irgendwie kam ihm das komisch vor. So etwas hatte er noch nie zu seinem Vater gesagt, genauso wenig wie dieser zu ihm. Papa würde sich wundern, wenn er so etwas jetzt von ihm hören würde.

»Gute Reise, Papa«, sagte er stattdessen etwas lauter.

Alle rückten nun näher. Jeder berührte Papa, drückte seine Hand, streichelte seinen Arm.

»Ich hab dich lieb, Papa«, Anna schluchzte und die Tränen liefen ihr über den Mundschutz. Tom hätte seine kleine Schwester am liebsten in den Arm genommen, aber er war zu keiner Regung fähig. Er konnte seine Augen einfach nicht von seinem Vater nehmen, der in wenigen Augenblicken sterben würde.

»Ich liebe dich ... Mein geliebter Mick«, auch Mama war nun in Tränen aufgelöst.

Mia beugte sich ebenfalls zu ihrem Vater herunter und flüsterte ihm etwas ins Ohr, was niemand hören konnte. Auch sie wirkte mitgenommen, war aber die Einzige, die nicht weinte. Selbst Mark kamen nun die Tränen.

»Mach's gut, Mick«, sagte er mit belegter Stimme. »Ich werde dich nie vergessen.«

Natürlich werde ich dich auch nie vergessen, ging es Tom durch den Kopf und er spürte, wie er es erneut mit der Angst zu tun bekam. Er würde doch seinen Vater nicht vergessen, oder? Nein, das konnte nicht passieren, das war doch unmöglich. Er hatte eine blöde Depression, die auf sein Gedächtnis schlug, er konnte sich schlecht konzentrieren und sich keine Sachen mehr merken, aber deshalb würde er doch seinen eigenen Vater nicht vergessen!

Er starrte in das Gesicht, das noch rosig auf dem weißen Kissen ruhte und versuchte, sich jedes kleine Detail einzuprägen. Die buschigen Augenbrauen, die Mama ihm immer zupfen wollte, damit er nicht wie Theo Waigel aussah. Die große Nase, über die Papa selbst immer Scherze gemacht hat.

Tom versuchte, einen Blick in Papas Augen werfen zu können. Sie waren nur einen kleinen Spalt geöffnet, so wie es bei Menschen im Tiefschlaf manchmal der Fall war. Er musste ein bisschen in die Knie gehen, um wenigstens etwas von dem Blau der Augen zu sehen. Papa hatte die ausdrucksstärksten Augen, die er kannte. Auch wenn das tiefe Blau mit den Jahren seine Intensität eingebüßt hatte und immer mehr ins Gräuliche gegangen war, hatten Papas Augen mehr gesagt, als es seine ausgiebigen Geschichten manchmal getan hatten. Auch wenn Papa laut lachte, weil sich irgendjemand vermeintlich witzig, tatsächlich jedoch abfällig über seine medizintechnische Erfindung äußerte, hatte man ihm immer in den Augen angesehen, wie er tatsächlich darüber dachte, wie es ihn ärgerte und verletzte.

Jetzt war diesen Augen nichts mehr anzusehen.

Dr. Kraft räusperte sich und kam mit ernster Miene näher. Fragend sah er Mama an. Tom blickte zu ihr, einerseits voll schrecklicher Erwartungen, andererseits aber auch mit der naiven Hoffnung, dass sie Dr. Kraft einfach aus dem Raum schicken könnte, damit Papa nicht sterben musste. Mama erwiderte seinen Blick und lächelte ihn für einen winzigen Moment an, so als wollte sie ihm seine Angst nehmen. Dann wandte sie sich wieder zu Dr. Kraft.

Langsam nickte sie.

Tom kam als Erster aus dem Raum. Er wusste nicht, wie lange sie noch am Bett gestanden hatten, bestimmt eine halbe Stunde, vermutlich noch länger. Irgendwann hatte er das Gefühl bekommen, dass es in dem Zimmer keine Luft mehr zum Atmen gab, dass Papa mit seinem letzten Atemzug allen Sauerstoff mitgenommen hatte. Fast fluchtartig war er aus dem Zimmer geeilt. Jetzt fühlte er eine große Erschöpfung, auch körperlich. Seine Beine taten weh und fühlten sich an, als wäre er gerade einen Halbmarathon gelaufen. Sein Therapeut hatte ihn vorgewarnt, dass Trauernde häufig auch in einen Erschöpfungszustand geraten, in dem er sich dank seiner Depression ja sowieso schon dauernd befand. Er hatte ihm gesagt, dass Tom möglicherweise heftiger auf diese Situation reagieren würde als andere und offensichtlich hatte der Mann recht gehabt. Jedenfalls fühlte er sich wie erschlagen.

Müde lehnte er sich gegen die Wand, zog sich den

Mundschutz herunter und atmete so tief ein, wie er nur konnte. Die Luft im Gang war zwar auch nicht besonders gut, aber doch besser als in Papas Zimmer.

Mark kam als Nächster heraus. Tröstend drückte er Tom an sich.

»Tut mir leid, Mann«, sagte er. »Dein Vater war ein großartiger Kerl.«

»Ich weiß.« Tom konnte seine Stimme kaum hören. Ihm war nicht nach sprechen zumute. Seitdem er in Therapie war, versuchte er zu lernen, sich mit seinen Gefühlen auseinanderzusetzen, in sich hineinzuhören, Veränderungen wahrzunehmen und auf sie zu reagieren. Trotzdem überforderten ihn seine Gefühle immer noch.

»Wenn Sie traurig sind«, hatte Dr. Johansen zu ihm gesagt, »dann versuchen Sie, dieses Gefühl anzunehmen. Bekämpfen Sie es nicht, lenken Sie sich nicht krampfhaft ab, sondern sagen Sie sich: Jetzt bin ich traurig, das ist okay, das darf ich sein. Wenden Sie eine unserer Atemübungen an, immer tief in den Bauch hinein, und konzentrieren Sie sich auf Ihren Körper. Auf die Atmung und auf die Traurigkeit. Sie werden spüren, wie sich der Schmerz dann langsam löst.«

Die Worte von Dr. Johansen gingen ihm durch den Kopf, während er sich wieder an die Wand lehnte und versuchte, genauso tief und geräuschvoll in den Bauch zu atmen, wie er es gelernt hatte.

»Alles okay?«, fragte Mark besorgt, aber Tom antwortete

ihm nicht. Er nickte nur und versuchte, sich weiterhin auf seine Atmung zu konzentrieren.

Tief in den Bauch hinein, den Atem spüren, die Traurigkeit zulassen.

»Warum schnauft der denn so merkwürdig?« Mia war aus dem Raum gekommen, ohne dass Tom es bemerkt hatte. Obwohl auch ihr Gesicht von Trauer gezeichnet war, war ihr Erstaunen nicht zu übersehen. Kein Wunder, es musste merkwürdig aussehen, wie er in seiner Schutzkleidung an der Wand lehnte, die Augen geschlossen beide Hände auf dem Bauch, tief und schwer atmend, wie eine Schwangere kurz vor der Entbindung.

»Ich weiß es nicht«, antwortete Mark und sah ihn besorgt an. »Ist deine *Grippe* schlimmer geworden?«

Dabei sprach er Grippe so aus, dass sofort klar wurde, wie wenig er selbst an diese vorgeschobene Krankheit glaubte.

»Geht schon«, sagte Tom.

»Machst du Atemübungen?«, fragte Mia und sofort schüttelte er vehement den Kopf.

»Nein, nein. Ich hab nur ... geatmet.«

»Aha.« Mia schüttelte ungläubig mit dem Kopf, vermutlich hielt sie ihn jetzt für völlig durchgeknallt, aber das war ihm egal. Seine Familie wusste nichts von seiner Erkrankung und der Therapie und er hatte keine Lust, es ihnen jetzt zu erklären. Er hatte in den letzten Monaten häufig mit einer plötzlich auftauchenden Traurigkeit zu tun gehabt, die immer wie aus dem Nichts gekommen war, ihn völlig im Griff hatte und mit einer enormen Antriebslosigkeit einhergegangen war. Dann hatte Dr. Johansen ihm die Atemübungen beigebracht und so hatte er es an den schlimmsten Tagen irgendwann geschafft, die Traurigkeit wenigstens für eine Weile abzuschalten.

Aber das heute war anders.

Als Dr. Kraft die lebenserhaltenden Geräte abgeschaltet und den Beatmungsschlauch entfernt hatte, hatten sie nach einigen Augenblicken nur über die Anzeige am Monitor mitbekommen, dass Papa gestorben war. Sein Körper hatte keine Reaktion gezeigt, kein Flackern der Augen, kein Röcheln, absolut nichts. Dafür war Tom dankbar. Einen Todeskampf, wie John-Boy ihn bei seinem Großvater erlebt hatte, hätte er nicht ausgehalten.

Obwohl er seit Langem gewusst hatte, dass dieser Moment kommen würde, war er überwältigt von der Trauer, die ihn in diesem Augenblick erfasst hatte und nicht mehr loszulassen schien. Es war ein gänzlich neues Gefühl, es hatte mit der Traurigkeit und Antriebslosigkeit, die ihn schon so lange plagte, nichts zu tun. Das hier war anders. Viel mächtiger und größer. Und nicht zu kontrollieren. Auch war er körperlich von diesem Gefühl viel stärker betroffen, fühlte physischen Schmerz, im Magen, in den Beinen, die zittrig wurden genau wie seine Hände, im Rücken und im Nacken, der so verspannt war, als hätte er zwei Tage ohne Unterbrechung am Schreibtisch gesessen.

So fühlt sich also Trauer an, ging es Tom durch den Kopf. Und bei allem Schmerz, den er fühlte und kaum verarbeiten konnte, war er doch froh, dass er ihn spürte. Seine Angst, nicht trauern zu können, war unberechtigt gewesen. Er fühlte etwas und dieses Etwas hatte nichts mit ihm zu tun, nichts mit seiner Depression und den damit einhergehenden Folgen, die von Außenstehenden nicht selten als egoistisches und empathieloses Verhalten wahrgenommen wurden. Und das mit Recht. In den letzten Monaten drehte sich in seinem Leben alles nur noch um ihn selbst. Das war jetzt anders.

»Du solltest deinen Mundschutz anlassen, sonst steckst du uns noch alle an.« Mias Stimme klang spitz und hart wie immer, wenn sie mit Tom sprach.

Er sah sie an und obwohl ihre Augen feucht glänzten, hatte er nicht den Eindruck, als wenn sie besonders mitgenommen oder erschüttert wäre. Er wusste, dass das nicht sein konnte, zu sehr hatte sie sich vor diesem Tag gefürchtet und betont, wie schlimm es für sie sein würde. Trotzdem wirkte sie fast so wie immer. Sie hatte sich im Griff. Sie war einfach ein Kontrollfreak, besonders wenn es um ihre Gefühle ging. Tom konnte sich nicht daran erinnern, wann er sie das letzte Mal weinen gesehen hatte. Vermutlich sah sie es als Zeichen der Schwäche an, vor anderen zu weinen, vielleicht lernte man als Lehrerin aber auch, sich in der Öffentlichkeit kontrolliert zu verhalten, weil man die Schüler ansonsten permanent anbrüllen würde. Tom bewunderte es jedenfalls, wie Mia sich unter Kontrolle hatte.

»Der Mundschutz ist ganz aufgeweicht«, sagte er zögerlich.

»Dann hol dir halt einen neuen«, meinte Mia und wandte sich an Mark. »Was passiert denn jetzt?«

»Sie machen ihn gleich fertig«, sagte Mark. »Alle Schläuche und Zugänge werden entfernt, sie waschen ihn und ziehen ihm was anderes an. Dann können wir noch mal zu ihm.«

Mia atmete hörbar aus. »Ich weiß nicht, ob ich das noch mal will«, sagte sie dann leise, aber immer noch mit fester Stimme. »Dieses Abschiednehmen von einer Leiche ... Ich weiß nicht, was das bringen soll ...«

»Es ist vielleicht das letzte Mal, dass du ihn siehst.«

»Das letzte Mal war gerade«, erwiderte Mia. »Jetzt gibt es ihn nicht mehr. Da drin liegt nur noch seine Hülle.«

Mark sah sie verständnisvoll an und Tom kam es fast so vor, als würde Mia darauf mit einem trotzigen Gesichtsausdruck reagieren. Papa war tot. Es gab ihn nicht mehr. Da drinnen lag nur noch ein toter Körper.

In dem Moment ging die Tür auf und Mama kam schluchzend heraus. Anna hatte einen Arm um sie gelegt und versuchte, sie zu trösten, während ihr selbst die Tränen herunterliefen.

»Ist ja gut, Mama. Jetzt muss er nicht mehr leiden, jetzt ist er an einem besseren Ort«, sagte seine kleine Schwester leise.

»Und ich habe ihn für immer verloren ...«, schluchzte Mama.

»Wir haben ihn alle verloren«, sagte Mia zum Glück so leise, dass Mama es hoffentlich nicht gehört hatte. Tom fragte sich, was so eine Bemerkung sollte. Fühlte sich seine große Schwester in ihrer Trauer zu wenig beachtet? Vermutlich schon, dachte er, als er sah, wie Mark seine Hände auf Mias Schultern legte. Da war es wieder, das Mon Chéri für seine Schwester.

»Wollt ihr mit Mama einen Kaffee trinken?«, fragte Anna in dem Moment. »Dann bespreche ich mit dem Arzt alle Formalitäten. Totenschein, Bestatter, darum muss sich ja jemand kümmern.«

Tom hatte den Eindruck, als wenn Anna ganz froh wäre, das zu übernehmen.

»Das ist lieb, mein Schatz«, schluchzte seine Mutter. »Ich wäre dir dankbar, wenn du dich darum kümmerst. Schaffst du das denn auch? Du bist ja ganz weiß im Gesicht.«

»Ich schaff das schon, Mama. Geh du nur mit den anderen in die Cafeteria.«

Sein Handy vibrierte. John-Boy, ging es Tom plötzlich durch den Kopf und er merkte, wie die Hitze in ihm aufstieg. Er musste am Krankenhaus angekommen sein. Mia und Mark würden mit Mama einen Kaffee trinken, während Anna sich um den Schreibkram kümmerte – eine bessere Gelegenheit würde Tom nicht bekommen, um John-Boy zu treffen und ihm den Schlüssel geben, damit er diese verdammte Fälschung vernichten konnte. Totenschein und Formalitäten, das konnte doch schon mal eine Stunde dauern, in der Zeit hätte er alles erledigt.

»Entschuldigt mich kurz«, presste Anna stöhnend hervor, drückte Mia ihre Handtasche in den Arm und eilte zur Toilette, während sie sich eine Hand vor den Mund hielt.

Mia sah Tom vorwurfsvoll an.

»Du bist echt so eine Virenschleuder!«

Ich hab doch überhaupt keine Magen-Darm-Grippe!, hätte er ihr am liebsten entgegnet, unterdrückte diesen Reflex aber.

»Tut mir leid. Vielleicht geht ihr mit Mama schon mal vor«, meinte Tom. »Ich warte hier auf Anna und schau mal, ob ich ihr helfen kann.«

»Gut.« Seine Mutter klang wirklich mitgenommen. »Bis gleich, mein Junge.«

Tom wartete noch, bis die drei um die Ecke verschwunden waren, zog sein Handy aus der Tasche und las die Nachricht.

Stehe auf dem Parkplatz. JB

Er spürte, wie sein Herz raste und sich Schweißperlen auf seiner Stirn bildeten. Runter zum Parkplatz, Schlüssel übergeben und wieder hoch. Den Rest erledigte John-Boy. Kein Problem, das musste er schaffen, das konnte er schaffen.

»Ich tue es für dich, Papa. Für dich.«

Er musste versuchen, dieses übermächtige Gefühl der Trauer in den Griff zu kriegen, es wenigstens für diesen Moment zu kontrollieren. Erneut versuchte er, tief ein- und auszuatmen. Entnervt zog er sich schließlich seinen Mundschutz herunter. Er durfte jetzt keine Zeit verlieren. Wenn seine Schwester sich zusammenreißen konnte, dann konnte er das doch wohl auch!

Als er schnellen Schrittes den Gang entlang stolperte, merkte er sofort, dass er das eben nicht konnte.

Dann schwitzt du halt und zitterst, ist doch egal, sieht doch keiner.

Mit diesem Gedanken eilte er Richtung Treppenhaus.

Anna

Anna drückte die Toilettenspülung, wischte sich den Mund ab und verdrängte den Gedanken, dass sie möglicherweise schwanger sein könnte.

Der Moment, in dem die Geräte ausgeschaltet wurden, hatte ihr mehr als deutlich gezeigt, dass ihr Vater schon vor sieben Wochen sein Leben verloren hatte. Sein Körper hatte nicht die geringste Reaktion gezeigt, sein Brustkorb hatte einfach aufgehört sich zu heben und zu senken und kurz darauf war eine gerade Linie auf dem Monitor erschienen.

Gedankenverloren legte Anna eine Hand auf ihren Bauch und zog sie im nächsten Moment wieder erschrocken zurück. Sie schüttelte über sich selbst den Kopf und versuchte, jeden Gedanken an eine mögliche Schwangerschaft zu verwerfen. Das war in ihrer Lebensplanung doch überhaupt noch nicht vorgesehen, erst der Uni-Abschluss, dann einen sicheren Job, dann eine Familie, so war es geplant.

Und wenn ihr das Leben einen Strich durch ihren Plan machen würde? Und sie nicht rekonstruieren konnte, von wem das Kind war? Wie sollte sie das überhaupt herausfinden, ohne dass alles aufflog? Dass sie Jonas mit einem deutlich älteren Mann betrog? Wie hatte sie nur in diese Situation kommen können! Ausgerechnet sie! Normalerweise war sie das Gegenteil von abenteuerlustig, hatte kein Interesse an wilden Partys und ausgelassenem Treiben, sie war schon immer die Vernünftige gewesen und wenn sie ehrlich war, war auch ihr Interesse an Sex alles andere als überdurchschnittlich.

Anna nahm sich vor, den Schwangerschaftstest zu Hause in aller Ruhe zu machen. Und egal, wie er auch ausgehen sollte, sie würde diesem Dreier-Verhältnis ein Ende setzen. Es war keine Frage, welche Beziehung sie beendete, auch wenn sie Bernie mit Sicherheit vermissen würde. Aber die Vorstellung, womöglich von ihm schwanger zu sein, hatte sie erschrocken. Er wäre fast siebzig, wenn das Kind eingeschult würde und zum Abi vermutlich schon tot! Es würde ihr schwerfallen, mit ihm Schluss zu machen, sie war verliebt in ihn und sie mochte es, wie er sie in den Mittelpunkt stellte. Aber das Leben war eben mehr als das. Sie wollte ihn treffen, ihm den Pechstein geben und die Sache gleichzeitig beenden.

Anna putzte sich die Nase und warf das Papiertaschentuch in den Eimer neben der Toilette. Dann nahm sie ihr Handy aus der Hosentasche, schaltete es wieder an und las Bernies Nachricht. Natürlich war er noch daran interessiert, den Pechstein auszustellen. Sobald sie zu Hause war, wollte sie ihm schreiben, wann er kommen und ihn holen konnte. Sie wusste, dass sie den Zeitpunkt dafür gut wählen musste. Mia und Tom sollten schließlich nichts davon mitbekommen, Mama am besten auch nicht, also musste sie Bernie heimlich treffen. Vielleicht, wenn alle im Bett waren?

Anna verließ die Kabine, spülte sich den abscheulichen Geschmack aus dem Mund und hoffte, dass sie sich heute nicht noch mal übergeben musste. Es strengte sie an und sie empfand es als unnötige zusätzliche Belastung in dieser eh schon so belastenden Situation.

Als sie aus dem Waschraum kam, stellte sie zu ihrer Verwunderung fest, dass ihre Familie nicht mehr da war. Wahrscheinlich waren sie schon ins Café gegangen, dachte sie und obwohl Anna diesen Vorschlag selbst gemacht hatte, war sie ein kleines bisschen enttäuscht, dass niemand auf sie gewartet hatte.

Die anderen mussten doch gesehen haben, dass es ihr schlecht ging, hätten sie da nicht noch einen Moment warten können? Jetzt musste sie erst ins Café gehen, Mama hatte Papas Ausweis, den brauchte der Arzt für den Totenschein und Mia hatte immer noch ihre Handtasche, in der sich Annas Papiere befanden.

Wieso hatten sie nicht kurz gewartet?

Anna versuchte, das Selbstmitleid herunterzuschlucken, das kurz in ihr aufkam. Bei keinem anderen Familienmitglied wären alle Kaffeetrinken gegangen, wenn es sich übergeben hätte. Um Tom war Mama sowieso immer besorgt und Mia hatte mit ihrem Verhalten schon früher alles dafür getan, um Aufmerksamkeit zu bekommen. Es wäre gar nicht möglich gewesen, sie in so einer Situation alleine zu lassen, vermutlich hätte Anna ihre Haare gehalten und Mama ihr über den Rücken gestreichelt, wofür sie dann auch noch spitze Bemerkungen zu hören bekommen hätten.

So sehr Anna bei Bernie auch im Mittelpunkt stand, so wenig galt das für ihre Familie. Keiner meinte das böse, davon war sie überzeugt. Die anderen dachten einfach nur, dass sie schon alleine klar kommen würde. Kam sie ja auch, sie hatte nie Probleme gehabt, in ihrem Leben war bisher alles glatt gelaufen. Sie war eine gute Schülerin gewesen, hatte ein gutes Abitur gemacht, war nie durch Drogen- oder Alkoholexzesse aufgefallen und hatte sich ein solides Studienfach ausgesucht, mit dem sie später einen sicheren Job bekommen würde, womöglich im Öffentlichen Dienst, mit all seinen Sicherheiten und Vorzügen. Um Anna Römer brauchte man sich keine Sorgen zu machen, bei ihr verlief immer alles planmäßig und in vernünftigen Bahnen.

Kein Wunder, dass sie diese Affäre anfangen musste, für die niemand Verständnis hatte, nicht mal ihre beste Freundin, die als Einzige davon wusste.

»Auf alten Pferden lernt man reiten, was?" Diesen Satz, gepaart mit einem Augenzwinkern, war Lauras erste Reaktion gewesen, als Anna ihr von Bernie erzählt hatte. Als dann irgendwann zur Sprache kam, dass es kein einmaliger Ausrutscher war, stieß sie selbst bei ihrer besten Freundin auf Unverständnis. Schnell hatte Anna es aufgegeben, mit Laura darüber zu sprechen, zumal diese auch immer wieder betonte, wie eklig sie es fand, mit einem so viel älteren Mann ins Bett zu gehen.

Anna war klar, dass es besonders das Verbotene war, was seinen Reiz hatte, vielleicht besonders für jemanden wie sie, die sonst nie etwas Verbotenes tat. Manche Menschen hatten gerne Sex an besonderen Orten, weil sie da das Risiko reizte, entdeckt zu werden. Bei Anna war es ein älterer, verheirateter Mann. Zum einen ging er für sie ein Risiko ein, sie war das Spiel mit dem Feuer, die Sünde. Zum anderen war es auch für sie ein Versteckspiel, da sie Jonas nicht verlieren wollte. Und sie musste zugeben, dass ihr diese Heimlichtuerei gefallen hatte, dieser verbotene Schleier, der über dem Sex lag und das Ganze zu einer aufregenden Grenzerfahrung machte.

Wenn diese Grenzerfahrung sie jetzt allerdings geschwängert hatte, hatte sich der ganze Reiz erledigt. Und nicht nur dann.

Seufzend ging Anna den Gang entlang. Alles, was sie mit Bernie verbunden hatte, was sie bisher spannend und reizvoll fand, erschien ihr jetzt in einem anderen Licht. Sie spürte, dass das auch etwas mit Papa zu tun hatte, der im selben Alter wie Bernie war und sie fühlte eine große Erleichterung, dass er nie etwas von ihrer Affäre erfahren hatte. Sie hätte sich sonst in Grund und Boden geschämt.

Abrupt blieb sie stehen und starrte aus den bodentiefen Fenstern auf den Parkplatz der Klinik. Für einen Moment glaubte sie, ihren Augen nicht zu trauen, als sie die Gestalt in flatternder Schutzkleidung über den Platz eilen sah. Der Kittel war hinten aufgegangen und wehte an den Seiten hoch, als wollte die Person abheben. Jetzt stolperte sie auch noch und flog lang hin, rappelte sich wieder auf, schien an der Nase zu bluten und eilte weiter.

Anna runzelte die Stirn. War das Tom? Keine Frage, es war ihr Bruder, der da hektisch und blutend zwischen den

Autos herumrannte. Aber was machte er da nur? Warum war er nicht mit den anderen im Café?

Kopfschüttelnd ging sie die wenigen Schritte weiter und betrat kurz darauf die Cafeteria. Nur wenige Tische waren besetzt, in der einen Ecke saßen ein paar Senioren, in der anderen ihre Familie.

»Wo will Tom denn hin?«, fragte sie und wies mit dem Kopf Richtung Fenster.

»Ich dachte, er ist bei dir?«, meinte Mama, aber Anna schüttelte den Kopf und verkniff sich die Bemerkung, dass niemand auf sie gewartet hatte.

»Er rennt draußen auf dem Parkplatz herum.«

Nun sahen ihn auch die anderen. Inzwischen stand Tom vor einem jungen Mann, der braun gebrannt und in viel zu sommerlicher Kleidung vor ihm stand. Tom schien geradezu panisch seine Sachen abzusuchen, griff immer wieder in seine Hosentasche, zog den Kittel aus, suchte seine Jackentasche ab. Offenbar fand er irgendetwas nicht. Selbst von hier oben wirkte er ziemlich verzweifelt.

Mark machte ein erstauntes Gesicht. »Was macht er denn da?«, fragte er. »Und wer ist der andere Mann?«

Mama und Mia waren ebenfalls sichtbar irritiert.

»Tom wirkt ein bisschen irre«, meinte Mia und obwohl Anna die ewigen Zankereien der beiden kaum noch ertragen konnte, musste sie ihrer großen Schwester recht geben. Die Art und Weise, wie Tom im Schutzkittel und mit blutender Nase vor dem anderen stand, wild gestikulierte und immer und immer wieder seine Taschen absuchte, hatte etwas

Skurriles. Der andere Mann schien das ähnlich zu sehen. Jedenfalls schüttelte er genervt mit dem Kopf, schien irgendetwas Schimpfendes zu sagen und wandte sich dann verärgert zu gehen.

»Jetzt kommt jemand«, sagte Mama und sie klang fast ein bisschen gespannt.

Tatsächlich näherte sich ein Pfleger von hinten und legte Tom eine Hand auf die Schulter. Der fuhr wie von der Tarantel gestochen herum und schien sofort auf den Pfleger einzureden. Doch der war offensichtlich die Ruhe selbst, betrachtete Toms blutende Nase und den inzwischen rot besudelten Kittel. Dann zog er ihn sanft Richtung Klinik, sodass Tom schließlich seine Schultern hängen ließ und ihm geknickt folgte.

Manchmal war ihr Bruder wirklich ein komischer Kauz, dachte Anna. Er war schon früher anders als andere gewesen, immer ein bisschen introvertierter und nachdenklicher, schon als kleiner Junge. Anna hatte sich das später immer mit seiner Homosexualität erklärt. Klar, wenn man als Kind oder Jugendlicher merkte, dass man anders als die anderen war, dann konnte man schon mal ein bisschen auf Rückzug schalten, das hatte Anna immer normal empfunden. Aber in letzter Zeit verhielt Tom sich immer merkwürdiger. Sie hatten eigentlich ein gutes Verhältnis, telefonierten auch manchmal. Zwar hatten sie nie über besonders persönliche Dinge gesprochen, aber dennoch hatten sie viel miteinander geredet. Wenn sie allerdings an die Unterhaltungen der letzten Monate zurückdachte, dann war ihr da schon eine Veränderung aufgefallen. Tom hatte immer fahriger gewirkt, teilweise hatte sie bei ihren Telefonaten den Eindruck, er sei geistig abwesend.

Ob er Drogen nahm? Das würde natürlich auch sein merkwürdiges Verhalten auf dem Parkplatz erklären. Aber Drogen passten nicht zu ihm – oder doch? Was wusste sie überhaupt über ihren Bruder, der seit Jahren hunderte Kilometer von ihr entfernt wohnte, mit dem sie alle paar Wochen telefonierte und den sie nur ein paar Mal im Jahr sah? Sie hatte nicht die geringste Ahnung, was er in Berlin so trieb, genauso wie er nicht ahnte, was in ihrem Leben wirklich passierte.

»Was wollte er denn bloß von dem Mann?«, sprach Mama aus, was alle dachten. »Sah so aus, als wenn er dem etwas geben wollte.«

»Geld vielleicht.«, überlegte Mia.

»Einem Fremden?«, fragte Mark.

»Vielleicht war das ja kein Fremder, vielleicht wollte er Tom etwas für das Geld geben«, sagte Mia mit bedeutungsschwangerer Stimme. Offenbar hatte nicht nur Anna den Drogenverdacht.

Sie räusperte sich. »Ich brauche Papas Ausweis«, sagte sie dann. »Für den Totenschein.«

»Hat Dr. Kraft Zweifel an seiner Identität?«, fragte Mama erstaunt.

»Nein. Ich war noch gar nicht bei ihm. Aber offiziell braucht man den Ausweis.«

Mama nickte und wühlte in ihrer Handtasche herum.

»Danke, dass du das machst«, sagte sie dann und reichte ihr den Ausweis.

Anna griff nach ihrer Tasche, die neben Mia auf einem Stuhl stand, und zog sie schwungvoll zu sich. Dabei verhedderte sich der Riemen an der Stuhllehne und die Tasche knallte auf den Boden. Schlüssel, Portemonnaie, Kaugummis und der Schwangerschaftstest fielen heraus. Zum Glück schauten Mama und Mark immer noch aus dem Fenster und schenkten dem kleinen Malheur keinerlei Beachtung. Nur Mia hatte es mitbekommen. Ungläubig starrte sie auf die Sachen, die Anna schnell wieder in ihre Handtasche beförderte. Dann räusperte sich Mia und wandte sich ab.

Hatte sie den Test gesehen? Nein, es war alles viel zu schnell gegangen, Anna hatte darauf geachtet, dass die Sachen innerhalb eines Wimpernschlags wieder in ihrer Tasche verschwanden. Und wenn jemand noch nie einen Schwangerschaftstest in der Hand gehabt hatte, dann würde er ihn niemals so schnell als solchen erkennen.

Eine gute Stunde später saß Anna auf der Rückbank des Wagens, links von Mia und rechts von Tom eingequetscht. Die Luft im Auto war mindestens so schlecht wie die Stimmung, es roch nach menschlichen Ausdünstungen und dem Geruch von Kantinenessen, der sich in der Krankenhauscafeteria in ihre Kleidung gebrannt hatte.

»Ich kapiere immer noch nicht, was du da gemacht hast!« Mias Stimme schraubte sich in die Höhe.

»Ist doch egal. Ich bin ja zurückgekommen.« Tom sprach

so leise, dass sie ihn kaum hören konnte. Er drückte sich ein Taschentuch gegen die blutende Nase, auf die der Pfleger ein Pflaster geklebt hatte.

»Du wusstest, dass wir noch einmal zu Papa wollten und trotzdem haust du einfach ab!« Mia war auf 180.

»Ich bin ja nicht abgehauen. Ich war auf dem Parkplatz. Und du warst doch diejenige, die nicht noch mal zu Papa wollte!« Nun klang auch Toms Stimme angriffslustiger.

»Hört doch auf, Kinder. Bitte.« Mama seufzte laut und unter normalen Umständen hätte Anna sich sofort auf ihre Seite geschlagen und versucht, den Streit zwischen ihren älteren Geschwistern zu beenden, aber sie brachte kein Wort über die Lippen. Sie hatte Sorge, sich sofort erbrechen zu müssen, sobald sich ihr Mund auch nur für eine Silbe öffnen würde.

»Kokst du?«, Mia konnte es einfach nicht lassen.

Abrupt drehte Tom sich zu ihr um, sodass sein Atem genau in Annas Gesicht traf. Um den Atem ihres Bruders war es nicht zum Besten bestellt, nachdem er eben in der Cafeteria trotz seiner blutigen Nase und der Magen-Darm-Grippe noch ein Mettbrötchen mit Zwiebeln gegessen hatte.

»Sag mal, spinnst du?«, Tom war ernsthaft empört. »Ich hatte noch nie was mit Drogen zu tun, noch nie! Ganz im Gegensatz zu dir!«

Mia lachte hysterisch auf, warf dabei aber immer wieder einen Blick zu Mark und Mama.

»Du hast sie doch nicht mehr alle! Als wenn ich jemals gekokst hätte!«

»Gekifft hast du früher wie ein Schlot!«

»Ach Gottchen.«

»Und das war nur das, was ich als Kind mitgekriegt habe! Ich möchte gar nicht wissen, was du dir alles reingezwitschert hast.«

Dieser Atem ...

Nun drehte auch Mia empört ihren Kopf zu Tom und ihr Kaffeeatem traf Anna von der anderen Seite ins Gesicht.

»Vielleicht hab ich mit sechzehn mal einen Joint geraucht, na und?«

»Mia!« In Mamas verzweifelte Stimme mischte sich ungläubiges Erstaunen.

»Dafür renne ich aber nicht verwirrt über den Parkplatz und treffe mich mit dubiosen Gestalten!«, fuhr sie wutentbrannt fort.

Anna hatte das Gefühl, in eine Zeitschleife geraten zu sein. Genauso war es früher gewesen, wenn sie mit dem Mercedes ihres Vaters in den Sommerferien nach Frankreich oder Spanien gefahren waren. Anna als die Jüngste saß immer in der Mitte, während sich rechts und links von ihr Tom und Mia stritten. Teilweise kloppten sie sich sogar, sodass Anna sich weit nach vorne beugen musste, um die Schläge hinter ihrem Rücken nicht abzubekommen.

»Jetzt hört doch mal auf!« Marks energische Stimme riss sie aus ihren Gedanken. »Wenn ihr nicht aufhört, euch wie zwei Teenager zu zanken, dann schmeiß ich euch raus! Dann könnt ihr zu Fuß nach Hause gehen!«

»Ich streite mich nicht, ich stelle nur fest«, sagte Mia

spitz. »Und dass mein lieber Herr Halbbruder ein Problem mit Drogen hat, scheint mir doch recht offensichtlich.«

»Hab ich nicht!«

Wie viele rohe Zwiebeln hatte Tom nur gegessen?

»Können wir das Fenster aufmachen ...« Anna hoffte, dass jemand sie bei dem ganzen Gezanke überhaupt hörte.

»Und was wolltest du dann von dem Typen?«

»Jedenfalls keine Drogen! Du spinnst doch echt.«

»Können wir bitte anhalten ...« Keiner schien Anna zu hören. Ihr war inzwischen so schlecht, dass sie es kaum noch aushalten konnte.

»Bitte hört auf, euch zu streiten!« Mama war nun wirklich verzweifelt. »Ist der Tag denn nicht schon schlimm genug? Müsst ihr ihn mit eurem ständigen Gezanke noch schlimmer machen?«

»Ich habe keine Drogen genommen!«

»Bitte ... anhalten ...« Anna flüsterte nur noch.

»Keiner glaubt, dass du Drogen genommen hast«, Mama hatte sie offenbar nicht gehört.

»Doch! Ich schon!«

Anna schluckte und versuchte, den Würgereflex zu unterdrücken. Aber es gelang ihr nicht. Mit einem lauten Geräusch erbrach sie sich in den Fußraum, genau auf Mias Schuhe. Die schrie panisch auf, während Mark reflexhaft das Steuer zur Seite riss und das Auto mit quietschenden Reifen zum Stehen brachte. Im nächsten Moment stieß Tom die Tür auf und stürzte hinaus.

»Boah, Anna!«

Anna eilte hinter ihm her und erbrach sich ein weiteres Mal am Straßenrand. Inzwischen kam nur noch Galle aus ihr heraus.

»Warum hast du denn nichts gesagt?« Mark, der nie sauer wurde, schien nun auch verstimmt. »Was für eine Schweinerei.«

»Meine Schuhe! Verdammt noch mal! Warum musstest du denn genau auf meine Schuhe kotzen!« Mia stand neben ihr und versuchte, ihre Stiefeletten mit ein paar Blättern zu säubern. Dabei wirkte sie so verzweifelt und mitgenommen, wie Anna ihre Schwester selten erlebt hatte. Die ganze Zeit hatte Mia keine Träne vergossen, aber der Anblick ihrer vollgekotzten Schuhe schien sie doch tatsächlich fast zum Weinen zu bringen.

»Wehe ich fange mir jetzt irgendwas ein. Das kann ich jetzt wirklich nicht gebrauchen!«, sagte Mia mit belegter Stimme, sodass Mark sofort zu ihr kam.

»Keine Sorge«, sagte er sanft zu ihr. »Selbst wenn. So'n Infekt muss doch nicht alles durcheinanderbringen.«

Anna hatte keine Ahnung, wovon die beiden sprachen und es war ihr auch egal. Wieder einmal schien sich niemand Sorgen um sie zu machen. Einzig Mama kam zu ihr.

»Mein Mädchen, was ist denn bloß los? Hast du dich bei Tom angesteckt?«

»Wir müssen den ganzen Wagen desinfizieren, der ist doch jetzt voller Viren!« Mia war inzwischen am Kofferraum und kramte eine Rolle mit Küchenpapier hervor. »Hoffentlich sind die Schuhe jetzt nicht ruiniert.«

Tom verdrehte die Augen. »Du hast Sorgen.«

»Ach halt die Klappe.«

»Ich weiß nicht, ob ich mich angesteckt habe«, sagte Anna zu ihrer Mutter. »Vielleicht war auch einfach alles etwas zu viel für mich.«

Mama nickte, und nachdem sie gemeinsam mit Mark das gröbste aus dem Wagen entfernt hatte, setzten sie ihre Fahrt mit heruntergelassenen Fenstern fort. Anna hatte sich an der Reinigungsaktion nicht beteiligen können, allein der Gedanke daran ließ sie erneut würgen.

»Wenn man nicht wüsste, dass du Magen-Darm hast, könnte man glatt denken, du wärst schwanger«, murmelte Mia spöttisch und warf einen Blick auf die Handtasche, die Anna jetzt wieder auf dem Schoß hatte.

Hatte sie den blöden Test doch gesehen? Anna versuchte dem prüfenden Blick ihrer Schwester auszuweichen. Wie sollte sie reagieren? Das Ganze lachend abtun? Oder der Bemerkung keinerlei Bedeutung schenken?

Als Anna gerade etwas erwidern wollte, klingelte Mias Handy. Suchend sah sie sich nach ihrer Tasche um und verzog im nächsten Augenblick angewidert das Gesicht.

»Meine Tasche hat auch was abbekommen. Na toll.«

Mit spitzen Fingern zog Mia ihre Handtasche aus dem Fußraum und zog das Handy hervor.

»Winter?«

Anna sah, dass auf der Rückseite des silbernen Handys ebenfalls ein paar Spritzer waren und deutete mit entschuldigendem Blick darauf.

»Frau Schuhmacher …«, Mia stöhnte und versuchte dabei, Annas Blick zu deuten. Als sie verstanden hatte, wischte sie das Handy blitzschnell an Annas Ärmel ab und verdrehte dabei genervt die Augen. »Hören Sie, mir geht es nicht gut, ich stehe quasi in Erbrochenem, können wir dieses Telefonat also bitte verschieben, bis ich wieder fit bin?«

»Dich hat es auch erwischt?« Mama drehte sich mit besorgter Miene nach hinten und Mia versuchte ihr hektisch zu signalisieren, dass sie ihren Mund halten sollte.

»Nein, das war die Sprechstundenhilfe. Nein, Frau Schuhmacher, das geht Sie ehrlich gesagt auch nichts an! Ich muss jetzt auflegen.«

Mia drückte stöhnend das Handy aus. »Irgendwann erschlage ich mich noch mit meinen eigenen Fäusten …«, sagte sie leise und Anna musste grinsen.

»Tut mir leid«, sagte sie. »Das mit der Tasche und dem Handy. Ich mach dir das zu Hause sauber.«

Mia nickte. »Wenn das Haus überhaupt noch steht. Vielleicht hat der Pechstein inzwischen längst Feuer gefangen.«

»Ach Mia …«, Mama schüttelte nur den Kopf.

»Na ja. Ist wahrscheinlich gut, dass er bald bei uns hängt.«

Anna konnte es nicht fassen. Jetzt fing ihre Schwester doch tatsächlich schon wieder damit an! Sie wusste, dass sie jetzt bis drei zählen konnte, bis Tom darauf reagieren würde.

»Wieso sollte er bei dir hängen?«

Sie war noch nicht mal bis drei gekommen.

Mia sah ihren Bruder spöttisch an. »Weil es *mein* Bild ist?«

»Aha. Ist ja ganz was Neues.« Tom wirkte noch angespannter als sonst. Er schien fieberhaft nachzudenken. »Ich ... habe übrigens einen guten Restaurator gefunden.«, sagte er dann etwas zögerlich. »Papa hatte mich darum gebeten.«

Mama drehte sich erstaunt um und auch die anderen sahen Tom ungläubig an.

»Davon hat Mick mir gar nichts gesagt!«

»Vielleicht wollte er das ja noch ... Jedenfalls ... Weil das Bild doch so ... *bedeutend* ist ... Also, ja. Er hat mich gebeten, es zur Reinigung zu einem Restaurator zu bringen.«

Ihr Bruder konnte nicht lügen, das hatte er noch nie gekonnt und Anna fragte sich, warum er es trotzdem immer wieder tat. Er musste doch wissen, dass ihm keiner glaubte und alle seine Lügen durchschauten. Auch jetzt war er rot angelaufen und es fehlte nur noch, dass seine Nase länger wurde, wobei das gar nicht nötig war. Es war nicht zu übersehen, dass er sich die Geschichte gerade ausdachte und Anna fragte sich, was das sollte.

»Ich kann das ... gleich morgen erledigen«, stotterte er noch.

Mia sah ihn aufgebracht an. »Garantiert nicht. Als wenn Papa dir so einen Auftrag geben würde! Constanze kennt doch zig Restauratoren, warum sollte er dann ausgerechnet dich damit beauftragen!«

»Das stimmt allerdings«, meinte nun auch Mama nachdenklich. »Und Mick hat mir auch nie was davon gesagt.«

»Vielleicht, hat er es vergessen?«

»Du lügst echt wie so'n Dreijähriger«, giftete Mia.

Anna konnte keinen neuen Streit zwischen den beiden zulassen. Nicht nur wegen der Zwiebelmettfahne ihres Bruders, sondern auch, weil sie das kindische Gezanke um den Pechstein nicht mehr ertragen konnte. Noch heute würde sie dieses verdammte Bild verschwinden lassen, nur damit endlich Ruhe zwischen ihren Geschwistern herrschte. Sie würde nachher bei Bernie anrufen und ihm sagen, dass er es sofort holen und in einen seiner riesigen Safes lagern sollte. Dann würde sie ihre Geschwister vor vollendete Tatsachen stellen und jeglicher Streit hätte sich erledigt.

Sie nahm sich vor, ihren Plan so schnell wie möglich in die Tat umzusetzen, damit endlich Frieden herrschte.

»Wenn ihr nicht aufhört zu streiten«, brachte sie leidend hervor, »muss ich womöglich wieder kotzen, das wollt ihr doch nicht.«

Es war Mia zwar anzusehen, dass sie den Zusammenhang zwischen dem Pechstein und Annas Übelkeit nicht erkennen konnte, aber immerhin hielt sie ihren Mund.

Endlich bog Mark in die Schönhäuser Straße, in der ihr Elternhaus stand. Als er den Wagen in der Einfahrt parkte, waren alle still geworden.

Vier

Wahrhaft ungütig sind wir nur gegen Menschen, von denen wir wissen, dass sie uns niemals verloren gehen können.
Arthur Schnitzler (1862–1931)

»Endlich«, stöhnte Mick und streckte sich. Der Rücken tat ihm weh vom langen Liegen in der ungewohnten Position und er war froh, dass Hanna mit dem Bild endlich fertig war. »Kann ich es sehen?«

»Später«, meinte Hanna und er sah, wie sie kritisch ihr Werk begutachtete. Sie war nie zufrieden mit dem, was sie auf die Leinwand brachte, das kannte er schon von ihr.

»Eines Tages wirst du ganz groß rauskommen«, sagte Mick und reichte Mia die Puppe, die vom Sofa gefallen war.

»Ich will überhaupt nicht groß rauskommen«, entgegnete Hanna. »Du willst groß rauskommen«, fügte sie lächelnd hinzu.

Er seufzte und erneut fiel sein Blick auf Mia.

»Na ja ... Ich will einfach, dass meine Tochter stolz auf mich ist«, meinte er dann nachdenklich. »Sie soll irgendwann mal sagen können: Mein Papa hat das alles toll hingekriegt. Was ein Glück, dass ich seine Gene habe, dann kriege ich das alles vielleicht auch so gut hin.« Er grinste Hanna schief an.

»Mit den Genen hat das doch alles nicht so viel zu tun«, sagte Hanna ungewöhnlich ernst. »Es ist wohl eher das Umfeld, das einen prägt, als die Gene.«

»Meine Spitzengene gibt es aber als Bonus obendrauf«, entgegnete er grinsend.

Hanna blickte auf ihr Bild, als hätte sie seine Bemerkung gar nicht gehört und Mick streckte die Arme nach Mia aus.

»Komm her, du Gewinnerin der Gen-Lotterie«, sagte er lachend und drückte seine Tochter an sich, als sie sich ihm in die Arme warf. Zu seinem Erstaunen drehte Hanna sich daraufhin um und verließ wortlos den Raum.

Mia

Keiner hatte ein Wort gesagt, als sie ins Haus gegangen waren. Erst als die Tür hinter ihnen ins Schloss fiel, fing Constanze mit ihrem üblichen Geplapper an. Nicht ganz so aufgesetzt munter wie sonst, aber auch nicht viel anders. Und zum ersten Mal war Mia dankbar dafür, dass Constanze keine Stille ertragen konnte. Sie selbst konnte es im Moment nämlich auch nicht.

»Ich mach uns dann mal was zu essen«, sagte Constanze. »Gestern Abend habe ich schon ein bisschen was vorbereitet, ich musste einfach was tun.«

Mark legte ihr eine Hand auf die Schulter. »Das kann ich gut nachvollziehen. Uns ging es nicht anders, stimmt's Mia?«

Sie nickte nur und dachte daran, wie Mark ihr heute Morgen noch Sex vorgeschlagen hatte. Auch eine Art der Ablenkung.

Während Constanze in der Küche verschwand, drückte Mia ihrer Schwester die Tasche in die Hand. »Hier. Wolltest du doch sauber machen.«

»Ja, natürlich.«

Anna war immer noch kreidebleich, während Tom nicht die geringsten Anzeichen einer Magen-Darm-Grippe zeigte. Nachdenklich stand er vor dem Kamin und starrte auf den Pechstein, der nicht in Flammen aufgegangen war.

Der ist nicht krank, dachte Mia und beobachtete ihn. Wer rohes Mett essen konnte, konnte überhaupt nicht krank sein. Vermutlich hatte er wirklich irgendein Suchtproblem, vielleicht wollte er den Pechstein verkaufen, um mit dem Geld seine Schulden zu bezahlen. Spielschulden oder Drogen oder so etwas, sie traute ihrem Halbbruder ehrlich gesagt so einiges zu. Nicht weil er so viel Mist in seinem Leben gebaut hatte, nein, eigentlich hatte er nie groß etwas angestellt. Vielmehr machte sie seine introvertierte Art misstrauisch. Diese Fahrigkeit, dieses Ständig-etwas-Vergessen, verbunden mit nicht nachvollziehbaren Aktionen wie der eben auf dem Parkplatz – je mehr Mia darüber nachdachte, desto sicherer war sie sich, dass er irgendetwas nahm. Ihre eigenen Drogenerfahrungen lagen zwar Jahre zurück und begrenzten sich in erster Linie aufs Kiffen, aber sie hatte früher Leute gekannt, die mehr genommen hatten. Arne zum Beispiel, der damals in ihrer Clique war und von allen nur AC genannt wurde. Ständig hatte er sich Ecstasy oder Koks oder sonst etwas in der Richtung reingezogen, und irgendwann war er ein anderer Mensch geworden. Er wurde unberechenbar, konnte einfach so ausrasten und im nächsten Moment wieder verträumt aus der Wäsche gucken.

Ohne den Pechstein aus den Augen zu lassen, ging Tom ein paar Schritte zurück und setzte sich in Papas großen Ohrensessel. Geistesabwesend griff er in die Schale mit Mon Chéri, die Constanze immer auf dem Wohnzimmertisch stehen hatte. Gleich drei auf einmal fummelte er aus dem glänzenden Papier und schob sie sich in den Mund. Kauend betrachtete er dabei den Pechstein.

Nein, er hatte keine Magen-Darm-Grippe, davon war Mia nun überzeugt. Sie konnte diese widerwärtigen Alkoholpralinen zwar sowieso nicht essen, aber mit einer Magen-Darm-Grippe war so etwas erst recht ausgeschlossen. Aus eigener Erfahrung wusste sie, dass mehr als Zwieback in so einem Fall nicht ging. Und selbst das konnte schwierig sein.

Aber wenn Tom nicht krank war, dann konnte er auch Anna nicht angesteckt haben. Warum kotzte die sich dann permanent die Seele aus dem Leib?

Mia dachte an das ganze Zeug, das in der Cafeteria des Krankenhauses aus Annas Tasche gefallen war. Sie hatte schon so viele Schwangerschaftstests in ihrem Leben gemacht, dass ihr die Packung sofort aufgefallen war. Aber nein, es war undenkbar, dass Anna schwanger war, dachte Mia und musste schlucken. Hatte ihre Halbschwester überhaupt einen Freund? Sie glaubte sich düster daran zu erinnern, dass Anna mal irgend so einen jungen Kerl zu einer Familienfeier mitgebracht hatte, aber sicher war sie sich nicht. Man brauchte natürlich keinen festen Freund, um schwanger zu werden, aber Anna war doch niemand, der sich auf einen One-Night-Stand einließ. Die spießige Langweilerin, die immer alles plante und sich um alles kümmerte? Undenkbar. Außerdem war sie doch noch viel zu jung, mitten im Studium, ohne Job ... Schwanger werden konnte man natürlich trotzdem, aber doch nicht so jemand wie Anna!

Mia beobachtete ihre kleine Schwester, wie sie am Esszimmertisch saß und mit Küchenpapier und Desinfektionsspray versuchte, die Handtasche sauber zu kriegen. Sie war immer noch leichenblass. Unwillkürlich musste Mia auf Annas Brüste starren. Die veränderten sich als Erstes, hatte sie gelesen. Was hatte sie alles gelesen! Es gab vermutlich nichts, was Mia über Schwangerschaft und unerfüllten Kinderwunsch nicht wusste. An manchen Tagen hatte sie drei Schwangerschaftstests nacheinander gemacht, weil sie in irgendwelchen Foren gelesen hatte, dass sich der Hormongehalt im Urin innerhalb von Stunden verändern konnte. Der Besuch in Betroffenenforen für Frauen mit unerfülltem Kinderwunsch war wie eine Sucht für sie geworden. Sie wusste, dass ihr das nicht gut tat und die Tipps, die dort gegeben wurden, teilweise aberwitzig waren, aber trotzdem schaute sie regelmäßig auf die verschiedenen Websites.

Waren Annas Brüste größer als sonst?

»Ist irgendwas?« Anna hatte ihren Blick bemerkt.

»Nein, was soll schon sein?«, antwortete Mia so belanglos wie möglich.

»Warum starrst du mir dann so ins Dekolleté?«

»Mach ich nicht. Ich gucke, ob du meine Tasche auch richtig sauber machst.«

»Keine Sorge.« Mit misstrauischem Gesichtsausdruck wischte Anna weiter in der Tasche herum. »Ist fast fertig.«

Tom schob sich eine weitere Handvoll Mon Chéri in den

Mund. Er stopfte das Zeug in sich hinein, als wäre es irgendeine gesunde Kleinigkeit.

»Dir scheint es ja wieder besser zu gehen«, sagte Mia spöttisch.

»Hm?« Tom starrte immer noch das Bild an. »Ich glaube, der Pechstein hat ein bisschen Ruß abbekommen«, meinte er dann.

»Ernsthaft?« Mia sprang auf und ging zum Kamin. Kritisch betrachtete sie das Bild. »Ich hab Constanze doch gesagt, sie soll mit den Kerzen aufpassen.« Vorsichtig strich sie mit dem Finger über die Oberfläche. »Wenn sie den Pechstein ruiniert hat, dann …«

»Ist doch kein Problem«, unterbrach Tom sie. »Ich wollte das Bild doch eh zum Restaurator bringen, damit er es reinigt. Kann ich gleich morgen machen.«

»Nicht nötig«, antwortete Mia spitz. »Ich wollte es eh reinigen lassen, wenn wir es mitnehmen.«

Tom unterdrückte ein Stöhnen. »Ich finde es nicht gut, wenn du es so schnell von seinem angestammten Platz entfernst«, sagte er leise. »Papa hätte das nicht gewollt.«

Mia lachte spöttisch auf. »Was weißt du denn schon, was Papa gewollt hätte? Ihr standet euch doch nun wahrlich nicht nah!«

»Stimmt doch gar nicht.«

»Klar stimmt das. Sonst wäre dir doch auch eine anständige Erinnerung eingefallen und du hättest nicht so eine absurde Lügengeschichte erzählen müssen. Fast im Rhein ertrunken …« Mia schüttelte abfällig den Kopf. Ihr war sofort klar gewesen, dass die Geschichte erstunken und erlogen war. Ihr Vater war alles andere als introvertiert gewesen, im Gegenteil, er war immer ein großer Geschichtenerzähler. Und wenn er in den Rhein gestürzt wäre, dann hätte er diese Geschichte garantiert x-mal an Weihnachten und Ostern oder anderen Festen zum Besten gegeben. Tom war einfach armselig. Vermutlich nahm er irgendwas, war auf Entzug oder sonst was und dachte sich bescheuerte Geschichten aus. Die Parallelen zu Arne aus ihrer alten Clique waren unübersehbar.

»Hat jemand Appetit?«

Constanze kam mit einem großen Tablett Häppchen herein. Schnittchen mit Pastrami und Käse, kleine selbst gemachte Frikadellen und Quiche-Ecken. Wann hatte sie das alles nur gemacht?

»Das ist Papas Lieblingskäse«, sagte sie mit belegter Stimme und stellte das Tablett auf den Wohnzimmertisch.

Mark stand mit einer Flasche Rotwein und Gläsern in der Hand hinter ihr. »Wusstet ihr, warum Käse und Schweißfüße so ähnlich riechen? Wegen der Bakterien«, meinte Mark grinsend, der offensichtlich etwas Aufheiterndes sagen wollte. »Es sind praktisch dieselben.«

»Schön, dass wir das jetzt auch wissen, Schatz«, meinte Mia. »Eine wunderbar appetitanregende Info.«

»Mit Mick konnte man über so etwas sprechen«, sagte Mark und seine Stimme hörte sich beleidigt an.

»Mit Mick konnte man über alles sprechen«, sagte Constanze und legte Servietten auf den Tisch. »Er hasste es, wenn Dinge tabuisiert wurden.«

»Nein, er hasste es, wenn Hämorriden tabuisiert wurden«, warf Tom ein, der inzwischen einen schokoladenverschmierten Mund hatte. »Bei anderen Themen hatte er nicht so viele Probleme, wenn ein großer Bogen darum gemacht wurde.«

»Jetzt tust du ihm unrecht«, entgegnete seine Mutter. »Ihr seid doch in einem Haus aufgewachsen, in dem man über alles reden konnte, oder nicht?«

Keiner sagte etwas und anders als sonst, hatte diese Stille etwas Bedrückendes. Mark griff schließlich schnell nach einem Schnittchen und begann, es ausführlich zu loben.

Hatte sie mit Papa und Constanze immer über alles sprechen können?, fragte sich Mia, während ihr Mann die Kombination von Pastrami und Käse lobte. Mit Constanze natürlich nicht, das hatte Mia auch nie gewollt. Und mit Papa? Er war für sie da gewesen, als es ihr nach Mamas Tod oft schlecht ging. Er hatte sie in den Arm genommen und getröstet, aber hatte sie ihren Kummer auch mit ihm besprechen können? Als kleines Mädchen hatte sie es schwer gefunden, ihren Schmerz in Worte zu fassen. Es war ja nicht nur der Verlust der Mutter gewesen, der sie getroffen hatte, sondern auch Papas Schmerz, die Trauer der Großeltern, der Auszug aus der heimischen Wohnung, Constanze, die neue Familie. Es war nicht leicht für ihren Vater gewesen, mit dem großen Kummer der kleinen Tochter umzugehen.

Und das hatte Mia irgendwann gespürt. Sie hatte gemerkt, dass es ihn traurig machte, wenn sie weinte oder nach Mama fragte. Also hatte sie es irgendwann gelassen. Mamas Tod war auf eine gewisse Weise tabuisiert worden. Vielleicht auch wegen Constanze, die vermutlich irgendwann auf einen Neuanfang gepocht hatte.

Tom hatte recht. Über Hämorriden konnte man jederzeit mit Papa sprechen, für andere Themen galt das nicht unbedingt. Ob das nun an Papa gelegen hatte oder an ihnen selbst, wusste sie nicht.

Ihr Blick fiel auf die Gesichter der anderen. Ihre Geschwister, vielmehr ihre Halbgeschwister. Anna, immer noch kalkweiß im Gesicht, lehnte energisch den Rotwein ab und mümmelte nur an einem Stückchen trockenen Brot herum. Tom, schokoladenverschmiert, aufgedunsen und offenbar hungrig, schob sich ein Schnittchen nach dem anderen rein. Was wusste sie eigentlich wirklich von den beiden? Als sie nach dem Abitur ausgezogen war, waren sie noch recht klein gewesen, Tom gerade erst zehn Jahre alt und Anna noch im Kindergarten. Sie wusste nicht genau, wie die beiden in der Pubertät waren, ob sie viel gefeiert und getrunken hatten, öfter mal jemanden mit nach Hause brachten oder eben nicht. Sie hatte es nie geschafft, eine richtige Beziehung zu den beiden aufzubauen, vor allen Dingen deshalb, weil sie es nicht gewollt hatte. Und zum ersten Mal bedauerte Mia das. Jetzt wo Papa tot war, waren Anna und Tom die einzigen Menschen auf der Welt, mit denen sie verwandt war.

Mark redete immer noch über die Häppchen.

»Diese Quiche! Wirklich köstlich!«

Constanze lächelte ihn an. »Danke, Mark. Ich weiß, du meinst es gut.«

Ja, das meinte er. Mia wusste, dass er vor allen Dingen die Lücke füllen wollte, die Papa hinterlassen hatte. Normalerweise hatte es nie ein Familientreffen gegeben, auf dem es auch nur für fünf Minuten still war. Papa redete permanent. Stille war im Hause Römer unbekannt.

Bis heute.

Als Constanze nach einem Pastrami-Sandwich griff und Mias Blick auf ihre Hand fiel, waren alle warmen Gedanken, die sie sich gerade noch um ihre Familie gemacht hatte, wie weggeblasen.

Das konnte doch nicht wahr sein, oder? Wie konnte diese unmögliche Person es nur wagen …

»Du trägst nicht ernsthaft Papas Ehering.« Mia konnte die Verachtung in ihrer Stimme kaum unterdrücken. Papas Ehering baumelte relativ locker und nur von Constanzes dickem Diamantring gehalten an ihrem Finger.

»Ach ja, das wollte ich noch …«

»Du ziehst ihm auf dem Sterbebett den Ring ab?«, unterbrach Mia sie empört und selbst Mark, der ihr sonst immer beschwichtigende Blicke zuwarf, konnte sein Erstaunen kaum verbergen.

»In Krankenhäusern wird viel geklaut«, meinte Tom mit vollem Mund.

»Ach halt die Klappe!«, entgegnete Mia. »Wir sind hier

immer noch in Düren und nicht in irgendeinem Drittewelt-land! Als wenn die Krankenschwestern den Verstorbenen hier als erstes den Schmuck klauen würden!« Kopfschüttelnd sah sie Constanze an. »Wie konntest du nur?«

»Jetzt lass Mama doch mal«, meldete sich nun auch Anna zu Wort. »Das war ein harter Tag, da macht man schon mal was Unüberlegtes.«

»Es war nicht unüberlegt.« Constanze hielt ihren Blick gesenkt und drehte Papas Ring an ihrem Finger hin und her. »Ich hab ihn für dich geholt.« Langsam hob sie den Kopf und sah Mia traurig an. Dann zog sie den Ring vom Finger und reichte ihn ihr.

Mia hatte das Gefühl, dass ihr die Luft wegblieb. Mit zitternden Händen nahm sie den Ring. »Für mich? Aber wieso? Du müsstest ihn doch behalten, er ist doch von eurer Hochzeit.«

Constanze seufzte. »Ja. Auch.« Gedankenverloren strich sie über den Diamantring, neben dem eben noch Papas Ehering gebaumelt hatte. »Mick hatte ihn aus Hannas und seinem Ehering neu gießen lassen. Er hat zu mir gesagt, dass Hanna immer zu ihm gehören würde, auch nach unserer Hochzeit. Also trug ich diesen Diamanten und er den neu gegossenen Ring. Es war sein Wunsch, dass du ihn irgendwann mal bekommst, Mia. Es ist der Ring deiner Eltern.«

Mia spürte, wie ihr die Tränen in die Augen schossen. Sie musste mehrfach schlucken, um nicht laut aufzuschluchzen. Die Eheringe ihrer verstorbenen Eltern verschmolzen zu einem Ring, den sie von nun an tragen würde.

Sie hob den Blick und sah Constanze dankbar an. Erst da fiel ihr auf, was Anna und Tom für erschrockene Gesichter machten.

»Wie konnte er so was tun?«, brachte Anna über die Lippen, die noch weißer aussah als zuvor und Mia brauchte einen Moment, um zu verstehen, was sie meinte.

»Er hat dich doch geliebt!«, sagte nun auch Tom und Constanze nickte langsam.

Erst jetzt verstand Mia. Papa hatte Constanze quasi mit dem Ehering seiner großen Liebe geheiratet. Hätte Mark ihr so etwas vorgeschlagen, hätte Mia sofort mit ihm Schluss gemacht. Es war wirklich nicht besonders geschmackvoll von Papa, mit so einem Ring in eine neue Liebe zu starten.

»Ja. Er hat mich geliebt«, sagte Constanze. »Aber er hat Hannas Tod nie überwunden. Er hat sie immer mehr geliebt als mich. Bis zuletzt.« Sie stockte und Mia sah, wie mitgenommen sie war. Es musste ihr ungeheuer schwergefallen sein, das auszusprechen.

»Das glaube ich nicht!« Wieder Tom. »Ihr habt doch eine gute Ehe geführt! Papa hat doch alles für dich getan!«

»Wir waren glücklich, ja. Trotzdem gibt es im Leben meist nur eine große Liebe. Für mich war das euer Vater. Für ihn war es Hanna. Er hat ihr Dinge verziehen, die er mir niemals hätte durchgehen lassen.«

»Was denn?« Tom konnte offensichtlich immer noch nicht glauben, was er da hörte.

»Na ja, darüber brauchen wir heute nicht zu sprechen.« Constanze wich ihm aus. Täuschte Mia sich oder hatte sie ihr vorher einen schnellen Blick zugeworfen? Einen von der Sorte, mit dem man sich vergewissern will, dass jemand nicht auf dumme Gedanken kam? Wusste Constanze etwas, das Mia nicht wissen sollte?

»Jetzt hast du uns aber neugierig gemacht, Constanze«, sagte sie deshalb mit belegter Stimme. »Ich hab das Gefühl, als würden wir von dir und Papa ganz neue Seiten kennenlernen. Vielleicht ist das gar nicht schlecht. Vielleicht ist es das einzig Gute an so einem traurigen Tag und vielleicht sind solche Tage auch dafür da, damit man sich alte Geschichten erzählt.«

»Mia hat recht«, stimmte Tom ihr zu und sie konnte sich nicht erinnern, wann sie das letzte Mal mit ihm einer Meinung gewesen war. »Für mich wart ihr immer das perfekte Paar. Ich kann gar nicht glauben, dass er nie über Hanna hinweggekommen ist. Davon hätten wir doch was mitkriegen müssen!«

»Er hat nur selten über sie gesprochen, das stimmt«, begann Constanze. »Vermutlich aus Rücksicht mir gegenüber. In der Regel kam er nur auf sie zu sprechen, wenn er bei einer Vernissage auf diesen widerlichen Bernie Weinstein traf.«

»Wieso?« Plötzlich hatte Anna wieder etwas Farbe im Gesicht und ihre Wangen leuchteten rot. Ging es ihr besser? Sie wirkte plötzlich wie elektrisiert.

»Nun ja ...« Constanze zögerte und warf Mia wieder diesen Blick zu.

»Jetzt sag schon!«, ermunterte Mia sie. »Du kannst mich nicht schocken.«

Constanze atmete hörbar aus. »Deine Mutter«, sagte sie dann, »hatte wohl mal eine Affäre mit diesem Bernie Weinstein. Kurz bevor sie mit dir schwanger wurde.«

Sie hatte den Satz noch nicht zu Ende gesprochen, da sprang Anna auf, die Hand vor den Mund gepresst, und eilte zur Toilette. Keiner schenkte ihr Beachtung. Mia brauchte einen Moment, um zu begreifen, was Constanze da gerade gesagt hatte. »Soll das heißen ...?« Mia konnte den Satz nicht zu Ende sprechen. Wollte Constanze ihr etwa gerade sagen, dass Papa nicht ihr leiblicher Vater war?

»Nein, nein«, sagte sie schnell. »Keine Sorge. Du hast doch so viel Ähnlichkeit mit Mick, er hat das nie in Zweifel gezogen.«

Doch irgendetwas sagte Mia, dass das nicht stimmte. Würde nicht jeder Mann an seiner Vaterschaft zweifeln, wenn er kurz zuvor von einer Affäre seiner Frau erfahren hatte?

»Aber er hat deiner Mutter diese kurze Affäre sofort verziehen«, fuhr Constanze fort, »ohne Wenn und Aber hat er einfach einen Strich darunter gezogen. Das hätte er bei mir nie gemacht, niemals.«

»Vielleicht warst du ihm wichtiger?«, meinte Tom und warf Mia gleichzeitig einen entschuldigenden Blick zu. »Versteh das jetzt bitte nicht falsch.«

Mia ignorierte Tom. »Ich glaube, man kann eine Affäre nur verzeihen, wenn man jemanden wirklich richtig liebt.«

»Das glaube ich auch«, stimmte Constanze ihr zu. »Zu mir hat er immer gesagt, dass er sich sofort von mir trennen würde, wenn ich ihn mal betrügen sollte.«

»Weil er ein gebranntes Kind war«, versuchte nun auch Mark das Ganze zu erklären.

Constanze schüttelte den Kopf und lächelte traurig. »Das mag alles etwas damit zu tun haben, aber im Endeffekt war es doch so, dass er sie mehr geliebt hat als mich.«

Mia war nicht mehr in der Lage, etwas zu sagen. Sie spürte, dass sie förmlich unter Schock stand. Krampfhaft versuchte sie, sich an Bernie Weinstein zu erinnern. Auf irgendeiner Vernissage hatte sie ihn bestimmt mal gesehen, aber sie hatte kein Bild vor Augen. Sie überlegte kurz, ihn zu googeln, dachte dann aber an die Kotzspuren an ihrem Handy und verwarf den Gedanken schnell. Vielleicht würde sie es später machen. Und dann? Was sollte sie tun, wenn plötzlich ein Foto auftauchte, auf dem ein Mann mit Sommersprossen und blonden Locken zu sehen war? Einen Vaterschaftstest beantragen? Und dann? Hätte sie dann plötzlich wieder einen Vater? Das war doch alles viel zu verrückt!

Sie sah Constanze an und wollte etwas sagen, brachte aber kein Wort über die Lippen. Ihre Gefühle schlugen Purzelbäume. Einerseits war sie geschockt und wollte es daher auch unmöglich finden, dass Constanze ihr diese alte Geschichte ausgerechnet heute erzählt hatte. Aber gleichzeitig wusste sie auch, dass sie einfach nur nach jemandem suchte, dem sie die Schuld dafür geben konnte, dass es eine Wahrheit gab, wegen der sie sich schlecht fühlte.

Unter diese verwirrenden Gefühle mischte sich ein weiteres, das sie fast völlig aus dem Konzept brachte. Mitleid. Mit Constanze. Sie hatte dieser Frau unrecht getan, über Jahre, nein Jahrzehnte. Immer hatte sie geglaubt, dass Constanze sich auf den Platz ihrer Mutter gedrängt hatte, die Erinnerung an sie auslöschen wollte, als hätte es Hanna Römer nie gegeben. Dabei war das Gegenteil der Fall gewesen, Papa hatte sie nie loslassen können, hatte Constanze nie die Chance gegeben, wirklich den Platz an seiner Seite einzunehmen. Sie hatte ihr Leben lang im Schatten seiner ersten Frau gestanden. Vermutlich war Constanze all die Jahre klar gewesen, dass sie gegen die verstorbene große Liebe ihres geliebten Micks nie etwas ausrichten konnte. Über die Ex-Frau eines Partners konnte man schimpfen, konnte sich darüber vergewissern, dass die Liebe für immer erloschen war und es keinerlei Konkurrenz mehr gab. Aber gegen die tote Hanna Römer, die ihr Leben in so jungen Jahren so tragisch verlieren musste, gegen die hatte Constanze nie etwas ausrichten können. Das wurde Mia in diesem Moment zum ersten Mal richtig bewusst. Dass das eine Last für Constanze gewesen sein musste, hatte Mia nie zuvor bemerkt.

Neben der Trauer um Papas Tod und dem Schock über einen möglicherweise anderen leiblichen Vater, kam nun auch noch das schlechte Gewissen in Mia auf. Ihr lief ein Schauer den Rücken herunter, als sie daran dachte, was sie

Constanze als Jugendliche alles an den Kopf geworfen hatte. In der Pubertät sind alle schwierig, aber Mia war die Pest auf Erden gewesen. In jede kleine Wunde, die Constanze zeigte, hatte Mia tonnenweise Salz geschüttet. Über Jahre hatte sie sich geradezu in einen Hass hineingesteigert, den sie auch als Erwachsene oft spürte.

Wie musste das alles für Constanze gewesen sein? Einen Mann mehr zu lieben, als er sie liebte? Eine Stieftochter großzuziehen, die einen hasste?

»Constanze ...« Es war an der Zeit sich zu entschuldigen. Sie musste sich dringend entschuldigen.

»Ja, Mia?« Mit traurigen, aber erwartungsvollen Augen sah die Frau, die sie aufgezogen hatte und die sie nie Mama nennen wollte, sie an.

»Ich ... Constanze ... Ich ...« Sie schaffte es nicht. Sie konnte den Satz nicht zu Ende sprechen, sprang stattdessen auf und lief nach draußen.

Als sie im Garten war und ihr die frische Luft ins Gesicht schlug, brach sie in Tränen aus. Sie schluchzte laut auf und ihr ganzer Körper bebte, so sehr war sie vom Weinkrampf geschüttelt. Bei aller Verzweiflung, bei aller Trauer und aller Wut, die sie auf sich selbst hatte, war dieses Weinen auch befreiend. Es kam ihr so vor, als wenn mit jeder Träne eine Last von ihr fiel. Endlich konnte sie weinen, um ihren toten Vater, um ihre verstorbene Mutter, um die Tatsache, dass sie, die sich immer nach einer richtigen Familie gesehnt hatte, womöglich selbst nie eine haben würde, vielleicht kinderlos bleiben würde, obwohl sie doch extra einen Beruf gewählt hatte, bei dem sich Arbeit und Familie so wunderbar miteinander vereinbaren ließen.

»Mia.« Mark stand hinter ihr und schloss die Arme um sie.

Sie hatte noch nie schluchzend in seinen Armen gelegen, die ganz wenigen Momente, in denen er sie in so einem Zustand überrascht hatte, hatte sie sich immer schnell abgewandt und zusammengerissen, die Nase geputzt und etwas von Allergie gefaselt, auch wenn klar war, dass er ihr nicht glaubte. Aber so zu weinen und dabei von ihm gehalten zu werden, das war neu.

Das letzte Mal, dass sie jemand so gehalten hatten, lag zweiunddreißig Jahre zurück. An Mamas Totenbett.

»Liebling.« Für eine ganze Weile sagte er nicht mehr und sie war dankbar, dass er einfach nur da war. »Manchmal kommt ganz schön viel zusammen, was?«, sagte er schließlich und sie nickte.

»Ich habe so eine Angst, dass du mich verlässt«, flüsterte sie und schmiegte sich an ihn.

Er drehte sie zu sich und sah sie verblüfft an. »Also, das hatte ich ehrlich gesagt nicht gemeint. Ich dachte eher an die Sache mit deinem Vater, deiner Mutter, Constanze ... Aber dass wir ein Problem haben, ist mir neu!«

Sie grinste ihn schief an und wischte sich die Tränen weg.

»Natürlich haben wir ein Problem. Und was für eins.« Mia atmete tief durch. »Viele Ehen zerbrechen am unerfüllten Kinderwunsch.«

»Kann schon sein. Aber warum sollten wir kinderlos bleiben?«

Jetzt wurde sie fast wütend. Was sollte so eine blöde Frage? »Weil wir es seit zwei Jahren versuchen, Mark! Seit zwei Jahren mit allen möglichen Hilfsmitteln! Da muss man sich doch mal ernsthaft die Frage stellen, ob es überhaupt noch klappt!«

»Die Ärzte haben doch gesagt, dass bei uns alles in Ordnung ist.«

»... und dass es trotzdem genug Fälle gibt, bei denen es nicht funktioniert!«

»Das weiß ich doch.« Er sah sie ernst an. »Ich wollte schon immer ein Kind adoptieren, ehrlich. Den Gedanken, jemandem ein besseres Leben zu ermöglichen, der sonst womöglich ein nicht so gutes Dasein fristen müsste, fand ich schon immer gut.«

Mia klappte der Mund auf. Über Adoption hatten sie noch nie gesprochen. Aus den Internetforen wusste sie, dass gerade Männer sich mit dem Thema schwertaten. Männer wollten sich doch fortpflanzen, um ihre Gene weiterzugeben, das hatte sie so oft gelesen und auch immer sehr einleuchtend gefunden.

»Adoption ist nicht einfach ...«, sagte sie und merkte, wie durcheinander sie war. Sie erinnerte sich an einen Bericht, in dem es hieß, wie streng die Auswahlkriterien bei einer Adoption waren. »Wir sind nicht mehr die Jüngsten, es gibt doch kaum ...«

Er ließ sie nicht aussprechen, fasste sie an den Schultern

und schüttelte sie sanft. »Mia«, sagte er eindringlich. »Irgendwas kann natürlich immer schiefgehen. Ja, für einen Säugling aus Deutschland sind wir schon ganz schön alt. Aber es gibt genug Waisenkinder auf der Welt, die auf ein besseres Leben hoffen. Es geht doch darum, als Familie zu leben. In welcher Form auch immer! Mit Adoptivkindern oder Pflegekindern oder vielleicht auch irgendwann mit eigenen. Aber vor allen Dingen mit dir.«

Er küsste ihre Tränen von den Wangen und drückte sie fest an sich, und Mia wusste nicht, was sie sagen sollte.

»Ella ...«, brachte sie schließlich über die Lippen und Mark nickte.

»Ja. An sie hatte ich auch schon gedacht. Du kümmerst dich so sehr um das Mädchen. Vielleicht sollten wir uns mal erkundigen, ob wir sie als Pflegekind aufnehmen können.«

»Sie hat viel mitgemacht.«

»Ich weiß. Und ich mach mir da auch nichts vor, einfach würde das bestimmt nicht. Vielleicht bringt es uns auch an unsere Grenzen. Aber das werden wir erst dann wissen, wenn wir es ausprobieren.«

Mia schmiegte sich an ihn und war von dem Gefühl der Dankbarkeit erfüllt. Sie waren ein Team, es gab keine Zweifel an der Liebe des anderen und an der gemeinsamen Lebensplanung. Mit einem Mann zusammenzuleben, der eine andere, wenn auch tote Frau mehr liebte als sie selbst, war für sie unvorstellbar. Zum ersten Mal in ihrem Leben sah sie Constanze mit anderen Augen.

Tom

Wenn er sich richtig ausstreckte, stieß er mit den Zehen ans Fußende des Bettes. Seine ganze Kindheit und Jugend hatte er in diesem Bett geschlafen. Angeblich sollte es mitwachsen, durch das Umbauen einiger Seitenteile für jedes Alter geeignet sein, aber in Toms Erinnerung war er auch schon früher immer irgendwo gegengestoßen.

Er starrte an die Decke und sah die fluoreszierenden Plastiksterne, die früher einmal in der Dunkelheit geleuchtet hatten und heute nur noch ein kaum erkennbares grünliches Licht von sich gaben. Als er zwölf war, hatte er mal versucht, diese Accessoires seiner frühen Kindheit abzukratzen. Aber als neben der Deckenfarbe auch noch der Putz herunterrieselte, hatte er es gelassen.

Wie oft hatte er als Kind auf diesem Bett gelegen und die Decke angestarrt. Tagsüber, nicht nachts. Hatte nachgedacht und seine Gedanken kreisen lassen, hatte versucht, sich mit seinen Ängsten auseinanderzusetzen und es doch nie richtig geschafft. Er hatte früh gespürt, dass er anders war als die anderen, schon in der Grundschule. Als sie immer Jungs-die-Mädchen-Mädchen-die-Jungs gespielt hatten, ein Fangspiel, bei dem es im Prinzip nur darum ging, das süßeste Mädchen der Klasse über den Schulhof zu jagen, hatte er immer versucht, den hellblonden Jungen aus der Parallelklasse zu fangen, der sich irgendwann fürchterlich darüber aufgeregt hatte. Von da an hatte Tom nicht mehr mitgespielt, er war sich so doof vorgekommen, kreischenden Mädchen hinterherzulaufen. Später, auf dem Gymnasium, gehörten Wörter wie »Schwuchtel« und »Tunten« zum normalen Vokabular seiner Klassenkameraden, weshalb es ihm immer schwerer fiel, mit gleichaltrigen Jungs klarzukommen. Am liebsten wäre es Tom gewesen, mehr oder weniger unsichtbar bis zum Abitur zu kommen. Er tat alles dafür, nicht aufzufallen, es reichte ja schon, dass er wegen Papas Erfindung regelmäßig ein paar Sprüche abbekam. Auch wenn er nicht so fertig gemacht wurde wie der dicke Nils, der von den anderen jeden Tag aufgrund seiner Leibesfülle gehänselt wurde, so stand Tom doch eindeutig auf Platz zwei des Mobbing-Rankings.

Dann kam der Abschlussball.

Er hatte Tanja gefragt, ob sie mit ihm zum Ball gehen wollte. Es war ihm egal, dass sie nicht zu den angesagtesten Mädchen der Klasse gehörte, genauso wie es ihn nicht interessierte, dass sie eine Zahnspange trug und ziemlich viele Pickel hatte. Nichts war ihm egaler als Tanjas Aussehen. Tom wollte nur diesen Abend hinter sich bringen. Er erinnerte sich noch genau, wie stolz Mama auf ihn war und wie Papa ihm auf die Schulter klopfte, als er mit Tanja den großen Saal der Tanzschule betrat. Tom schob das schwitzende Mädchen dann ein paar Runden übers Parkett und verzog sich so schnell wie möglich an die Bar. Und hinter dem Tresen stand er. Er konnte sich nicht mehr an den Namen des jungen Mannes erinnern, aber er wusste noch genau, wie er aussah: groß, die Figur eines Tänzers, kurze dunkelblonde Haare und haselnussbraune Augen. Er war vielleicht zehn Jahre älter als der sechzehnjährige Tom damals und vermutlich hielt er sich auch deshalb mit seinen Flirtversuchen zurück. Jedenfalls etwas. Damals an der Theke flirtete Tom zum ersten Mal in seinem Leben mit einem Mann. Intensiver Augenkontakt, kurze Berührungen, am liebsten wäre er mit dem anderen sofort mitgegangen.

»Wenn du nicht so jung wärst, würde ich dich glatt mit nach Hause nehmen«, hatte der andere leise zu ihm gesagt.

»Meinetwegen können wir sofort gehen«, hatte Tom lächelnd geantwortet und dabei nicht gesehen, dass Malte Horten neben ihm stand, Großmaul und eine Art Anführer in seiner Klasse. Malte hatte ihn zuerst ungläubig angestarrt und sich dann vor Lachen gekrümmt, war zu seinen Kumpels gelaufen und hatte ihnen irgendwas über Tom erzählt. Er wusste nicht was, aber er sah, wie die Gruppe von fünf, sechs Jungs erst fassungslos zu ihm rüber guckte und sich dann förmlich auf die Schenkel klopfte, als hätten sie gerade den Witz des Jahrhunderts gehört. Tom war daraufhin zu seinen Eltern geeilt, hatte behauptet, dass ihm schlecht sei und die Veranstaltung in Panik verlassen. Den ganzen Sonntag über war ihm übel und als er am Montagmorgen in die Schule ging, musste er sich auf dem Weg zweimal übergeben. Er ahnte, was ihn dort erwarten würde.

Schon im Gang hörte er das Gelächter aus dem Klassenraum, das sofort in ein leiseres Kichern umschlug, als er das

Zimmer betrat. Es dauerte keine zwei Minuten, bis die ersten Sprüche kamen.

»Na, Vatterns Erfindung ausprobiert?«

»Wahrscheinlich operiert kein Mensch damit ...«

»... nee, das ist so'n Fetisch aus den Schwulenläden!«

Und dann lachten sie sich kaputt.

Auch jetzt, dreizehn Jahre später, drehte sich Tom fast der Magen um, wenn er an diesen Montagmorgen dachte. Ausgelacht zu werden, zählte zu den bittersten Erlebnissen, die man haben konnte, davon war Tom überzeugt.

Es war erstaunlich. Er hatte sich inzwischen mit vielen Männern über ihr Coming-out unterhalten und es gab nur wenige, die danach keine dummen Sprüche gehört hatten. Vorurteilen und Ausgrenzungen war fast jeder von ihnen begegnet. Aber bei ihm wurde selbst so etwas Persönliches wie seine sexuelle Orientierung dafür genutzt, um bescheuerte Bemerkungen über die Erfindung seines Vaters zu machen.

Tom schloss die Augen und sofort tauchte Papas Gesicht vor ihm auf, nicht das von früher, als er noch lebte, sondern das von vor ein paar Stunden, als die Geräte abgeschaltet wurden.

Diese nervigen Hänseleien waren nicht nur für ihn belastend gewesen, dachte er. Wie war das Ganze für Papa? Wie fühlte man sich, wenn die eigenen Kinder wegen einem selbst gehänselt wurden? Es musste schrecklich für ihn gewesen sein. Auch wenn Tom nie mit seinem Vater darüber gesprochen hatte, so hatte sich der Ausdruck in seinen

Augen, wenn er zufällig eine dieser Hänseleien mitbekam, für immer in Toms Gedächtnis gebrannt: Enttäuschung.

Er war sich sicher, dass Papas ständige Angeberei mit dem Pechstein nichts anderes war, als ein Versuch, solche Kränkungen zu kompensieren. Wenn jetzt herauskommen würde, dass er jahrelang eine Fälschung gewürdigt hatte, dann würde der Spott noch größer ausfallen.

Tom drehte sich auf die Seite und versuchte, die Augen geschlossen zu halten.

Wo sein Vater jetzt wohl war?

Obwohl Tom kein gläubiger Mensch war, hatte er sich immer einen kindlichen Glauben behalten. Seine Mutter hatte früher jeden Abend mit ihm gebetet.

Ich bin klein, mein Herz ist rein, soll niemand drin wohnen, als du mein liebes Jesulein.

Vermutlich würde er dieses Kindergebet niemals vergessen und irgendwie war er seiner Mutter dankbar, dass sie ihm diesen kindlichen Glauben nahegebracht hatte. Auch wenn er den kritischen Fragen des erwachsenen Toms nicht standhalten konnte, so war er doch trostspendend und die Vorstellung, dass Papa nun an einem besseren Ort war, wollte er nur zu gerne glauben.

Er dachte an seine Eltern, die er immer nur als Einheit gesehen hatte, von der nun seine Mutter übrig geblieben war.

Aber waren sie wirklich eine Einheit gewesen? Was für eine Ehe hatten die beiden tatsächlich geführt? Tom war immer davon überzeugt gewesen, dass die beiden glücklich miteinander waren und sich aufrichtig geliebt hatten. Aber dass Papa quasi nie den Ehering seiner ersten Frau abgelegt hatte, darüber kam Tom nicht hinweg.

Plötzlich sah er viele Dinge mit ganz anderen Augen: Mamas Fixierung auf Äußerlichkeiten, die ihn früher oft genervt hatte, weil es ihm so oberflächlich vorkam, wenn seine Mutter stundenlang überlegt hatte, was sie abends anziehen sollte und dann gerne zu viel zu engen und tief dekolletierten Kleidern griff. Waren das nicht alles verzweifelte Versuche gewesen, die Aufmerksamkeit ihres Mannes auf sich zu ziehen? Die als junge Schönheit gestorbene Hanna vergessen zu machen? Auch Mamas Probleme mit dem Älterwerden erschienen ihm nun in einem anderen Licht. Hanna hatte nie Falten oder graue Haare bekommen, Papa liebte für immer eine junge Frau, während Mama an seiner Seite älter und älter wurde.

Tom wälzte sich auf die andere Seite. Es musste für Mama belastend gewesen sein, dass sie niemals Papas Nummer eins gewesen war. Er wusste, wie es war, wenn man eine Person abgöttisch liebte und diese Liebe nicht erwidert wurde. Einmal hatte er das bisher in seinem Leben erfahren, aber dieses eine Mal hatte ihn so geprägt, dass er sich seitdem auf keine Beziehung mehr einlassen konnte.

Louk kam aus Frankreich und studierte ein Semester in Berlin. Er war der mit Abstand schönste Mann, den Tom je gesehen hatte. Es war sofort um ihn geschehen, als er dem dunkelhaarigen Franzosen mit seinem durchtrainierten Körper das erste Mal gegenüberstand. Für zwölf Wochen glaubte Tom, die große Liebe gefunden zu haben. Sie kochten zusammen, gingen aus, hatten Spaß und wunderbaren Sex, gefühlvoll und intensiv, voller Zärtlichkeit. Louk wohnte bei ihm, sie teilten alles miteinander und Tom schwebte auf Wolke sieben, träumte von einer gemeinsamen Zukunft und von einer Familie oder wenigstens von einem gemeinsamen Hund.

Dann war das Semester zu Ende und Louk ging zurück nach Orléans. Und meldete sich nie wieder. Seine Mailadresse erwies sich als falsch und auch unter seiner Handynummer war er nicht mehr zu erreichen. Zuerst glaubte Tom voller Sorge, dass ihm etwas passiert sei, dass Louk womöglich einen Unfall hatte und daher nicht mehr zu erreichen war. Er fuhr sogar nach Orléans und stand vor dem Haus, in dem Louk angeblich wohnte. Aber es stand leer, zum Abriss bereit, niemand wohnte dort mehr. Auch dafür fand er eine Erklärung, vermutlich musste Louk umziehen und hatte es noch nicht geschafft, ihm die neue Adresse mitzuteilen. Aber nach wochenlanger Funkstille konnte er sich nicht mehr selbst belügen.

»Ghosting«, hatte John-Boy zu ihm gesagt. »Klassischer Fall von Ghosting.«

»Was soll das sein?«

»Der andere hat keinen Bock, Schluss zu machen«, erklärte er ihm, »aus Feigheit, weil er die Auseinandersetzung scheut. Also verpisst er sich einfach so und meldet sich nie wieder. Verschwunden wie ein Geist. Daher das Wort.«

»Ach Quatsch«, hatte Tom entgegnet, »so was passiert

vielleicht bei lockeren Affären. Aber wir lieben uns! Wir hatten eine richtig ernsthafte Beziehung!«

John-Boys mitleidiger Blick signalisierte ihm, dass er mit seiner Einschätzung falsch lag. In den darauffolgenden Wochen traf er ab und zu auf Männer, die Louk offenbar kannten. Offenbar auch näher. Es dauerte noch ein bisschen, bis ihn die Erkenntnis wie ein Schlag traf. Louk hatte ihn nie so geliebt, wie er ihn. Tom war für ihn nicht mehr als eine Sommerliebe gewesen, vielleicht auch eine gute Gelegenheit, um in Berlin die Miete zu sparen.

Er erinnerte sich noch, wie ohnmächtig er sich gefühlt hatte, als ihm das klar geworden war. Tagelang konnte er nichts essen, der Liebeskummer fraß ihn fast auf. Unerwiderte Liebe war eine der größten Qualen, die Tom sich vorstellen konnte.

Ganz so hart hatte es Mama vermutlich nicht empfunden, dachte er, während er sich wieder auf den Rücken legte. Papa hatte sie ja geliebt, das stand für Tom außer Frage, immerhin hatten sie ja auch zwei Kinder zusammen bekommen. Er hat sie nur nie so geliebt wie Hanna. Obwohl ihm seine Mutter leidtat, rührte ihn die Vorstellung, dass sein Vater nun bei Hanna war, endlich mit seiner großen Liebe vereint.

Tom atmete tief durch. Papas Tod hatte ihn doch mehr aus der Bahn geworfen, als er es vermutet hatte. Er hatte geglaubt, dass er gut vorbereitet war, sie wussten ja schon seit einer Weile, dass das Unumgängliche kommen würde. Und irgendwie hatte sein Anblick auch etwas Friedliches gehabt, wie er dagelegen hatte, von allen Schläuchen und Kabeln befreit, den Mund geschlossen, keine Falte im Gesicht zu sehen, von allem erlöst.

Trotzdem hatte Tom danach keinen einzigen klaren Gedanken mehr fassen können. Mia hatte recht, man musste wirklich denken, dass er auf Droge war. Wie konnte er nur den Hausschlüssel vergessen? John-Boy war stocksauer gewesen, was nur zu verständlich war. Und wie er auf diesen Pfleger eingeredet hatte, der ihn offensichtlich für einen verwirrten Patienten mit blutender Nase gehalten hatte! Wahrscheinlich konnte er froh sein, dass man ihn nicht in die Klapse gebracht hatte.

Okay, Plan A war gescheitert, Plan B musste ran. Jetzt galt es nicht nur, den Ruf seines toten Vaters zu bewahren, sondern auch, seine Mutter vor möglichem Spott zu schützen. Komischerweise hatte er daran zuvor nur selten gedacht. Das war sein Leben lang so gewesen, er hatte sich nie Gedanken darüber gemacht, wie es seiner Mutter ging. Denn er war immer davon ausgegangen, dass bei ihr alles in Ordnung war. Etwas anderes hatte sie ihm nie signalisiert und er hatte durchaus eine enge Beziehung zu ihr. Hatte er jedenfalls immer geglaubt. Hatte er bei Louk allerdings auch. Aber so wie seine Mutter bis heute nie ein Wort darüber verloren hatte, dass ihre Ehe gar nicht so glücklich war, wie es nach außen immer schien, so hatte er nie ein Wort über seine Depression verloren. Vielleicht aus demselben Grund: Seine Erkrankung hatte für ihn etwas mit Schwäche zu tun. Natürlich wusste er, dass das nicht stimmte, eine Depression hatte so wenig mit Schwäche zu tun wie jede andere Krankheit auch. Aber obwohl ihm das bewusst war, hielt sich dieses Gefühl hartnäckig. Verstärkt wurde es durch die Tipps, die er von seinen Freunden bekam, als diese von der Depression erfahren hatten.

»Geh doch mal mehr an die frische Luft!«

»Fang an zu joggen, das ist die beste Medizin!«

»Wie kann man bei dem geilen Wetter so ein Gesicht machen? Genieß doch mal die Sonne!«

Klar meinten sie es alle gut. Trotzdem hatten ihm diese gut gemeinten Ratschläge nur noch mehr das Gefühl gegeben, dass er selbst schuld war an seiner Erkrankung. Welchem Krebskranken würde man schon raten, mal ein bisschen an die Luft zu gehen? Die Sonne zu genießen und nicht so'n Gesicht zu machen?

Es hatte lange gedauert, bis er verinnerlicht hatte, dass die Depression nicht seine Schuld war. Inzwischen hatte er gelernt sich mit seinen Schuldgefühlen auseinanderzusetzen. Heute wusste er, dass sie bei Depressiven zum Krankheitsbild gehörten und häufig eine Reaktion auf eine nicht gelungene Trauerarbeit waren. Dabei ging es nicht um die Trauer, die Tom jetzt empfand, sondern um die Trauer darüber, Träume nicht gelebt und Berufs- und Lebenswünsche nicht erfüllt zu haben, wodurch er das Gefühl bekam, ein Versager zu sein. Und immer, wenn er sich so fühlte, war er voller Selbsthass. Die Gefahr, sich etwas anzutun, war an solchen Tagen besonders groß, das wusste Tom heute.

Zum Glück war es bisher nie so weit gekommen, weder

hatte er ernsthafte Suizidgedanken gehabt, noch sich selbst Verletzungen zugefügt. Trotzdem war das Gefühl des Schwachseins sein dauerhafter Begleiter und er war davon überzeugt, dass es Mama in Bezug auf ihre Ehe nicht anders ging. Sie hatte selbst mal gesagt, dass sie eine Scheidung als Niederlage, als persönliche Schwäche sehen würde.

»Die Rahmanns haben es auch nicht geschafft. Scheidung«, war ein klassischer Satz von ihr.

Wer eine glückliche Ehe hatte, der hatte etwas erreicht, was heute kaum noch jemand schaffte. Wahrscheinlich hätte sich Mama eher die Zunge abgebissen als jemandem zu sagen, dass ihre Ehe gar nicht so glücklich war, wie alle dachten.

Mama würde froh sein, wenn der Pechstein verschwindet, dachte Tom.

Wie oft hatte Papa mit einem Glas Rotwein in der Hand in seinem Sessel am Kamin gesessen und nichts anderes getan, als dieses Bild zu betrachten. Jetzt erst verstand Tom, warum seine Mutter darauf manchmal mit giftigen Bemerkungen reagiert hatte, früher als Kind, hatte er das nie verstanden.

»Er guckt sich doch nur das Bild an«, hatte er als kleiner Junge oft gesagt, wenn seine Mutter schimpfte, dass Papa blöde die Wand anstarren würde.

»Es gibt genug zu tun!«, hatte Mama dann häufig gesagt. »Einfach nur rumzusitzen und zum tausendsten Mal dieses Bild anzustarren ist einfach Zeitverschwendung!«

Klar, das Bild erinnerte ihn an Hanna und das wusste

Mama nur zu gut. Es muss ihr vorgekommen sein, als hinge die ewig junge und schöne Konkurrentin für immer über dem Kamin, auch wenn das Bild einen Mann darstellte. Vermutlich hatte sie sich ständig gefragt, an was er dachte, wenn er so versonnen das Bild betrachtete, an Intimes, Zärtliches oder einfach nur an das schöne Gesicht seiner verstorbenen Liebe? Jede Vernissage, die er zu Ehren des Pechsteins organisierte, muss für Mama ein Schlag ins Gesicht gewesen sein. Es muss ein merkwürdiger Spagat für sie gewesen sein, einerseits die Anerkennung und Bewunderung zu bekommen, dass so ein vermeintlich wertvolles Gemälde in ihrem Besitz war, andererseits zu wissen, dass dieses Bild auf ewig mit Papas erster Frau verbunden war. Fast wie eine Reliquie.

Abrupt setzte Tom sich auf.

Es war noch nicht zu spät, im Gegenteil, wahrscheinlich war der Zeitpunkt jetzt besser denn je. Plan A war kompliziert gewesen und scheiterte vermutlich zu Recht. Plan B erschien ihm dagegen fast wie ein Kinderspiel.

Alle lagen in ihren Betten. Und er konnte sich relativ sicher sein, dass die anderen schliefen. Der Tag war hart gewesen und keiner von ihnen dürfte letzte Nacht besonders viel geschlafen haben. Seine Augen tränten jedenfalls vor Müdigkeit und unter anderen Umständen würde er schon lange schlafen. Aber seitdem er in Behandlung war, wurde es mit dem Schlafen sowieso immer schwieriger. Müdigkeit war sein ständiger Begleiter, erholsamer Tiefschlaf ein vermisster Freund.

Er schlug die Decke zur Seite und schwang seine Beine aus dem Bett. Jetzt musste er genau überlegen, wie er vorgehen würde. Es war kurz nach halb zwei, eine Zeit, in der normalerweise alle schliefen. Konnte er den Plan durchziehen, ohne jemanden zu wecken? Die Treppe knatschte, ziemlich laut sogar, da würde er aufpassen müssen. Früher hatte Mama ihn manchmal gehört, wenn er nachts noch Hunger bekommen hatte und sich nach unten schlich, um sich mitten in der Nacht eine Tafel Schokolade zu gönnen. Wenn er so was heute noch machen würde, würde er vollkommen verfetten, so viel stand fest.

Er versuchte, sich die Treppe genau vor Augen zu führen. Welche Stufe war noch mal die kaputte und damit laute? Die dritte oder die vierte? Am besten übersprang er beide, dann war er auf Nummer sicher. Oder würde das auch zu laut sein? Nein, einfach einen großen Schritt über diese zwei Stufen, dann zum Kamin, am besten ohne Licht, schnell das Bild geschnappt und dann nichts wie raus mit dem verdammten Ding, am besten zu Fuß, damit niemand den Wagen hörte. Bis zur nächsten Grünanlage waren es höchstens drei Kilometer, die würde er in etwas mehr als einer halben Stunde zurückgelegt haben. Den Benzinkanister durfte er nicht vergessen, genau, den musste er vorher aus der Garage holen und dann würde das verdammte Bild bald lichterloh brennen. Kein Mensch würde etwas davon mitkriegen.

Plan B schien so einfach!

Voller Tatendrang sprang Tom auf und blieb für einen Moment nachdenklich im Raum stehen.

Wie sollte er morgen darauf reagieren, wenn seine Mutter und seine Schwestern vor der weißen Kaminwand standen und sich fragten, wo der verdammte Pechstein denn wohl war? Mia würde ihn garantiert sofort verdächtigen, etwas mit dem Verschwinden zu tun zu haben.

Doof stellen, er musste sich doof stellen, das war die einzige Möglichkeit. Ein betroffenes Gesicht machen und vollkommene Ahnungslosigkeit beteuern. Dann möglichst beiläufig darauf hinweisen, wie Einbrüche in den letzten Jahren zugenommen haben und dass die Versicherung ja wenigstens für den Schaden aufkommen würde.

Schaffte er das? Würde er so professionell lügen können, wo man ihm doch eigentlich seit Kindesbeinen jede Lüge aus hundert Metern Entfernung ansah?

Sag möglichst wenig. Gib dich schockiert und schweig.

Das würde er doch hinkriegen!

Tom streckte seine Schultern zurück und drückte seinen Rücken durch.

Du bist nicht schwach. Du hast `ne blöde Krankheit, aber schwach bist du nicht.

Entschlossen verließ er sein Kinderzimmer.

Anna

Der Plastikbecher, in dem sie die Urinprobe gesammelt hatte, stand immer noch auf ihrem Nachttisch. Anna hatte keine Ahnung, wie lange sie jetzt schon auf der Bettkante saß und auf den Schwangerschaftstest starrte, den sie in den Händen hielt. In der Anleitung stand, dass es bis zu drei Minuten dauern konnte, bis der zweite Balken in dem Kontrollfeld erschien. Bei ihr hatte es keine drei Sekunden gedauert. Ihr Vater war gerade gestorben, da kündigte sich bereits neues Leben an. Der eine kommt, der andere geht, hatte ihre Oma früher immer gesagt und offenbar war an dieser Binsenweisheit etwas dran.

Hätte es nicht gereicht, dass an diesem Tag ihr Vater sterben musste? Brauchte es da wirklich noch eine Schwangerschaft und die unglaubliche Neuigkeit, dass Papas erste Frau eine Affäre mit Bernie hatte? Der womögliche Vater ihres Kindes ... Nein, darüber wollte sie gar nicht erst nachdenken.

Anna legte sich die Decke um ihre Schultern und versuchte den Gedanken zu verdrängen, der ihr in diesem Moment kam. Sie schlief mit einem Mann, der mit Papas erster Frau ... Die Vorstellung ekelte sie geradezu an. Nie wieder würde sie mit Bernie was haben, nie wieder wollte sie in seinen Armen liegen und mit ihm schlafen, jedenfalls konnte sie sich das jetzt und hier in ihrem alten Kinderbett beim besten Willen nicht vorstellen.

Sie musste die Sache mit ihm beenden. Unbedingt. Das hätte sie schon längst machen sollen, spätestens nachdem sie vor ein paar Monaten fast aufgeflogen waren, als sie mit Bernie ein Hotel betrat, in dem Jonas gerade seine Eltern unterbringen wollte. Wie in einer schlechten Komödie hatte sich Anna hinter einem Pfeiler versteckt, hatte mit pochendem Herzen darauf gewartet, dass ihre Fast-Schwiegereltern endlich im Fahrstuhl verschwanden und sie mit Bernie das Gebäude verlassen konnte. Schon damals hatte sie sich geschworen, diesem ganzen Zirkus endlich ein Ende zu bereiten, hatte es dann aber doch nicht geschafft.

Warum hatte Bernie ihr eigentlich nie etwas von Hanna erzählt?

»Woher kennst du meinen Vater eigentlich?«

Sie erinnerte sich noch genau, wie sie Bernie diese Frage gestellt hatte. Aneinander gekuschelt hatten sie im Bett gelegen, erschöpft und glücklich und innig miteinander vertraut, jedenfalls in diesem Moment. Heute musste sie einsehen, dass es eine echte Vertrautheit offenbar nicht gab.

»Ich kenne ihn eigentlich kaum«, hatte Bernie ihr geantwortet. »Damals hatte ich eine Galerie in seiner Nachbarschaft, da lief man sich manchmal über den Weg, aber das war's dann auch schon. Und ich wusste natürlich von seinem Pechstein.«

»Gab es mal Krach?«, hatte Anna ihn gefragt, wohlwissend, dass Papa Bernie nicht ausstehen konnte. Sie konnte damals ja nicht ahnen, was der wahre Grund dafür war.

»Nein. Ich hatte immer Interesse an seinem Bild, aber nachdem er das rigoros abgelehnt hatte, gab es kaum noch Berührungspunkte«, hatte Bernie geantwortet und dann von etwas anderem gesprochen.

Irgendwie fühlte Anna sich belogen, wenn sie jetzt an dieses Gespräch dachte. Sie war sich sicher, dass es zu einer heftigen Auseinandersetzung zwischen den beiden Männern gekommen war, nachdem Papa von der Affäre erfahren hatte, dafür kannte sie ihn zu gut. Niemals würde er so etwas einfach hinnehmen. Auch wenn er seiner ersten Frau den Seitensprung vielleicht großzügig verziehen hatte, hätte er Bernie niemals einfach so laufen lassen. Papa zählte zu den Menschen, die die Schuld für etwas stets bei anderen sahen. Wenn ihm etwas misslang, war doch meist irgendjemand anderes dafür verantwortlich, dasselbe galt für seine Familie. Brachte Anna eine schlechte Note von der Schule mit, konnte sie sicher sein, dass es zumindest von Papa keine Schimpfe gab, der so einen Tiefschlag grundsätzlich in der Verantwortung der Lehrer sah. Vermutlich war Bernie in seinen Augen der gewissenlose Verführer und Hanna ein Opfer gewesen. Und sie wusste, wie Papa war, wenn er wütend wurde. Hochemotional, temperamentvoll und kaum zu stoppen. Nie und nimmer hatte er mit Bernie nur eine flüchtige Unterhaltung, vermutlich war es eher so, dass Papa sich ihn geschnappt hatte, ihn beschimpfte und vielleicht sogar bedrohte, bevor er irgendwann von ihm abließ.

Warum wollte Bernie nicht, dass Anna von seiner Jahrzehnte zurückliegenden Affäre mit Hanna erfuhr? Vielleicht war es ihm unangenehm, zum zweiten Mal mit jemandem aus der Familie Römer anzubandeln. Mit Recht sollte ihm so etwas unangenehm sein, dachte sie.

Hanna. Nach ihr war sie benannt worden, das wusste Anna, nachdem sie als Teenager mal ein Gespräch ihrer Eltern mitbekommen hatte.

»Wenn Hanna ...«

»Anna. Auch wenn sie nach ihr benannt ist, deine Tochter heißt immer noch Anna«, hatte Mama ihn unterbrochen.

»Ich habe Anna gesagt. Und außerdem ist sie nicht nach ...«

»Nein, du hast Hanna gesagt«, hatte Mama ihn erneut unterbrochen. »Und natürlich hast du den Namen damals wegen ihr gewählt!«

Die beiden hatten sich dann noch gestritten und schließlich hatte Papa sie in den Arm genommen und gesagt, dass er keinen Streit mit ihr wollte und dass sie die Vergangenheit ruhen lassen sollten.

Anna hatte sich damals nicht viel dabei gedacht. Warum sollte sie nicht nach Mias Mutter benannt werden? Durch Mia war Hanna sowieso immer ein Teil der Familie gewesen, sie hatte nie hinterfragt, ob es für Mama vielleicht komisch war, dass ihre Tochter nach der ersten Frau ihres Mannes benannt wurde.

Nach dem Gespräch am heutigen Nachmittag sah Anna das Ganze etwas anders. Papa hatte eine Frau vergöttert, die ihn betrogen und womöglich um die Vaterschaft gebracht hatte. Bei dem Gedanken wurde ihr ganz schlecht.

War es möglich, dass das Baby in ihrem Bauch Mias Halbgeschwisterchen war?

Anna stöhnte auf. Sie war die Letzte, die über Hannas Fehltritt urteilen durfte. Wie sie hier saß, in ihrem Kinderzimmer, einen Plastikbecher Urin und einen positiven Schwangerschaftstest neben sich, ohne eine Ahnung, wer der Vater des Kindes war, der womöglich derselbe wie der ihrer Schwester ... Nein, das war zu viel.

Sie versuchte, ein Schluchzen zu unterdrücken und nicht hemmungslos zu weinen. Wenn Papa doch noch da wäre! Wenn sie mit ihm nur über alles reden könnte!

Das hättest du sowieso nicht getan.

Der Gedanke ernüchterte sie. Natürlich hätte sie Papa niemals erzählt, dass sie womöglich ein Kind von Bernie erwartete, niemals. Jemand anderen als Jonas hätte sie ihm nie als Vater präsentiert, alles andere wäre unvorstellbar gewesen, auch wenn sie nichts von Hannas Affäre erfahren hätte. Was hätte Papa sich wohl gedacht, wenn er gewusst hätte, dass sie mit einem Mann in seinem Alter ins Bett ging? Niemals hätte er das akzeptieren können, vermutlich hätte er Anna eine psychotherapeutische Behandlung nahegelegt, von wegen Ödipuskomplex und so.

Mit einem Mal kam ihr die Sache mit Bernie vollkommen absurd vor. Sie liebte ihn nicht, nein, das hatte sie doch nie getan, oder? Höchstens verliebt war sie in ihn, seine Lebenserfahrung faszinierte sie und sie mochte es, wie sehr er ihre Nähe genoss, wie er aufblühte, wenn sie zusammen waren und wie er sie in den Mittelpunkt von allem stellte. Mit Liebe hatte das alles nichts zu tun. Liebe bedeutete, mit jemandem für immer zusammenzubleiben, Pläne mit ihm zu schmieden und alles mit ihm zu teilen, wie sie es eigentlich mit Jonas tat. Wenn da ihr geheimes Doppelleben nicht wäre.

Und jetzt war sie schwanger. Die Vorstellung, mit Bernie eine Familie zu gründen, mit diesem so viel älteren Mann zusammenzuleben, den sie womöglich in naher Zukunft pflegen musste, wenn ihm ein ähnliches Schicksal widerfahren würde wie Papa, all das ließ sie erschaudern. Es gab keine Pläne mit ihm, keine Gemeinsamkeiten und keine Zukunft.

Sie musste das mit Bernie beenden. Sie würde ihm nichts von der Schwangerschaft sagen und sachlich, aber freundlich Schluss machen. Und dann würde es keine Versteckspiele mehr geben, keine Geheimnisse vor Jonas, keine Lügen. Na ja. Im Großen und Ganzen jedenfalls. Denn das Gewesene würde sie ihm für immer und ewig verschweigen, das hatte sie sich fest vorgenommen. Anna hatte noch nie verstanden, was das Beichten eines Seitensprungs bringen sollte, wenn man mit dem Partner zusammenbleiben wollte. Klar, zum Schlussmachen eignete sich so eine Beichte natürlich hervorragend, aber ansonsten diente sie doch nur dazu, dem Fremdgeher das Gewissen zu erleichtern, während der Betrogene mit Zweifeln und Schmerz zurückblieb und auch noch die Fähigkeit zum Verzeihen aufbringen sollte. So etwas wollte sie Jonas niemals antun.

So etwas hatte Hanna Papa angetan und er hatte ihr verziehen. Aber hatte er auch den Schmerz vergessen, den sie ihm zugefügt hatte? Sie wusste es nicht, aber sie konnte es sich nicht vorstellen. Papa war kein Mann gewesen, der etwas einfach so vergessen konnte.

Jonas würde von jetzt an der Einzige sein. Und er würde ein wunderbarer Papa werden, davon war Anna überzeugt. Sie konnte sich gut vorstellen, mit ihm zusammenzuwohnen und das kleine Wesen in ihrem Bauch großzuziehen. Keiner würde jemals auf die Idee kommen, dass er nicht der Vater des Kindes war, auch sie nicht, sie wollte niemals wieder einen Gedanken daran verschwenden.

Anna musste an Mia denken, an ihre blonden Locken, die sie heute so trug, wie es Hanna auf den alten Fotos auch getan hatte, in langen, großen Wellen. Ungekämmt waren sie genauso wuschelig wie die von Bernie.

Ob ihre Schwester, die nur ein Zimmer weiter in ihrem alten Jugendbett lag, gerade auch darüber grübelte, ob Papa wirklich ihr leiblicher Vater war?

Anna versuchte sich vorzustellen, wie sich ihre Schwester bei dem Gedanken fühlen musste. Papa war immer Mias Halt gewesen, sie hatte ihn abgöttisch geliebt und hatte eine enge Beziehung zu ihm. Was ging in ihrer Schwester vor, wenn winzige kleine Zweifel in ihr keimten und langsam größer wurden? Wenn sie sich die Frage nach ihrer wahren

Herkunft stellte, nach ihren Wurzeln und ihren Vorfahren? Ließ eine solche Ungewissheit jemanden nicht verzweifeln?

War es möglich, dass es ihrem ungeborenen Kind eines Tages genauso erging? War es denkbar, dass das kleine Wesen irgendwann herausbekam, dass es womöglich einen anderen Vater hatte als den, den es »Papa« nannte? Wenn es mal krank würde, Blut oder Stammzellen von einem Angehörigen bräuchte, dann könnten solche Wahrheiten ans Licht kommen.

Und dann würde irgendwann wieder ein Kind der Familie Römer in seinem Bett liegen und sich fragen, woher es eigentlich wirklich stammte.

Ein Geräusch riss sie aus ihren Überlegungen. Es hörte sich so an, als wäre jemand auf der Treppe auf die knatschende fünfte Stufe gesprungen. Sie kannte das Geräusch genau, ihre ganze Kindheit hindurch hatten die Geschwister versucht, die knatschende Stufe zu überspringen, und waren oft genug genau auf ihr gelandet. Vielleicht war es Mia, die auch nicht schlafen konnte und sich den Kopf über Bernie und seine Affäre mit Hanna zermarterte?

Eine Welle des Mitgefühls durchfuhr Annas Körper. Ihre arme Schwester. Sie hatte sowieso schon keinen einfachen Start ins Leben gehabt, wer seine Mutter so früh verlor, der war für immer geprägt. Wenn sie jetzt noch Zweifel bekam, dass Papa nicht ihr leiblicher Vater war ... Nicht auszudenken. Mia war sowieso sehr angespannt, nicht nur heute, an diesem traurigen Tag. Es war ihr schon seit einer Weile aufgefallen, wie dünnhäutig ihre Schwester geworden war.

Irgendetwas schien sie zu belasten oder zumindest zu beschäftigen und Anna fand es schade, dass sie keinen blassen Schimmer hatte, was das wohl sein konnte. Mit Mark schien sie eine wunderbare Ehe zu führen, sie mochte ihren Schwager und die beiden wirkten immer sehr harmonisch. Er hatte eine ausgleichende Wirkung auf Mia, wusste genau, wie er mit ihrer manchmal doch recht zickigen Art umzugehen hatte und schien ihrer Schwester wirklich gutzutun.

Auch in ihrem Job als Lehrerin wirkte Mia zufrieden, jedenfalls hatte sie sich ihren Eltern gegenüber früher häufig genug gerechtfertigt und den Job verteidigt. Besonders Papa hatte nie nachvollziehen können, warum Mia Lehrerin geworden war, aber sie hatte ihr Ding durchgezogen und es schien die richtige Wahl gewesen zu sein, jedenfalls hatte Anna noch nie etwas Gegenteiliges von ihr gehört. Die Arbeit mit Kindern machte ihr offenbar Spaß und sie schien in ihrem Beruf aufzugehen, glaubte Anna.

Eigentlich schade, wie wenig wir wirklich voneinander wissen, dachte sie und fand es traurig, dass sie sich solche Gedanken erst am Todestag ihres Vaters machte. Niemand sollte ihr eigentlich näher stehen als ihre Familie. Tatsächlich wusste sie aber herzlich wenig über sie, das wurde ihr jetzt bewusst. Sie konnte nicht sagen, ob Tom in einer Beziehung war oder nicht, sie kannte kaum jemanden aus Mias Freundeskreis, den sie sich in Heinsberg aufgebaut hatte, und hatte keine Ahnung, ob ihre Schwester noch Kontakte zur alten Kiffer-Clique pflegte oder nicht. Und sie hatte all die Jahre nicht geahnt, dass ihre Mutter und ihr Vater gar nicht so glücklich miteinander waren, wie sie es alle immer gedacht hatten.

Worüber sprachen sie eigentlich, wenn sie an Weihnachten oder Ostern zusammenkamen?

Anna ließ die Familienfeste der vergangenen Jahre Revue passieren. Eigentlich waren es immer recht muntere Abende gewesen, sie hatten immer viel gelacht und es war nie still geworden.

Tränen stiegen ihr in die Augen, als ihr klar wurde, dass es eigentlich immer Papa gewesen war, der für die muntere Stimmung gesorgt hatte. Er liebte es, Geschichten zu erzählen, von Kunstausstellungen und Hämorriden-OPs, und sie liebten es, sich darüber zu amüsieren oder kollektiv zu ekeln. Papa war der Familienkitt gewesen, der alles zusammenhielt. Er war der gemeinsame Nenner, über den man sich amüsieren oder aufregen konnte, der seiner Familie aber stets die Gelegenheit gab, zueinanderzufinden und sich gemeinsam zu amüsieren oder zu echauffieren.

Ob ihm das wohl bewusst war?, fragte sich Anna. Wusste er, wie ambivalent und gleichzeitig klar seine Rolle in der Familie war?

Natürlich hatten sie sich über seine Geschichten nicht nur amüsiert. Es hatte unzählig viele Momente gegeben, bei denen es Anna jetzt noch kalt den Rücken herunterlief, wenn sie nur daran dachte. Aber so peinlich ihr früher diese Dinge auch waren, desto mehr sorgte die Erinnerung daran heute für Heiterkeit. Vielleicht war das mit allen Dingen so. Als sie mit vierzehn Jahren ihren ersten Liebeskummer hatte und ihr halbes Zimmer mit zerbrochenen Herzen dekorierte, hatte ihr Vater sie zu trösten versucht.

»In zehn Jahren lachst du darüber«, hatte er gesagt, was sie in diesem Moment natürlich keine Sekunde getröstet hatte. Aber tatsächlich hatte es keine zehn Jahre gedauert, bis sie über ihr Teenagerverhalten lachen konnte. Die Zeit heilte sicherlich nicht alle Wunden, das hatte ihr Papas Trauer über den Tod seiner ersten Frau deutlich gezeigt. Aber sie heilte doch die meisten alltäglichen Wunden, die Verletzungen, die das Leben so häufig mit sich brachte und denen sich keiner entziehen konnte. Über eine vermasselte Prüfung, eine verlorene Jugendliebe oder ein geklautes Auto konnte irgendwann fast jeder lachen, auch wenn es in dem Moment bitter war.

Selbst Papa hatte irgendwann über die viele Häme lachen können, die er in seinem Leben für seine Erfindung bekommen hatte. Meistens jedenfalls.

Vielleicht war es gar nicht schlecht, wenn am nächsten Weihnachtsfest ein Neugeborenes die Lücke füllen würde, die er heute hinterlassen hatte. Jemand, der gefüttert und gewindelt werden musste, der gluckste und schrie und alle auf Trab hielt. Jemand, der keine Stille zulassen würde.

Seufzend legte Anna eine Hand auf ihren Bauch. Hier, im gedämpften Licht ihres alten Kinderzimmers, strich sie über ihren Unterleib und fragte sich, ob er schon runder geworden war. Konnte man schon etwas sehen? Sie müsste ja eigentlich im dritten Monat sein, es war nicht ausgeschlossen, dass man ihr bereits etwas ansah. Hatte Mia sie deshalb so angestarrt? Nein, das konnte nicht sein. Die weiße Bluse, die sie trug, war weit geschnitten, ein Bäuchlein wurde dadurch wunderbar kaschiert.

Oder doch nicht? Mia hatte sie schon sehr auffällig gemustert, glaubte Anna. Vielleicht bildete sie sich das aber auch nur ein. Mia musste es schlecht gehen, erst der Pechstein-Streit mit Tom, und dann noch die Sache mit Bernie und Hanna, klar, dass sie da komisch guckte. Vielleicht hatte sie die Blicke ihrer Schwester auch einfach falsch gedeutet.

Der Pechstein, ging es Anna durch den Kopf, damit hatte auch heute wieder die schlechte Stimmung angefangen. Ständig war dieses verdammte Bild Anlass für Streit und Disharmonie. Warum konnte es nicht einfach verschwinden? Langsam stand Anna auf. Vielleicht war jetzt der richtige Zeitpunkt, das Bild aus der Welt zu schaffen. Sie wollte es holen, unter ihrem Bett verstecken, Bernie schreiben und fragen, wann sie es ihm geben könnte und bei der Übergabe dann gleich mit ihm Schluss machen.

Plötzlich störte sie allerdings der Gedanke, dass der Mensch, den Papa vermutlich am meisten verabscheut hatte, in den Besitz seines geliebten Bildes kommen sollte. Aber sie würde es Bernie ja nicht schenken, er sollte es nur für sie ausstellen, das war alles. Er war das Ticket in ein Leben ohne dieses verdammte Bild.

Wenn es wirklich Mia war, die sie eben auf der Treppe gehört hatte, wenn ihre Schwester jetzt unten im Wohnzimmer saß, alleine, voller Trauer und Zweifel, dann war jetzt der richtige Moment, um bei ihr zu sein, mit ihr zu sprechen und ihr zuzuhören – und den Pechstein verschwinden zu lassen, sobald Mia wieder im Bett war. Es war schließlich nie zu spät, eine Beziehung zu jemandem aufzubauen, erst recht nicht zu der eigenen Schwester.

Anna hatte sich immer gewünscht, eine große Schwester zu haben, wie sie im Buche steht. Eine, mit der sie alles besprechen konnte, die ihr Tipps gab und ihr alles zeigte, eine wie aus einem amerikanischen High-School-Film. Aber die hatte sie nicht gehabt. Allein der große Altersunterschied von fast fünfzehn Jahren hatte dafür gesorgt, dass sie sich nie besonders nahe gestanden hatten. Mias ablehnende Haltung Mama gegenüber hatte das nicht gerade besser gemacht, im Gegenteil.

Trotzdem war sie ihre Schwester, auch wenn ihre Mutter eine andere und ihr Vater vielleicht auch ein anderer war. Und sie wollte sich um sie kümmern, vielleicht auch deshalb, damit sich ihre eigenen Gedanken nicht mehr pausenlos um die Schwangerschaft und die Frage nach dem Vater drehten. Und sich um Mia zu kümmern bedeutete auch, dieses verdammte Bild verschwinden zu lassen, jedenfalls vorerst. Wenn es erst mal weg war, konnten sie alle in Ruhe die Testamentseröffnung abwarten und entscheiden, was mit dem Pechstein geschehen sollte.

Anna zog sich den Bademantel über, den sie zum fünfzehnten Geburtstag geschenkt bekommen hatte und der seitdem an einem Haken ihrer Kinderzimmertür hing.

Leise betrat sie den Flur.

Fünf

Die Familie weiß alles, missbilligt es aber grundsätzlich. Andere wilde Indianerstämme leben entweder auf den Kriegsfüßen oder rauchen eine Friedenszigarre: Die Familie kann gleichzeitig beides.
Kurt Tucholsky (1890–1935)

»Es ist schön geworden.« Mick betrachtete das Bild von allen Seiten.

»Das bin nicht ich, das ist überhaupt nicht mein Stil.« Hanna war sichtlich unzufrieden mit ihrem Werk.

»Stimmt. Es ist anders als sonst. Aber es ist wunderschön.«

»Ich weiß nicht.« Genervt räumte sie ihre Pinsel weg.

Wenn Hanna der Meinung war, ein schlechtes Bild gemalt zu haben, lagen ihre Nerven blank. Aber heute kam es ihm extremer vor als sonst. Vielleicht hatten sie auch zu lange über eine mögliche Vergrößerung der Familie gesprochen, vielleicht hatte sein Zögern zu ihrer schlechten Laune beigetragen.

»Zeig es Bernie doch das nächste Mal, wenn er kommt«,

sagte Mick. »Er hat doch den besten Blick und wird dir schon sagen, wie gut es ist.«

»Wie kommst du denn jetzt auf Bernie?«, fragte Hanna.

»Nun, er ist unser Freund, er ist Galerist, er schaut sich alle deine Bilder an? Reicht das als Begründung?« Diesmal war ihre Laune wirklich besonders schlecht.

»Ich hab aber keine Lust, es Bernie zu zeigen. Ich hab keine Lust, Bernie überhaupt noch was zu zeigen«. Energisch schüttete sie das Wasserglas in dem kleinen Waschbecken aus, sodass die dunkle Brühe auf den Boden schwappte.

Erstaunt sah Mick sie an. »Hast du irgendein Problem mit ihm?«

Statt zu antworten wich Hanna seinem Blick aus und reinigte stumm die Pinsel.

Mia

Marks Schnarchen, das sie sonst immer vom Schlafen abhielt, hatte geradezu etwas Beruhigendes. Wenn sie jetzt alleine wäre, würde sie vermutlich wahnsinnig werden. Sie fühlte sich, als wäre sie kurz vorm Durchdrehen.

Neben der Trauer waren auch Zweifel gekommen, die mindestens genauso an ihr nagten.

Bernie Weinstein.

Sie versuchte, sich an den Mann zu erinnern, mit dem ihre Mutter offenbar eine Affäre hatte. Papa musste erst später davon erfahren haben, erst Jahre nach ihrer Geburt, davon war Mia überzeugt. Sie hatte eine grobe Erinnerung an diesen Bernie, der früher auf Partys bei ihnen war, jedenfalls glaubte sie sich an ihn zu erinnern, wie er mit einem Glas in der Hand vor dem Pechstein stand und irgendetwas zu ihrer Mutter sagte – oder spielten ihre Gedanken ihr jetzt einen Streich?

Leise und darauf bedacht, Mark nicht zu wecken, nahm sie ihr Handy vom Nachttisch und googelte diesen Weinstein. Auf der Homepage seiner Galerie war ein Foto von ihm, die blonden Locken standen wuschelig von seinem Kopf ab.

Unwillkürlich fasste sich Mia in ihre Haare. Nein, die Locken hatte sie von ihrer Mutter, Papa hatte immer betont, dass sie dieselben Haare hatte.

Und wenn nicht?

Sie sah sich ein Foto nach dem anderen an, versuchte, einige auf dem kleinen Display zu vergrößern, und betrachtete das Gesicht des Mannes genau, der theoretisch ihr Vater sein könnte.

Er war groß und schlank, hatte blonde Locken und Sommersprossen. Genau wie sie. Papa dagegen hatte dunkle Haare gehabt und war das Gegenteil von schlank gewesen.

Das muss nichts bedeuten, schimpfte sie sich selbst.

Konnte aber.

Mia legte ihr Handy weg und schloss die Augen. Warum hatte Mama sich damals wohl auf eine Affäre eingelassen? Dass sie mit Papa glücklich gewesen war, daran hatte Mia keinen Zweifel. Jahre nach Mamas Tod hatte sie Liebesbriefe gefunden, die an Papa gerichtet waren und die sich so gefühlvoll und echt gelesen hatten, dass es keine Frage war, wie sehr sich die beiden liebten.

Sie lauschte auf Marks Schnarchen und überlegte, ob eine Affäre selbst in einer glücklichen Beziehung passieren konnte. Bis auf den unerfüllten Kinderwunsch war sie glücklich mit Mark. Dass sie nicht schwanger wurde, nagte an ihr und es hatte sie unglaublich erleichtert, dass Mark sich auch eine Adoption vorstellen konnte. Könnte sie diesen wunderbaren Mann jemals betrügen?

Ja, dachte sie sofort. Wenn ein Mann vor ihr stehen und sagen würde, von mir wirst du garantiert schwanger, dann würde sie keine Sekunde überlegen.

Du bist so eine blöde Kuh, ging es ihr durch den Kopf.

Sie verhielt sich schon wie eine läufige Hündin, die sich von jedem besteigen ließ, nur um an Nachwuchs zu kommen. Sie merkte selbst, wie sehr sie dieses Thema belastete. Mit jeder schwangeren Freundin oder Kollegin wurde es schlimmer und im Moment schienen alle um sie herum schwanger zu werden. Gerade im Kollegium. Klar, dieser Job ließ sich ja so hervorragend mit Kindern verbinden.

Mia seufzte.

Und jetzt auch noch Anna. Jedenfalls war sich Mia ziemlich sicher, dass Anna schwanger war. Die ganze Göbelei, dieser Busen, und Wein hatte sie heute Abend auch nicht getrunken. Klar, mit zweiundzwanzig brauchte man wahrscheinlich nur sein Höschen auszuziehen und schon war es passiert. Fruchtbarer als in dem Alter konnte man ja kaum sein, ganz anders als mit ihren siebenunddreißig Jahren, mit denen man biologisch als Frau eigentlich schon auf der Resterampe stand. Vor ein paar hundert Jahren erreichten die wenigsten Frauen überhaupt das vierzigste Lebensjahr und mit der Fruchtbarkeit ging es ab fünfunddreißig steil bergab.

Wir sollten eine Pause machen, dachte sie. Für die nächste Zeit wollte sie nicht mehr an Zyklen und HcG-Werte denken, sondern in Ruhe verarbeiten, was vorgefallen war.

Bestand vielleicht wirklich die Möglichkeit, dass sie noch einen leiblichen Vater hatte? Und wenn ja, was bedeutete das für sie? Einen neuen Papa hätte sie dann nicht, der war heute für immer gegangen und durch nichts und niemanden zu ersetzen, auch wenn der andere womöglich genetisch zu ihr passen würde. Aber die Zeit mit Papa, der schwere Schicksalsschlag, der sie schon so früh zusammengeschweißt hatte, all das würde für immer bleiben.

Am Anfang gab es nur sie beide. Papa hielt sie, an Mamas Totenbett, auf der Beerdigung und danach in der leeren Wohnung. Gleichzeitig gab sie ihm aber auch den Halt, den er in dieser Zeit so bitter benötigte.

»Hätte es dich nicht gegeben, wäre ich damals abgestürzt«, hatte er mal zu ihr gesagt. Nur weil er sich um seine kleine Tochter kümmern musste, hatte er sich nicht jeden Abend vor Kummer betrunken, hatte sich um Normalität bemüht und einen Alltag eingehalten und war stark geblieben, für Mia und im Endeffekt auch für sich. Wochenlang schlief sie damals in seinem Bett, lag auf Mamas Seite und oft genug weinten sie sich beide in den Schlaf.

Und plötzlich war Constanze da gewesen.

Sofort nagte wieder das schlechte Gewissen an Mia. Sie hatte dieser Frau über Jahre unrecht getan. Die Art wie sie sich kleidete, wie sie sich mit Schmuck behängte und ständig plappern musste, hatte sie immer als billigen Versuch interpretiert, Aufmerksamkeit zu bekommen und im Mittelpunkt zu stehen. Ja, vielleicht wollte Constanze auch Aufmerksamkeit, aber es ging ihr nicht um die der anderen, es ging ihr ausschließlich um Papas. Sie wollte, dass er sie genauso liebte, wie er Mias Mutter geliebt hatte. Papa musste das doch gemerkt haben, er kannte Constanze, er musste doch gewusst haben, wonach sie sich sehnte und was sie sich so sehr wünschte. Gerade er, der sein Leben lang um Anerkennung gebuhlt hatte, musste doch wissen, wie schwer es für jemanden war, immer wieder vor den Kopf gestoßen zu werden.

Für einen Moment hielt Mia inne und versuchte, ihre Gedanken zu ordnen. Sie hatte sich heute von einem der wichtigsten Menschen in ihrem Leben verabschieden müssen, abgesehen von Mark, war Papa das immer gewesen. Gleichzeitig hatte sie die Frau, die sie fast ihr ganzes Leben abgelehnt hatte, zum ersten Mal von einer anderen, neuen Seite kennengelernt. Vielleicht war dieser traurige Tag der richtige Anlass, um alte Kriege zu beenden und einen Schritt aufeinander zuzugehen.

Sie dachte an den Pechstein und daran, wie sehr Constanze dieses Bild wohl immer gehasst haben musste. Papas Juwel, seine Erinnerung an Mama, sein ganzer Stolz, der unübersehbar mitten im Wohnzimmer hing und für den er Vernissagen und Feste gab. Vielleicht war es ein erster Schritt in die richtige Richtung, wenn sie das Bild jetzt aus dem Haus schaffen würde. Sie könnte es in den Kofferraum legen und an die Stelle, wo es jahrzehntelang gehangen hatte, das große Familienfoto aufhängen, das auf der Kommode im Eingangsbereich stand. Wäre das nicht eine schöne Geste? Wenn Tom sich morgen darüber aufregen würde, käme sie schon damit zurecht. Vielleicht merkte er es aber auch gar nicht, denn dass er irgendetwas nahm, davon war Mia inzwischen überzeugt.

Die Idee gefiel ihr. Der Pechstein, das Symbol für Mias Mutter, wurde durch ein Familienfoto ersetzt, auf dem Constanze im Mittelpunkt stand. Sie würde diese Geste verstehen und zu schätzen wissen, und Mia hätte gleichzeitig den Pechstein unter ihren Fittichen.

Vorsichtig schlug sie die Bettdecke zur Seite und stand leise auf. Auf Zehenspitzen ging sie zu Tür und hielt einen Moment inne, als diese beim Öffnen ein quietschendes Geräusch von sich gab. Mark grummelte etwas und legte sich auf die andere Seite. Kurz darauf war wieder sein Schnarchen zu hören.

Leise ging Mia in den Flur und blieb etwas unschlüssig vor der Holztreppe stehen, die nach unten führte. Seit Jahren knarzte eine Stufe, und das nicht gerade leise. Aber welche war das noch gleich? Für einen Augenblick überlegte sie, einfach das Treppengeländer herunterzurutschen, so wie sie es früher immer gemacht hatte, aber schnell verwarf sie den Gedanken. Sie war heute deutlich schwerer als mit zwölf, womöglich hielt das verdammte Geländer sie gar nicht mehr aus und wenn sie mitten in der Nacht ins Erdgeschoss krachen würde, wäre das ganze Haus hellwach.

Vorsichtig ging sie die Stufen herunter und war bei jeder erleichtert, wenn sie kein Geräusch von sich gab. Als das laute Knarzen schließlich erklang, blieb sie wie angewurzelt stehen. Im selben Augenblick ging das Licht an.

»Mia! Was machst du denn hier?«, sagte Anna leise, die in ihrem Teenager-Bademantel am Treppenaufgang stand und sie verwundert ansah.

»Ich konnte nicht schlafen. Und du?«, flüsterte Mia zurück.

Anna sah sich nervös um. »Ich wollte nach dir sehen. Ehrlich gesagt dachte ich, du wärst schon unten. Ich hab jemanden gehört.«

Mia ging die Stufen hinunter. »Wird schon kein Einbrecher sein. Vielleicht ist es Constanze.«

»Auf jeden Fall ist jemand im Wohnzimmer.« Annas flüsternde Stimme klang fast ängstlich und Mia musste schmunzeln. Anna war schon immer die Vorsichtige in der Familie gewesen. Allein deshalb war es eigentlich mehr als unwahrscheinlich, dass sie schwanger war.

»Du hast wohl zu viele Krimis gesehen, was?«, meinte Mia. »Komm, lass uns nachschauen.«

Zögerlich folgte Anna ihr Richtung Wohnzimmer. Die Tür war zu, was ungewöhnlich war. Die Flügeltür stand eigentlich immer offen. Nur an Weihnachten wurde sie früher geschlossen, damit die Kinder den geschmückten Baum nicht sehen konnten. Nun spürte auch Mia ein komisches Gefühl in der Magengegend. Anna hatte recht, im Wohnzimmer war jemand. Jemand, der offenbar versuchte, sich möglichst leise zu verhalten. Das passte nicht zu Constanze. Ihre Stiefmutter konnte sich gar nicht leise verhalten, selbst wenn sie sich noch so anstrengte. Constanze gehörte zu den Leuten, die immer irgendwo gegenstießen, etwas fallen ließen oder sich sonst wie geräuschvoll verhielten.

Vorsichtig drückte Mia die Klinke herunter. Durch einen schmalen Spalt blickten sie in den dunklen Raum, der nur von einem kleinen Lichtstrahl beleuchtet wurde. Fassungslos schaltete sie den Lichtschalter an.

»Tom?«

Der war natürlich genauso wenig in der Lage, sich leise zu verhalten, wie seine Mutter, ging es Mia durch den Kopf, als sie Tom fassungslos anstarrte, der vor dem Kamin stand und mit dem Handy in der einen Hand auf den Pechstein leuchtete, den er in der anderen hielt. Der Schreck stand ihm ins Gesicht geschrieben.

»Was zur Hölle machst du da?« Mia ahnte, was er vorhatte. Er wollte den Pechstein stehlen, ihn vermutlich verkaufen, damit er mehr Geld für seine Drogen hatte. Jetzt war es so weit, jetzt passierte das, was sie schon lange befürchtet hatte. Der Kampf um das Bild hatte begonnen, Tom hatte das Kriegsbeil ausgegraben. Sie spürte, wie die Wut in ihr hochkochte und sie unternahm keinerlei Maßnahmen, um sie zu unterdrücken.

»Was hast du mit dem Bild vor? Warum hängst du es ab?« Ihre eigene Stimme kam ihr fremd vor und sie erschreckte sich für einen Moment vor sich selbst. Eine Furie war nichts gegen sie.

Auch Anna war der Schock anzusehen, auch wenn sie lange nicht so aufgebracht wirkte wie Mia.

»Wolltest du das heimlich mitnehmen? Tom! Was ist denn bloß los mit dir?«, sagte sie fassungslos. Kopfschüttelnd ging sie zu ihm und schnupperte vor seinem Gesicht in der Luft. »Hast du getrunken? Oder irgendwas anderes intus?«

»Quatsch. Ich hatte ein Glas Rotwein, das ist alles.«

»Und ’ne Maxi-Packung Mon Chéri!« Wieder war Mia erstaunt, wie giftig ihre Stimme klingen konnte.

Anna warf ihr einen skeptischen Blick zu. »Von ein paar Schnapspralinen wird man doch nicht zum Kunsträuber«, meinte sie und grinste schief. Dann wandte sie sich wieder mit ernster Miene an Tom. »Warum schleichst du dich nachts ins Wohnzimmer und hängst den Pechstein ab?«

Tom stotterte herum, sagte wieder irgendwas von einem Restaurator, dem er das Bild doch bringen wollte und verstrickte sich immer mehr in seine Lügen.

»Diesen Mist hast du heute Nachmittag doch schon erzählt!«, regte sich Mia auf. »Wieso solltest du mitten in der Nacht ein so wertvolles Bild zu einem Restaurator bringen?« Sie war nun ernsthaft empört. »Hör auf, uns irgendwelche Lügen zu erzählen, du Junkie!«

»Ich bin kein Junkie!«

»Ach nein? Heimlich die Wertsachen aus dem Elternhaus schaffen – das ist so dermaßen junkiemäßig, das kann man ja kaum glauben!« Jetzt war sie außer sich. Sollte ihr Bruder wirklich Drogen nehmen, dann war es an der Zeit, ein Zeichen zu setzen. Dann würde sie jetzt die Polizei rufen und den versuchten Diebstahl zur Anzeige bringen, anders konnte man in so einer Situation doch nicht reagieren. Immerhin wollte er gerade ein mehrere hunderttausend Euro teures Bild stehlen! Wäre sie doch nur zehn Minuten eher aufgestanden, dann hätte sie ihm zuvorkommen können.

»Abgesehen davon, dass du mich um mein Erbe bringen wolltest!«, fügte sie deshalb noch empört hinzu.

»Das ist so typisch, dass du das Ganze wieder nur auf dich beziehst!« Tom wirkte nun auch wütend. »Das hat alles überhaupt nichts mit dir zu tun!«

Mia schnappte nach Luft. »Natürlich hat das was mit mir zu tun! Du weißt genau, dass Papa mir das Bild vererben wollte.«

»Ach ja? Woher willst du das eigentlich wissen?«, unterbrach Tom sie und für einen Augenblick fiel ihr nicht ein, was sie darauf antworten sollte. Hatte ihr Vater jemals zu ihr gesagt, dass sie das Bild bekommen sollte? Also wirklich wortwörtlich, dass kein Zweifel mehr im Raum stand? Nein, das hatte er nicht. Er hatte sowieso nie davon gesprochen, wer eines Tages einmal was erben sollte. Wahrscheinlich glaubte er, noch genug Zeit für sein Testament zu haben.

»Schämst du dich gar nicht, Papas liebstes Stück ausgerechnet an seinem Todestag zu stehlen?«, sagte Mia schließlich.

»Wenn er bis morgen gewartet hätte, wäre es auch nicht besser«, meinte Anna lakonisch.

»Nein, aber so ist es besonders schäbig!«

Anna nickte zustimmend. Seufzend hängte Tom das Bild wieder an die Wand und ließ sich in Papas Sessel fallen.

»Es ist ganz anders, als ihr denkt ...«, sagte er zögerlich.

»Oh bitte!« Genervt verdrehte sie die Augen. Sie konnte nicht glauben, dass sie diesen abgedroschenen Satz tatsächlich mal live und in Farbe hören würde. »Das ist so arm,

Tom! Was soll denn hier anders sein? Du warst gerade dabei, das Bild aus dem Haus zu schaffen, das war doch nicht zu übersehen!«

»Ja. Das stimmt. Aber ...«

»Ha! Er gibt es zu!« Sie warf Anna einen triumphierenden Blick zu. Die schüttelte nur fassungslos mit dem Kopf.

»Du wolltest es wirklich stehlen, Tom?«, fragte sie ihren Bruder mit leiser Stimme.

»Ja, nein, also, es nicht so, wie ihr denkt.«

Inzwischen war Mia auf hundertachtzig. »Ach, gibt es unterschiedliche Arten von Diebstahl? Einen guten und einen bösen? Und du hast den guten gewählt? Was erzählst du da nur für einen Mist!« Brüllte sie inzwischen? Sie zwang sich, tief durchzuatmen. Ella kam ihr in den Kopf und sie dachte daran, was das Mädchen schon alles in ihrem Leben verloren hatte. Ein Zuhause, eine Familie, das Vertrauen in stabile Beziehungen. Und trotzdem hielt sie unerbittlich zu ihrer Mutter, die schon fast zwei Promille im Blut hatte, wenn sie morgens aufstand. Noch nie hatte sie erlebt, dass Ella ihre Mutter so angeschrien hatte, wie sie gerade Tom anschrie. Dabei waren die Verletzungen doch viel gravierender, das Mädchen hatte doch viel mehr Grund, die Fassung zu verlieren, als Mia es hatte. Konnte man das eine überhaupt mit dem anderen vergleichen? Vermutlich nicht.

»Ich rufe jetzt die Polizei!« Energisch ging Mia auf das kleine Tischchen zu, auf dem die Telefonstation stand. Anna hielt sie am Arm zurück.

»Jetzt warte doch mal. Willst du dir nicht erst mal anhören, was Tom zu sagen hat?« Auffordernd sah Anna ihren Bruder an. »Die Sache mit dem Restaurator glaubt dir keiner.«

Tom seufzte. »Ich weiß. Sie stimmt ja auch nicht.«

Jetzt gab er es wenigstens zu, dachte Mia grimmig. Auch ein Tom Römer merkte irgendwann, wenn seine Lügen sinnlos wurden.

»Also? Was hattest du mit dem Bild vor?« Anna zog Mia zum Sofa und setzte sich in die weichen Kissen.

Mit zerknirschter Miene sah Tom sie an. »Mia ...«, sagte er zögerlich und griff nach einem Mon Chéri. Mit einer unglaublichen Langsamkeit packte er es aus und schob es sich in den Mund. Ihm war anzusehen, dass er mit sich rang. »Der Pechstein ist eine Fälschung«, brachte er dann schließlich hervor.

Für einen Moment sagte niemand etwas.

»Wie kommst du denn auf die schwachsinnige Idee?«, fragte Mia schließlich und Tom erzählte ihnen etwas von einem Kunstprofessor, der das Bild untersucht hatte und feststellte, dass es bestimmte Chemikalien in den Farben zu Pechsteins Lebzeiten noch gar nicht gab.

»Ich hab mich immer gefragt, warum das Bild hier so relativ ungesichert hängt«, meinte Anna nachdenklich.

»Das Haus hat doch eine Alarmanlage«, warf Mia ein.

»Ja, schon. Aber hätte so ein Millionen-Gemälde nicht eher in den Safe gehört?«

»Das wollte Papa nie«, entgegnete Mia, »das Bild war doch sein ganzer Stolz.«

»Und deshalb wollte ich es verschwinden lassen«, fuhr Tom fort. »Ich wollte verhindern, dass irgendjemand das Bild schätzen lässt oder eine Versicherung ein Gutachten verlangt, bei dem herauskommt, dass es sich um eine billige Fälschung handelt.«

»Wenn das denn überhaupt stimmt.« Ihr drogenabhängiger Bruder konnte ja eine Menge behaupten, aber so lange er keine Beweise vorlegen konnte, glaubte Mia ihm kein Wort.

»Es stimmt.«

Von den anderen unbemerkt war Constanze ins Wohnzimmer gekommen. In ihrem bodenlangen weißen Nachthemd und den offenen Haaren hatte sie fast etwas Geisterhaftes. Langsam kam sie näher und setzte sich neben Tom in einen Sessel.

Jetzt war Mia vollkommen durcheinander. »Wieso ist das eine Fälschung? Und wieso wisst ihr das alle?«

Augenblicklich breitete sich in Mia dieses Gefühl aus, das sie schon seit ihrer frühen Kindheit kannte. Seitdem ihr Vater Constanze geheiratet hatte, war dieses Gefühl mehr oder weniger zu einem Dauerbegleiter geworden. Erst als sie Mark kennengelernt hatte, war es besser geworden, aber immer wenn sie das Haus betrat, in dem sie aufgewachsen war, überkam es sie wieder. Es war eine Mischung aus Benachteiligung und Ausgeschlossensein, vermischt mit einer Prise Selbstmitleid. Constanze, Tom und Anna waren eine Einheit, zu der sie nicht gehörte – jedenfalls glaubte sie das in diesen Momenten. Früher hatte es Zeiten gegeben, da hatte sie sich maßlos in dieses Gefühl hineingesteigert, glaubte, die anderen redeten über sie und würden Intrigen gegen sie schmieden. Gerade in der Pubertät nahm es fast groteske Züge an und sie war auf dem besten Weg gewesen, sich zu einer handfesten Verschwörungstheoretikerin zu entwickeln. Es musste nur jemand verstummen, wenn sie den Raum betrat und sie war davon überzeugt gewesen, dass er gerade über sie gesprochen hatte – selbst wenn die Person sich nur verschluckt hatte und deshalb nichts mehr sagen konnte. Und jetzt wussten offensichtlich alle, dass der Pechstein eine verdammte Fälschung war, alle, außer ihr. War sie jahrelang bewusst verarscht worden? Hatte Tom die Streitereien um das Bild nur vom Zaun gezogen, um sie zu ärgern? Wieso wussten alle Bescheid und ließen sie im Unklaren?

»Ich weiß von nichts«, sagte Anna und legte sich die beigefarbene Decke über die Beine, die gefaltet auf dem Sofa lag.

Constanze seufzte. »Euer Vater hat es mir vor vielen Jahren erzählt. Wir waren damals auf einer Kunstveranstaltung, auf der auch der Pechstein gezeigt wurde. Alle bewunderten ihn und klopften eurem Vater immer wieder auf die Schulter.« Constanze nahm sich ebenfalls ein Mon Chéri. »Aber Mick konnte sich an diesem Tag nicht über die Anerkennung freuen. Es war Hannas Todestag und er war schon die ganze Zeit schlecht drauf«, erinnerte sie sich. »Er hatte zu viel getrunken und meinte irgendwann zu mir, dass Hanna sich bestimmt freuen würde, wenn sie wüsste, dass alle ihr Bild für einen echten Pechstein halten.«

Mia fiel fast die Kinnlade herunter. »Mama hat das Bild gemalt?«

Eine Welle der Erinnerungen zog durch ihr Gedächtnis. Immer wieder sah sie ihre Mutter vor sich, wie sie an der Staffelei saß und malte. Wie sie Mia malte, ihren Vater, einen Vogel auf dem Baum, das Feld hinter dem Haus. Und auf jedem Bild waren Mohnblumen, die Lieblingsblumen ihrer Mutter. Immer wieder hatte sie die roten Blumen gemalt, es gab kaum ein Bild, auf dem sie fehlten. Manchmal war es nur ein kleines, unscheinbares Sträußchen am äußersten Rand, manchmal eine von Farbpracht überschäumende Mohnwiese. Nach ihrem Tod hatte Papa fast alle Bilder an ein Hospiz verschenkt, das für die langen Flure seines Neubaus nach Dekorationsmitteln suchte. Bis auf dieses hier, das bis heute über dem Kamin hing.

Mia hob den Blick und sah auf die Mohnblumen, die auf dem falschen Pechstein leuchteten. Das letzte Mal, dass sie ein Bild ihrer Mutter bewusst gesehen hatte, lag über dreißig Jahre zurück.

Constanze nickte. »Sie war eine talentierte Malerin.«

Das war sie. Mia hatte sich nicht nur einmal gewünscht, das Talent ihrer Mutter geerbt zu haben. In ihrer Vorstellung gab einem das Malen die Möglichkeit, in eine andere Welt abzutauchen, die frei von Druck und Stress war, in der man an nichts anderes dachte und sich einfach nur fallen lassen konnte. Ja, Mia hätte gerne ein künstlerisches Talent gehabt. Aber sie bekam noch nicht mal das *Haus-vom-Nikolaus* fehlerfrei hin.

»Hat sie es bewusst gefälscht?« Mia musste sich räuspern. Es fiel ihr schwer, die Frage auszusprechen. War ihre Mutter eine Betrügerin gewesen?

»Nein, ich glaube nicht«, sagte Constanze. »Mick hat mir damals erzählt, dass die Ähnlichkeit zu Pechstein eher zufällig entstanden war. Eigentlich hatte sie dieser Bernie Weinstein darauf gebracht. Er hielt das Bild für einen echten Pechstein und so kam alles ins Rollen.«

Anna zog sich die Decke bis zum Hals, als würde sie sich unwohl fühlen.

»Aber, es gibt doch ein Gutachten?« Mia war immer noch ganz durcheinander. »Und ein Zertifikat! Irgendwo im Safe liegt doch dieser blöde Zettel, auf dem steht, dass das Ding echt ist!«

Constanze wich ihrem Blick aus und schnappte sich eine weitere alkoholgefüllte Praline.

»Das hat euer Vater immer nur behauptet. Es gibt kein Zertifikat«, sagte sie dann und sah sie zögerlich an. »Bitte, ich weiß, das hört sich jetzt alles ziemlich kriminell an, aber so war es nicht. Es ist ja niemandem ein Schaden entstanden ...«

Doch!, wollte Mia rufen, aber sie brachte keinen Ton mehr über die Lippen. Es war ein Schaden entstanden, ihr war ein Schaden entstanden, und den anderen auch. Wenn sie gewusst hätten, dass dieses Bild von Mama und nicht von diesem bescheuerten Pechstein gemalt worden war, dann hätten sie Papa diese ganze Angeberei mit dem Bild nicht durchgehen lassen, dann hätte er das vermutlich auch gar nicht gemacht. Er hätte sich seine fehlende Anerkennung nicht durch das Bild holen können, er hätte versuchen müssen, sie woanders zu bekommen, vielleicht hätte er sich noch ein medizinisches Werkzeug einfallen lassen, eines das nicht im Enddarm verschwindet, sondern an der frischen Luft für jeden frei zu sehen war.

»Was ist mit der Versicherung?«, riss Tom sie aus ihren Gedanken.

»Es ist nicht versichert. Natürlich nicht, es hat ja keinen Wert. Jedenfalls nicht in einem herkömmlichen Sinne.« Seufzend biss sie in die Praline und konnte nur in letzter Sekunde verhindern, dass der hochprozentige Inhalt auf ihr Nachthemd tropfte.

»Ihr habt uns jahrelang angelogen?« Anna flüsterte fast. Sie schien immer blasser zu werden und auch Mia fühlte, wie das Blut aus ihrem Kopf wich.

»Papa hat ständig mit dem Bild angegeben«, sagte sie leise und sah Constanze an. »Und du ehrlich gesagt auch. Obwohl du alles wusstest.«

»Ja. Aber Mick war an dem Abend so betrunken«, erklärte Constanze, »er konnte sich am nächsten Tag nicht mehr daran erinnern, was er mir alles erzählt hatte. Und ich wusste ja, wie wichtig ihm die Anerkennung für das Bild war. Deshalb habe ich nichts gesagt und so getan, als würde ich immer noch glauben, dass das Bild echt ist.«

»Er hat sich jahrelang für eine Fälschung feiern lassen«, Toms Stimme klang bitter. »Ich bin immer davon ausgegangen, dass er es nicht wusste. Aber er hat sich bewusst für eine Fälschung feiern lassen.«

Mia sah ihren Bruder an. Sie wollte ihm entgegnen, dass Papa das Bild vermutlich so wichtig war, weil ihre Mutter es gemalt hatte, aber sie schwieg. Denn Tom hatte recht. Egal, welche Gründe Papa gehabt hatte, de facto hatte er sich jahrelang für einen Betrug feiern lassen.

Sie versuchte, den Kloß, der in ihrem Hals steckte, herunterzuschlucken.

Ihr Leben lang hatte sie der Pechstein, der keiner war, getröstet. Das Bild, das Papa die Anerkennung gab, die er für seinen beruflichen Erfolg nie bekommen hatte. Das Bild hatte Mia immer die Gewissheit gegeben, dass ihr Vater eben doch die Anerkennung bekam, nach der er sich immer gesehnt hatte. Wenn schon nicht für seine Erfindung, dann doch wenigstens für seinen Kunstverstand. Jetzt zu erkennen, dass sich ihr Vater diese Bewunderung bewusst erschwindelt hatte, war wie ein Schlag ins Gesicht für sie. Musste es nicht ein unerträgliches Gefühl gewesen sein, wenn die Leute ihn auf das Bild angesprochen hatten? Papa war nicht der Typ gewesen, der so etwas verdrängt hätte. Nein, Mia war sich sicher, dass er jedes Mal einen stechenden Schmerz in der Magengrube gespürt hatte, wenn sich jemand über das Bild äußerte.

»Mein Gott«, sagte sie nur leise und dachte daran, wie verzweifelt ihr Vater wohl gewesen sein musste, dass er in Kauf genommen hatte, sich für eine Lüge feiern zu lassen. Trugen sie an so einem Verhalten nicht alle Mitschuld? Wie oft waren sie als Kinder und Jugendliche genervt gewesen, wenn er mit Geschichten über seine Erfindung um die Ecke kam, wie oft hatten sie in der Schule auf die Frage, was ihr Vater denn beruflich genau machen würde, einfach mit »Techniker« geantwortet, weil ihnen die Erklärung seiner medizintechnischen Erfindung zu peinlich gewesen war. Wenn er wenigstens in seiner Familie die Anerkennung dafür bekommen hätte, die ihm zustand, dann hätte er sich wahrscheinlich niemals so für den falschen Pechstein feiern lassen.

»Ihr müsst das eurem Vater nachsehen«, sagte Constanze. »Irgendwann war es ein Teufelskreis, aus dem er einfach nicht mehr rauskam.«

»Wir hätten das verhindern müssen«, sagte Mia tonlos. »Warum konnten wir ihm nicht das geben, was er sich durch dieses verdammte Bild erhofft hat?«

Offenbar hatte sie mit diesem Satz ins Schwarze getroffen. Constanze Augen wurden feucht und ihre Unterlippe begann zu zittern.

»Was glaubst du, wie oft ich mich das gefragt habe«, sagte sie leise.

»Du hättest diese Frage mal lieber uns gestellt!« Nun war Mias Stimme voller Vorwürfe. »Aber in dieser Familie wird ja offenbar lieber geschwiegen, als offen miteinander gesprochen! Sonst hätten wir ja auch eher mitgekriegt, dass Tom ein Drogenproblem hat!«

»Ich habe kein Drogenproblem Herrgott noch mal!« Tom war nun wirklich sauer. »Ich habe eine Depression, okay? Ich bin seit fast einem Jahr in Behandlung und wegen der scheiß Medikamente kann ich mich nicht konzentrieren und werde immer fetter!«

Und wegen der unzähligen Mon Chéris, wollte Mia gerade sagen, hielt sich aber zurück als sie realisierte, was er da gerade gesagt hatte. In kaum einer Berufsgruppe gab es mehr Fälle von Depressionen als in ihrer. Auch wenn heute in den meisten Fällen das Ganze als Burn-out bezeichnet wurde, so war es doch eigentlich nichts anderes als eine Form der Depression, die wie ein Virus durch die Kollegien der Schulen zog. Auf Verständnis von Eltern oder Schülern brauchten die betroffenen Lehrer in den allermeisten Fällen nicht zu hoffen. Im Gegenteil. Die landläufige Meinung war nach wie vor, dass sich Lehrer nun beim besten Willen nicht krumm arbeiteten, immerhin hatten sie doch mittags schon Feierabend und dazu noch wochenlang Ferien. Häufig reagierten gerade Eltern mit Spott, wenn sich ein Kollege oder eine Kollegin mit dieser Diagnose krankmeldete. Das war sicherlich ein Grund, warum kaum noch jemand offen mit der Erkrankung umging. Der andere war, dass sie an den betroffenen Kollegen klebte wie ein Makel. Hatte ein Lehrer einen Bandscheibenvorfall überwunden und gab einem Schüler eine Fünf, würde keiner der Eltern auf die Idee kommen, die schlechte Note auf die Bandscheibe des Lehrers zu schieben. Bei einer psychischen Erkrankung sah das jedoch ganz anders aus. Da hieß es dann schnell, der Lehrer sei offensichtlich noch nicht wieder in der Verfassung gewesen, die Leistungen des Schülers richtig zu beurteilen.

Constanze machte ein betroffenes Gesicht. »Depression? Du? Aber warum denn? Du hast doch alles, was du brauchst!«

Tom atmete hörbar aus. »Wenn es so einfach wäre ...«

»Was für eine Depression ist das?«, fragte Anna. »Eine bipolare Störung?«

Offenbar kannte sie sich mit dem Thema aus.

»Mein Therapeut spricht in erster Linie von einer reaktiven Depression ...«

»Das heißt?«, unterbrach Constanze ihn besorgt.

»Das heißt, dass die Depression eine Reaktion auf etwas ist.«

»Deine Homosexualität.«

»Mama!« Jetzt wirkte Tom ernsthaft genervt. »Nicht die Tatsache, dass ich schwul bin, hat mich depressiv gemacht! Sondern die Art und Weise, wie mein Umfeld damit umgegangen ist!«

»Wir haben nie ein Problem damit gehabt.« Constanze schüttelte energisch den Kopf. »Nein, wirklich, das kannst du uns nicht vorwerfen. Wir kennen so viele Schwule, das war nie problematisch für uns.«

»Aber ihr habt ein Problem mit mir gehabt!« Tom war nun sichtbar aufgebracht. »Wäre ich Andy Warhol gewesen, hätte meine Homosexualität gut in euer Weltbild gepasst. Aber nein, ich musste ja dummerweise ein spießiger Schwuler werden, der noch nicht mal eine künstlerische Ader besitzt!«

Mia sah Constanze an, dass Tom mit seinen Vorwürfen

recht hatte. Betreten wich sie seinem Blick aus und knetete ihre Finger, ein sicheres Zeichen dafür, dass sie sich ertappt fühlte.

»Also sind wir Schuld an deiner Erkrankung«, flüsterte sie schließlich leise.

»Nein, hör auf«, Toms Stimme war wieder milder geworden. »Wenn ich eines in meiner Therapie gelernt habe, dann dass Schuldzuweisungen überhaupt nichts bringen. Außerdem gibt es nicht nur einen Grund für meine Depression, es gibt jede Menge. Zum Beispiel das ewige Schwulen-Mobbing in der Schule, das hat mich ganz schön fertiggemacht.«

»Das war unsere Schuld«, Constanze sah ihn bedrückt an.

»Nein, war es nicht«, sagte Tom entschieden. »Ihr habt mich ja nicht gemobbt, das waren einzig und allein meine nervigen Mitschüler. Und dass euer Bild von Schwulen so ist, wie es ist, dahinter steckt ja auch keine böse Absicht. Nein, Mama, ich mache euch keine Vorwürfe. Es war mein Fehler, dass ich nicht eher was gesagt habe.«

Tom wirkte ungewöhnlich nachdenklich. So reflektiert kannte sie ihren fahrigen und schluderigen Bruder sonst nicht.

»Als ich damals merkte, wie es Papa belastete, dass ich in der Schule dauernd Sprüche wegen diesem verdammten Analspreizer bekam, habe ich nichts mehr davon erzählt.«

Zum ersten Mal wurde Mia bewusst, dass die Hänseleien für Tom tausendfach schlimmer gewesen sein mussten als für sie. Dass der Sohn des Mannes, der die Operation von

Hämorriden revolutioniert hatte, auch noch schwul war, war wirklich eine außerordentliche Spitzfindigkeit des Lebens.

»Ach Tom …«

»Schon gut, Mama. Ich hab ihm auch nicht gesagt, dass ich kein Interesse habe, Kunst zu studieren, genauso wenig wie ich ihm erzählt habe, was mein Kunstprofessor über den gefälschten Pechstein sagte. Ich hab so viele Dinge nie gesagt.«

»Aber warum denn nicht?« Constanze wirkte mitgenommen und Mia fragte sich, ob so eine Aussprache an einem Tag wie diesem richtig war.

»Ich weiß es nicht. Vielleicht wollte ich euch nicht belasten, vielleicht brauchte ich aber selbst Zeit, um meine Probleme zu erkennen.«

Constanze stand auf und nahm Tom in den Arm. »Mein Lieber«, sagte sie mit tränenerstickter Stimme. »Bitte, du sollst wissen, dass du mir alles erzählen kannst.«

»Ich weiß, Mama, ich weiß.« Tom strich seiner Mutter beruhigend über den Rücken. »Wie gesagt, es lag an mir, dass ich nicht eher darüber sprechen konnte. Manche Dinge brauchen einfach Zeit, bevor man sie selbst benennen kann.«

Der letzte Satz traf sie. Manche Dinge brauchten einfach Zeit, bevor man sie selbst benennen konnte, und wenn man es dann schaffte, wurde es besser. Das spürte sie nun mehr als deutlich und sie fragte sich, warum sie ihre Fruchtbarkeitsprobleme vor aller Welt geheim gehalten hatte. Warum hatte sie mit fast niemandem darüber gesprochen? Zu Mark hatte sie immer gesagt, sie wollte nicht dauernd darauf angesprochen werden, ob es diesmal endlich geklappt hat. Ja, das war sicherlich auch ein Grund gewesen, aber es war nicht der einzige. Sie hatte sich fehlerhaft gefühlt, etwas, das bei nahezu allen Frauen auf der Welt wie selbstverständlich funktionierte, war bei ihr defekt, aus welchen Gründen auch immer. Es wäre ihr wie ein Eingeständnis von Schwäche vorgekommen, wenn sie offen zu ihrem unerfüllten Kinderwunsch hätte stehen müssen, und Schwäche hatte sie in ihrem Leben eigentlich nie gezeigt. Warum eigentlich nicht? Wem hatte sie beweisen wollen, dass sie nie weinte oder immer alles diszipliniert durchzog? Plötzlich fand sie es wahnsinnig anstrengend, immer die Starke zu sein.

Mia atmete tief durch. »Mark und ich können keine Kinder kriegen«, platzte es dann aus ihr heraus und im selben Moment fragte sie sich, wie ihr Mann bei dem ganzen Palaver eigentlich noch ruhig schlafen konnte.

Constanze ließ Tom los und sah sie mit tränenverschleiertem Blick an, während Anna fast den Eindruck machte, als würde sie sich am liebsten unter der Decke verkriechen.

»Ich wusste gar nicht, dass ihr es versucht«, meinte Constanze erstaunt und setzte sich wieder in den Sessel.

»Seit mehr als zwei Jahren. Keiner weiß, woran es liegt.«

»Das tut mir leid«, sagte Anna leise.

»Habt ihr denn schon alles versucht? Heutzutage gib es doch so viele Möglichkeiten«, sage Constanze. Das waren genau die Sätze, vor denen Mia sich immer gefürchtet hatte.

Aber zu ihrer eigenen Überraschung machten ihr diese Fragen jetzt nichts mehr aus.

»Wir haben schon einiges probiert«, sie dachte an die Hormone, die sie schon genommen hatte und an die fehlgeschlagenen Inseminationen. »Wir hatten einige Rückschläge, deshalb haben wir eine künstliche Befruchtung noch nicht in Angriff genommen.«

»Dann solltest du die Hoffnung noch nicht aufgeben«, meinte Constanze. »Damit klappt es doch bestimmt!«

»Die Erfolgsquote liegt bei unter 30 Prozent.«

»Das ist doch gar nicht so schlecht!« Constanze schien bewusst mit aufmunternder Stimme zu sprechen. »Wollt ihr das nicht angehen?«

Mia wich ihrem Blick aus. »Ich weiß nicht«, sagte sie zögernd. »Wenn das auch nicht klappt …« Sie dachte daran, wie Mark über eine mögliche Adoption gesprochen hatte, wie tröstlich das für sie gewesen war, aber wie sehr sie in dem Moment auch gespürt hatte, dass sie noch nicht bereit war, den Traum von einem leiblichen Kind aufzugeben. Aber auch, wie gerne sie Ella ein Zuhause geben würde, dem großen starken Mädchen, das sie schon so lange unterstützte und das ihr so viel zurückgab.

»Dein Vater hätte sich gefreut, wenn er Großvater geworden wäre«, sagte Constanze mit feuchten Augen. »Und ich würde mich natürlich auch freuen.«

Ohne etwas zu sagen drehte sich Mia zu Anna und blickte sie unverwandt an.

»Kann sie das nicht schon?«, fragte Mia leise. Wenn

schon alle die Wahrheiten auf den Tisch packten, dann konnte Anna doch vielleicht auch noch was dazu beisteuern, dachte sie.

»Äh ... Was?« Anna war anzusehen, dass sie sich ahnungslos stellte.

»Sich freuen.«

Mia sah, dass Anna schlucken musste und sie bereute sofort, ihre kleine Schwester in diese Situation gebracht zu haben. Nur weil Tom und sie sich gerade alles von der Seele redeten, bedeutete das noch lange nicht, dass Anna dasselbe Bedürfnis hatte. Aber jetzt war es zu spät.

»Bist du schwanger?«, fragte Constanze ihre Tochter mit weitaufgerissenen Augen.

Anna zögerte kurz, dann nickte sie. »Ich, ich glaube schon ... Ich habe nur einen einfachen Test gemacht, aber der war positiv.«

»Das sind ja Neuigkeiten.« Constanze schien zwischen Schock und Freude hin- und hergerissen zu sein. »Und das mitten im Studium.«

»Ich weiß.«

Etwas zögerlich stand Constanze auf, ging um den Wohnzimmertisch herum, und nahm Anna in die Arme.

»Wenn dein Vater das noch ... An so einem Tag, so eine Neuigkeit ... Mein Mädchen ...« Constanze klopfte Anna auf den Rücken, was eher etwas Aufmunterndes und Tröstendes hatte, als etwas Beglückwünschendes. »Werdet ihr nun heiraten?«

»Was? Wer?« Anna sah ihre Mutter erstaunt an, dann

schüttelte sie über sich selbst den Kopf. »Ach, du meinst Jonas und ich?«

»Wer denn sonst?« Constanze ging wieder zu ihrem Sessel zurück. »Ihr seid doch noch zusammen, oder etwa nicht?«

»Doch, doch. Aber er weiß noch gar nichts davon ... Ich weiß es ja gerade erst ...« Anna warf Mia einen unsicheren Blick zu. »Erst mal gucken, was der Arzt sagt. Vielleicht ist es ja ein Fehlalarm.«

Mia nickte langsam. Für einen Augenblick hoffte sie, dass es ein Fehlalarm war. Ein Baby passte nicht in Annas Lebensplanung, es würde alles nur durcheinanderbringen, ein falsch-positiver Test war vermutlich das Beste, das ihr passieren konnte.

»Wäre doch schön, wenn es klappt«, brachte sie mühsam über ihre Lippen und versuchte erneut, den Kloß herunterzuschlucken, der sich in ihrem Hals immer weiter ausbreitete.

Tom

Tom hatte schon eine ganze Weile nichts mehr gesagt. Das Gespräch, das gerade geführt wurde, erstaunte ihn immer mehr. Dabei waren es nicht die bloßen Fakten, über die er sich wunderte, sondern vielmehr die Tatsache, wie sie in dieser Nacht miteinander sprachen.

In ihrer Familie waren Probleme zwar nicht grundsätzlich unter den Tisch gekehrt worden, aber Tom hatte in der Vergangenheit nie das Gefühl gehabt, dass seine Eltern die ersten Ansprechpartner für ihn waren, wenn ihm etwas auf dem Herzen lag. Viele seiner alten Klassenkameraden sahen die eigenen Eltern als beste Freunde an und er hatte sich immer gefragt, wie so etwas möglich war. Es war ja kein kleines Randphänomen, es betraf ja fast eine ganze Generation, die nicht mehr von zu Hause ausziehen wollte und auch noch mit Mitte zwanzig mit den eigenen Eltern in den Urlaub fuhr. Wie konnte sich innerhalb weniger Jahrzehnte die Rolle der Eltern so verändern? Von der Autoritätsperson hin zum Best Buddy? Und warum war das in seiner Familie nicht der Fall gewesen?

Auch wenn er nicht viele Freunde hatte, so war sein Verhältnis zu den wenigen doch ein ganz anderes als zu seinen Eltern. Mit seinen Freunden ging er feiern, tauschte sich auch über intime Details aus und war offen für ihre Tipps. Alles Dinge, die bei seinen Eltern unvorstellbar waren. Für ihn waren sie immer Mutter und Vater gewesen und er konnte sich nicht vorstellen, wie sie zu seinen besten Freunden werden sollten. Er war sich auch nicht sicher, ob er das überhaupt wollte. Dennoch fragte Tom sich, warum andere Familien seiner Generation diese Entwicklung gemacht hatten, während seine so geblieben war, wie Familien ursprünglich mal waren, mit Eltern als Eltern und nicht als beste Freunde.

Vielleicht waren Mama und Papa immer zu sehr mit sich selbst beschäftigt gewesen, dachte er. Für eine Fixierung auf die Kinder, wie er es heute gerade bei jungen Eltern häufig beobachten konnte, hatten sie den Kopf nie frei gehabt.

Fand er das jetzt bedauerlich?

Tom wusste es nicht genau. Er versuchte sich vorzustellen, wie es dazugekommen war, was in Papa vorging, als seine erste Frau starb, als er mit Mia alleine war, als er feststellen musste, dass seine revolutionäre Erfindung mehr Gelächter als Applaus fand, und ihm zwar ein Einkommen, aber keinen Reichtum erbrachte, wie er es sich erhofft hatte. Und wie ein falsches Bild den Ruhm erlangte, den er für sich erträumt hatte.

Vielleicht konnten so offene Gespräche bisher nicht geführt werden, weil Papa zu viel verbergen musste? Wer sich selbst nicht öffnen konnte, der förderte auch keine Offenheit.

Während Tom versuchte, seinen Schwestern und seiner Mutter weiter zu zuhören, ging ihm eine Frage durch den

Kopf, die er sich noch nie zuvor gestellt hatte: Was bedeutete *Familie* eigentlich für ihn?

Beste Freunde waren seine Eltern und Geschwister nie für ihn gewesen, enge Vertraute auch nicht und wenn er in die Vergangenheit zurückblickte, dann erschienen zuerst die negativen Erinnerungen. Die Hänseleien in der Schule, die er zu Hause schnell verschwiegen hatte, als er die Enttäuschung im Gesicht seines Vaters erkannte. Der Umgang seiner Eltern mit seiner Homosexualität, wodurch er sich massiv unter Druck gesetzt fühlte. Seine streitlustige Schwester Mia, die keine Gelegenheit zum Piesacken ausließ, und die nie Probleme machende Anna, die er immer vor Augen hatte, wenn bei ihm alles schief lief und bei ihr alles perfekt.

Warum sah er das als Erstes, wenn er zurückblickte? Warum nicht auch die vielen Vorteile, die seine Familie hatte?

Dass sich selbst das Negative zum Positiven wenden konnte, hatte er heute deutlich gespürt. Immer hatte er unter den Sprüchen über Papas Job gelitten. Aber heute hatte er gemerkt, wie stark das Band geworden war, das seine Familie dadurch umgab. Die gehässigen Kommentare der anderen, die peinlichen Hämorridengeschichten, all das hatte sie doch auch zusammengeschweißt.

Wurde durch Papas Tod ein neues Kapitel in seiner Familie aufgeschlagen? Oder war die emotionale Atmosphäre, die durch seinen Tod entstanden war, verantwortlich für die neue Offenheit? Vielleicht war sie der Auslöser, vielleicht hatte sein Tod, sein fast unnatürliches Sterben dafür gesorgt, dass jeder von ihnen sich auf das besann, was für ihn wichtig war. Das galt auch für Tom.

»Wieso konntet ihr euch eigentlich alle so gut vorstellen, dass ich Drogen nehme?«, unterbrach er die Diskussion über Schwangerschaft und Kinderwunsch.

Seine Mutter und seine Schwestern sahen ihn überrascht an.

»Wieso kommst du beim Thema Hormontherapie auf Drogen?«, fragte Mama erstaunt.

»Na ja, in so einer Therapie benimmt man sich manchmal tatsächlich fast so, als würde man Drogen nehmen«, meinte Mia und grinste schief. »So wie bei dir war es bei mir allerdings nie«, fügte sie ernst hinzu.

»Ich verstehe ja, dass euch mein Verhalten manchmal komisch vorkommt«, sagte Tom, »aber ist eine Drogensucht wirklich die erste Erklärung, wenn jemand nicht gerade der super Student ist und manchmal etwas vergisst?«

Er sah Mia an, als würde sich die Frage nur an sie richten. Immerhin war sie ja auch diejenige gewesen, die mit dem Drogenquatsch um die Ecke gekommen war.

»Nein. Aber es hätte gut zu dir gepasst«, antwortete sie ihm. »Mit deiner ganzen Vorgeschichte.«

Da war sie wieder, die Erklärung für alles, was in seinem Leben schief lief. Seine sexuelle Orientierung eignete sich hervorragend dafür und er fragte sich, wie vorurteilsfrei und aufgeklärt die Leute heutzutage wirklich waren.

Oder hatte Mia vielleicht auch recht? Wenn es nicht an ihm und seiner Sexualität lag, so war doch der allgemeine

Umgang damit sicherlich ein Grund für seine Probleme. Hätte er sich jemals anders gefühlt, wenn schwul sein für alle genauso normal wäre, wie hetero sein? Bei aller Toleranz und Aufgeklärtheit war es das aber nicht. Niemand schimpfte jemanden als »hetero«, während »schwul« eine gängige Floskel der Herabwürdigung war. Die Zeit, in der die sexuelle Orientierung eines Menschen völlig gleichgültig und ausschließlich Privatsache war, war noch lange nicht gekommen.

»Ich habe nie geglaubt, dass du Drogen nimmst«, riss seine Mutter ihn aus den Gedanken. »Dafür bist du überhaupt nicht der Typ.«

»Stimmt eigentlich«, meinte nun auch Anna. »Als früher diese Alkopops so in waren und alle sich damit abschossen, hast du nie mitgemacht.«

»Das Zeug schmeckte auch schauerlich«, sagte Tom.

»Nicht so schlimm wie die Schlammbowle, die wir früher getrunken haben«, meinte Mia grinsend. »Flüssiges Vanilleeis mit Wodka. Gruselig.«

Mama blickte lächelnd in die Runde und unterdrückte ein Gähnen. »Entschuldigt mich jetzt, ihr Lieben, aber ich muss wieder ins Bett.« Sie warf einen liebevollen Blick auf ihre Familie. »Es hätte euren Vater gefreut, dass ihr in der Nacht seines Todes zusammensitzt und miteinander redet. Es war ihm immer ein großes Anliegen, dass ihr drei euch versteht.« Dann stand sie auf und wünschte allen eine gute Nacht. »Manchmal bringt so eine Tragödie eine Familie auch näher zusammen«, sagte sie noch lächelnd und ging dann die Treppe hoch.

»Gute Nacht, Mama.«

»Ja, Mama, schlaf gut.«

»Nacht, Const …« Mia räusperte sich. »Gute Nacht.«

Die fünfte Stufe von oben knarrte, dann waren sie allein.

»Stimmt das? Hat uns Papas Tod näher zusammengebracht?«, sprach Anna zögerlich aus, was alle zu denken schienen.

Mia wich Annas Blick aus und auch Tom fragte sich, ob es so einfach war.

Ja, sie sprachen heute eigentlich zum ersten Mal so offen miteinander, das war eindeutig ein Zeichen von mehr Nähe. Andererseits lag es höchstens eine Stunde zurück, da wollte er noch den Pechstein aus dem Haus schaffen und verbrennen, wohlwissend, was das bei Mia ausgelöst hätte. Aber das war er bereit gewesen, in Kauf zu nehmen, so wie sie früher beide immer bereit waren, die Verletzungen des anderen in Kauf zu nehmen. Mal waren es Kleinigkeiten gewesen, wie das Verraten einer Weihnachtsüberraschung oder das Verpetzen eines Vergehens. Mal waren es aber auch schwerwiegendere Dinge, die dem Schmieden einer handfesten Intrige gleichkamen.

Mia seufzte. »Ehrlich gesagt konnte ich euch alle nie besonders gut leiden«, sagte sie und knetete ihre Finger. »Oder sagen wir so: Ich habe mir eingeredet, dass ich euch nie leiden konnte. Das lag vermutlich weniger an euch als daran, wie ich Teil eurer Familie wurde.«

»Das war ja auch nicht leicht für dich«, sagte Anna versöhnlich.

»Ach, hör auf«, meinte Mia. »Ich war ein gehässiges und störrisches Ding, das muss man nicht schönreden. Dass es als Kind und in der Pubertät nicht leicht für mich war, ist eine Sache, aber spätestens als Erwachsene hätte ich mein Verhalten mal überdenken können.«

»Stimmt.« Tom war nicht dafür, irgendetwas zu beschönigen. Keiner konnte sich seine Kindheit aussuchen, die Schicksalsschläge nicht und auch nicht die gehässigen Mitschüler, die einen fertigmachen. Aber als Erwachsener hatte jeder die Möglichkeit, sein Leben in die Hand zu nehmen. Natürlich war es viel einfacher, seine Kindheit oder seine Familie für die eigenen Misserfolge verantwortlich zu machen, aber besonders zielführend war das sicherlich nicht. Tom war froh, dass er mit seiner Therapie den ersten Schritt in die richtige Richtung gemacht hatte. Er wollte die Fesseln der Vergangenheit endlich loswerden und sein Leben so leben, wie er es schon immer wollte, sein ungeliebtes Studium schmeißen und eine spießige Banklehre machen. Vielleicht konnte er das endlich durchziehen, wenn er seine Therapie abgeschlossen hatte, vielleicht fand er dann die Kraft dazu.

»Aber jetzt denke ich …« Mia zögerte, es schien ihr schwerzufallen, weiterzusprechen. »Wisst ihr«, sagte sie leise. »Wenn Papa nicht mein leiblicher Vater ist …«

»Natürlich ist er das!« Anna schien völlig entsetzt über diesen Gedanken.

»Und wenn er es nicht ist?« Mias Stimme klang verzweifelt. »Dann seid ihr noch nicht mal meine richtigen Geschwister, dann hab ich überhaupt keine Familie mehr.«

Ein warmes Gefühl breitete sich in Tom aus. Es verdrängte die Trauer zwar nicht, die wie ein Schatten über ihm lag, aber es konnte zumindest daneben bestehen. Noch nie hatte Mia sie als Geschwister bezeichnet. Halbbruder war das Höchste, das sie als Familienrang bisher für ihn durchgehen ließ. Selbst als Mark das erste Mal bei ihnen war und mitten im Wohnzimmer einen fahren ließ, wovon Tom immer noch überzeugt war, hatte Mia ihm die Familie als »das ist mein Vater, seine Frau Constanze und ihre Kinder Tom und Anna« vorgestellt.

»Wir bleiben doch immer deine Geschwister«, sagte Anna. »So wie Papa immer dein Vater sein wird, was er garantiert auch ist. Familie ist doch viel mehr, als nur dieselbe Genmischung.«

Wie recht seine kleine Schwester damit hatte, wurde Tom in diesem Moment zum ersten Mal richtig bewusst. Er saß hier mit Mia zusammen und redete offen mit ihr. Mit welchem Menschen auf dem Planeten würde er das nach Jahren des Streits schon machen? Mit niemandem. Familie bedeutete eben auch, sich auszuhalten und zu ertragen. Freundschaften brauchten das nicht, sie wären längst zerbrochen.

Mia blickte auf den Pechstein und schien nach den richtigen Worten zu suchen.

»Nach dem Tod meiner Mutter«, begann sie schließlich

zögerlich, »hab ich immer den Eindruck gehabt, mit einem von euch um Papas Zuneigung konkurrieren zu müssen. Zuerst mit Constanze, dann mit euch.«

»Er hatte genug Liebe für uns alle«, sagte Anna.

»Hatte er das?«, meinte Tom skeptisch. »Mama musste seine Liebe jedenfalls immer teilen.«

Unwillkürlich starrten sie nun alle drei auf das Bild, das etwas schief über dem Kamin hing.

»Willst du es noch haben?«, fragte er Mia. »Tut mir leid, dass ich dir nicht eher gesagt habe, dass es nicht echt ist. Dann hätten wir uns viel Streit erspart. Es gehört natürlich dir, immerhin hat es deine Mutter gemalt.«

Seine Schwester schien eine Weile nachzudenken, dann schüttelte sie den Kopf. »Nein. Es würde mich immer an den Betrug erinnern und daran, dass Papa sich trotzdem darin gesonnt hat. Nein, von mir aus kannst du es haben.«

»Ich will es nicht«, sagte Tom. »Wirklich nicht. Mir geht es da genauso wie dir. Zu viele schlechte Erinnerungen hängen an dem Bild. Ich dachte zuerst, wir könnten die Versicherung bescheißen, wenn es weg ist.«

»Ist ja gar nicht versichert«, unterbrach Mia ihn.

»Weiß ich jetzt auch.« Dann sah er Anna fragend an. »Und du? Willst du es?«

Seine kleine Schwester machte eine abwehrende Handbewegung. »Ich war noch nie scharf darauf, auch nicht als alle noch dachten, der Schinken wäre echt.«

Wieder schwiegen sie. »Mama mag es auch nicht«, sagte Tom dann.

»Der einzige, der immer an dem Bild hing«, meinte Mia, »war Papa.«

Sie hob den Blick und sah Tom fragend an. Er verstand sofort, was sie meinte.

»Du hast recht. Das Bild gehört zu ihm.«

Anna schien als Letzte zu verstehen, was Mia meinte. »Wie jetzt, wollt ihr das Bild etwa ...?«

Anna

Sie hatte sich extra nach vorne gesetzt, damit ihr nicht wieder schlecht wurde. Mia saß am Steuer, während Tom hinten auf der Rückbank den Pechstein festhielt oder vielmehr das, was sie jahrelang dafür gehalten hatte.

Anna wusste nicht, ob sie das Richtige taten. Es fühlte sich richtig an, weil keiner von ihnen etwas mit dem gefälschten Bild zu tun haben wollte. Aber das bedeutete noch lange nicht, dass das, was sie jetzt vorhatten, auch richtig war.

»Geben wir damit nicht auch eine letzte Erinnerung an Papa weg?«, fragte sie leise.

»Es ist keine Erinnerung an Papa«, entgegnete Mia. »Es ist *seine* letzte Erinnerung an meine Mutter. Er sollte sie bei sich haben. Für immer.«

»Und wir sollten mit der Vergangenheit abschließen«, meinte Tom von der Rückbank. »Dieses Bild steht für so viele Missverständnisse, für Lügen und verletzte Gefühle. Ich finde, es wird Zeit, dass es unsere Familie verlässt.«

Anna schwieg. Sie war durchaus derselben Meinung, aber vor dem, was sie jetzt tun wollten, graute es ihr ein wenig. Auch wenn sie im Prinzip nichts Verbotenes vorhatten, als Angehörige hatten sie das Recht, Papa zu besuchen, auch wenn ihr noch nicht ganz klar war, wie sie in die Leichenhalle kommen sollten. Ein bisschen kam sie sich wie eine Kriminelle vor. Solche abenteuerlichen Aktionen waren einfach nichts für sie. Wenn die Polizei sie anhalten sollte, wären sie jedenfalls ganz schön in Erklärungsnot.

»Hätten wir das nicht lieber mit Mama besprechen sollen?«, fragte sie, obwohl sie die Antwort bereits wusste.

»Nein«, sagte Mia dann auch erwartungsgemäß. »Constanze hasst das Bild, und das durchaus zu Recht, wie ich finde.«

»Außerdem war der Tag hart genug für sie«, sagte Tom von hinten.

»Und was sagen wir, wenn in den nächsten Tagen Kondolenzbesuch vorbeikommt?«, gab Anna zu bedenken. »Ist doch so üblich, dass die Nachbarn kommen, wenn ein Todesfall war. Was sagen wir, wenn denen auffällt, dass das Bild weg ist?«

»Da ist was dran«, meinte Mia und nagte an ihrer Unterlippe. »Wir wollen Papa ja im Nachhinein nicht bloßstellen.«

»Was wir tun würden, wenn wir zugeben, dass das Bild `ne Fälschung ist und wir es weggegeben haben«, sagte Anna.

»Papa hatte noch vor seinem Tod verfügt, dass es als Dauerleihgabe in ein Museum kommt«, schlug Tom vor.

»Und wenn sie fragen in welches?«, warf Anna ein.

»Dann stellen wir uns erst mal dumm«, meinte Mia. »In so einer Situation kann man ja schließlich schon mal was vergessen. Scheint ja nicht so ungewöhnlich zu sein.«

Anna sah, wie Mia ihrem Bruder einen spöttischen Blick

durch den Rückspiegel zuwarf. Aber erstaunlicherweise reagierte Tom nicht empfindlich darauf, sondern nickte nur.

»Total richtig. In Trauer reagieren die meisten Menschen nicht normal. Schlaf- und Appetitlosigkeit kommen dabei genauso häufig vor wie Vergesslichkeit«, sagte Tom. »Mein Therapeut meinte, dass der ganze bürokratische Aufwand, der in den ersten Tagen nach einem Todesfall zu bewältigen ist, für die Hinterbliebenen im Prinzip ein Segen wäre. Er gibt ihnen die Struktur, die ihnen sonst fehlen würde.«

»Stimmt«, gab Anna ihm recht. »Als ich den Papierkram im Krankenhaus erledigt und mit dem Bestatter gesprochen habe, da war ich durchaus abgelenkt und musste nicht dauernd an Papa denken.«

Sie sah den dicklichen Mann mit der Halbglatze noch förmlich vor sich sitzen. Obwohl sie ihn auf höchstens vierzig geschätzt hatte, wirkte er in seinem ganzen Auftreten wie ein Sechzigjähriger. Er hatte diese eigenartige Mischung aus Freundlichkeit und Getragenheit ausgestrahlt, wie sie vermutlich nur ein Bestatter haben konnte. Sie hatten besprochen, was Papa anziehen sollte, den dunkelblauen Anzug, den er sich erst vor wenigen Monaten gekauft hatte, hatten über die Todesanzeige und die Art der Bestattung gesprochen. Dann hatte er ihr einen Katalog mit Särgen vorgelegt und gemeinsam hatten sie darin geblättert, als ginge es darum, einen neuen Wintermantel auszusuchen. Die Wahl war dann auf einen schlichten schwarzen Sarg gefallen, den es zum Glück für unter tausend Euro gab, sie hatte ja keine Vorstellung gehabt, was Särge kosten konnten.

»Wir sind da«, sagte Mia nur, als die lange Friedhofsmauer vor ihnen auftauchte. Gut fünfzig Meter hinter dem Eingangstor war die Leichenhalle zu sehen, die von einem schwachen Licht beleuchtet wurde. Der Mond stand sichelförmig am Himmel und wurde von einigen Wolken gesäumt, und Anna musste unwillkürlich an die Kulisse eines Horrorfilms denken. Von einigen Gräbern schien rot der Schein der Totenlichter herüber und unterstrich diesen Eindruck dadurch noch. Es hätte sie nicht im Geringsten gewundert, wenn im nächsten Augenblick eine der Grabplatten zur Seite geschoben und eine skelettierte Hand aus der Erde erscheinen würde.

»Seid ihr sicher, dass wir da so einfach reinkönnen?«, flüsterte Anna.

»Du kannst normal sprechen«, meinte Tom. »Hier im Auto kann dich doch niemand hören.«

»Und wie kommen wir da rein?«, fragte sie, immer noch im flüsternden Tonfall. »Auch wenn wir da drinnen nichts Verbotenes machen, ist der Einbruch in die Totenhalle ja doch irgendwie verboten.«

Mia stellte den Motor aus und ließ den Wagen lautlos in eine Parkbucht rollen, die ziemlich versteckt hinter zwei Bäumen lag. Annas Gefühl, etwas Kriminelles zu tun, wurde dadurch noch verstärkt. Sie hörte den Ruf eines Käuzchens und fragte sich, wie viel mehr Horrorfilmklischee ihre Nerven noch vertragen konnten. Vielleicht war es auch keine gute Idee gewesen, sich alle Staffeln von *The Walking Dead* reinzuziehen. Wenn sie hier jemals heil rauskommen sollte, würde sie ihr Netflix-Abo kündigen, schwor sie sich und schüttelte im nächsten Augenblick über sich selbst den Kopf. Warum sollte sie hier wohl nicht heil rauskommen? Sich nachts in eine Totenhalle zu schleichen war höchstens semi-verboten. Umbringen würde sie deshalb wohl kaum einer.

»Wir haben früher auf dem Friedhof manchmal einen durchgezogen«, flüsterte nun auch Mia.

»Siehste!« Toms Stimme klang triumphierend. »Ich wusste doch, dass du früher gekifft hast!«

»Nicht so laut«, ermahnte Mia ihn. »Ja, hab ich. Egal. Wenn sich in den letzten zwanzig Jahren nichts verändert hat, weiß ich jedenfalls, wie man in die Totenhalle kommt.«

»Du hast *in* der Totenhalle gekifft?« Anna konnte es nicht glauben. Mia war für sie der Inbegriff der seriösen Lehrerin. Und die hatte als Jugendliche so etwas gemacht? Neben Särgen und Leichen einen durchgezogen?

»Nur wenn es geregnet hat. Sonst waren wir in der Parkanlage.«

Anna fiel die Kinnlade herunter. »Du meinst auf dem Friedhof? Zwischen den Gräbern?« Sie konnte sich kaum etwas Pietätloseres vorstellen und fragte sich, was sie schlimmer fand. Die Vorstellung, dass ihre Schwester kiffend auf einem Grab oder kiffend zwischen zwei Särgen saß.

»Jetzt sei doch nicht so spießig, Anna!« Leise öffnete Mia die Wagentür. »Normalerweise ist hier nachts niemand. Aber man weiß ja nie. Also leise.«

Na ja, ganz so spießig bin ich nun auch nicht, wollte

Anna schon sagen, schluckte die Worte dann aber lieber herunter. Dass sie eine Affäre mit zwei Männern hatte, war nun wirklich nicht das passende Thema für dieses Ambiente und schon gar nicht, da der eine davon womöglich Mias leiblicher Vater sein könnte. Aber wenn sie daran dachte, was ihre um so viele Jahre ältere Schwester als Jugendliche alles gemacht hatte, kam sich Anna tatsächlich fast ein bisschen spießig vor. Eigentlich war ihr Liebesleben das einzig Abenteuerliche, was sie in ihrem Leben bisher hatte. Alkohol, Drogen, wilde Partys, all das war nie ein Thema für sie gewesen. Und vermutlich würde das alles auch nie ein Thema mehr werden, wenn sie jetzt wirklich Mutter würde. Unwillkürlich fragte sie sich, ob sie das eines Tages mal vermissen würde.

»Jetzt kommt endlich«, raunte Mia ihnen zu, die schon vorausgegangen war.

Anna und Tom folgten ihr, wobei ihr Bruder das Bild so vor der Brust hielt, als wäre es ein Schild, das ihn vor Gefahr schützen konnte.

»Wie kommen wir denn jetzt da rein?« Auch Tom flüsterte nun.

»Es gibt eine Zwischentür, die zu einem kleinen Innenhof führt, von dem man zum Krematorium kommt«, sagte Mia leise. »Die ist nicht richtig gesichert.«

»Soll das heißen, wir müssen sie trotzdem aufbrechen?«, flüsterte Anna, der die ganze Sache inzwischen richtig unheimlich war.

»Na ja, was heißt schon aufbrechen. Früher reichte es, sich mit etwas Nachdruck dagegen zu lehnen.«

Anna stöhnte. Hausfriedensbruch, Störung der Totenruhe, ihr fiel so einiges ein, was man ihnen vorwerfen konnte, wenn sie erwischt wurden.

»Dann dürfen wir eben nicht erwischt werden«, entgegnete Mia, als Anna ihre Bedenken äußerte. »Wollen wir das jetzt zusammen durchziehen oder nicht?«

Anna und Tom nickten und so liefen sie in leicht gebückter Haltung über den schwach beleuchteten Vorplatz der Totenhalle. Kurz bevor sie das Gebäude erreicht hatten, gab Mia ihnen ein Zeichen und sie bogen links ab, folgten einem kleinen Trampelpfad, der um die Halle herumführte und standen schließlich vor einer mannshohen Mauer.

»Räuberleiter«, forderte Mia ihren Bruder auf, der einen Moment brauchte, um zu verstehen. Dann stellte er das Bild auf den Boden und half seiner großen Schwester über die Mauer. Eine Minute später war auch Anna auf der anderen Seite. Tom hievte das Bild hinüber und zog sich selbst mit viel Mühe und ziemlichem Geschnaufe an der Mauer hoch. Kurz darauf stand er atemlos neben ihnen.

»Wo ist die Tür?«, fragte er und Mia wies auf die rechte Seite des Gebäudes.

Es war ziemlich dunkel in dem kleinen Hinterhof und Anna hatte Mühe, etwas zu erkennen. Den anderen schien es ähnlich zu gehen. Zögerlich folgten sie Mias Schritten, die sich vorsichtig in der Dunkelheit vorantastete.

»Da«, sagte sie schließlich. Dann rüttelte sie an einer

Tür, die Anna kaum erkennen konnte. »Unverändert schlecht«, murmelte Mia und rüttelte etwas heftiger an dem Türgriff. Kurz darauf sprang die Tür auf.

Ein merkwürdiger Geruch schlug ihnen entgegen, eine Mischung aus Weihrauch und Kerzengeruch und Desinfektionsmitteln.

Anna klammerte sich an Toms Arm. »Ich seh sonst nichts«, log sie murmelnd. Durch die künstlichen Kerzen, die an der Seite und in der Mitte des Raumes flackerten, konnte man in der Totenhalle mehr erkennen als draußen, aber die ganze Situation war ihr so unheimlich, dass sie sich am liebsten unter der Jacke ihres Bruders versteckt hätte.

Vorsichtig betraten sie die Halle. In der Mitte stand ein Podest, der Platz für den Sarg, flankiert von den künstlichen Kerzen und nicht minder künstlichen Blumengestecken. Die Standardausrüstung eines Bestatters.

»Wo ist der Sarg?«, fragte Mia nervös, als sie vor dem leeren Podest standen.

»Er wird erst kurz vor der Trauerfeier hier aufgebahrt«, erklärte Anna, was der Bestatter ihr gesagt hatte. »Bis dahin stehen die Särge in separaten Räumen. Habt ihr da früher nicht gekifft?«

»Sehr witzig. Wo sind diese Räume?«

Anna zuckte mit den Achseln. »Keine Ahnung. Aber sie müssen hier irgendwo sein. Der Bestatter hat mir gesagt, dass Papa da noch drei Tage offen aufgebahrt wird, bevor der Sarg zugemacht werden muss.« Sie schluckte, als ihr die Vergänglichkeit des menschlichen Körpers noch einmal richtig bewusst wurde. »Jedenfalls sind die Räume bei der Totenhalle. Das hat er mir gesagt.«

Sie sahen sich suchend um. Drei Türen gingen von der Totenhalle ab. Durch die eine, die zum Krematorium führte, waren sie gerade gekommen. Die zweite war die Haupteingangstür, die verschlossen war. Es konnte also nur die dritte Tür sein.

Sie nickten sich kurz zu und gingen dann auf Zehenspitzen auf die Tür zu, die zum Glück nicht verschlossen war. Kurz darauf standen sie in einem dunklen Gang, von dem bestimmt zehn Türen abgingen, schätzte Anna, alle in relativ kleinem Abstand voneinander. Ein eindeutiger Hinweis auf die geringe Größe der Räume, die dahinter lagen.

Sie waren richtig.

»Okay. Dann wollen wir mal.«

Tom schaltete das Licht an seinem Handy ein. Vorsichtig, aber auch voll sichtbarer Anspannung, öffnete er die erste Tür. Der Raum dahinter war stockdunkel und Tom atmete hörbar aus, bevor er den hellen Lichtstrahl hineinhielt. Fast erleichtert stellten sie fest, dass hier niemand war, weder Papa noch sonst jemand.

Im zweiten Raum stand ein geschlossener Sarg, aus heller Eiche und eindeutig nicht der, den sie für Papa ausgesucht hatte. Für einen kurzen Moment ertappte sie sich bei der Überlegung, wer wohl in dem Sarg liegen mochte und dass es doch hoffentlich kein junger Mensch sein möge. Schnell verwarf sie den Gedanken.

An der dritten Tür waren sie richtig.

Er sah anders aus als noch am Vormittag. Ganz anders. Die Haut hatte sich verändert, es war kein Glanz mehr zu sehen, fast so, als wäre sie gepudert worden. Augen und Mund waren fest verschlossen, unnatürlich fest. Man hatte Papa den dunkelblauen Anzug angezogen und ihm seine Hände auf dem Bauch gefaltet, was irgendwie merkwürdig aussah, weil er seine Hände nie gefaltet hatte, er war kein gläubiger Mensch gewesen. Irgendjemand musste ihm auch die Fingernägel geschnitten haben, was in den letzten sieben Wochen des Komas versäumt worden war.

»Er sieht überhaupt nicht mehr aus wie Papa«, sprach Mia aus, was auch Anna dachte.

»Er sieht aus wie eine zurechtgemachte Leiche«, sagte Tom und sein Erschaudern war nicht zu überhören.

»Das ist er ja auch«, meinte Anna. »Papa ist tot. Das ist seine zurechtgemachte Hülle.«

Nebeneinander standen sie da und starrten auf den Körper, der einmal ihr Vater gewesen war. Tom hatte den gefälschten Pechstein an die Brust gedrückt.

»Wie machen wir das mit dem Bild?«, fragte er schließlich. »Wenn wir es ihm in den Sarg legen, sieht der Bestatter das morgen doch sofort.«

»Und klaut es womöglich«, überlegte Mia.

»Auf jeden Fall wird er dann wissen, dass heute Nacht jemand hier eingestiegen ist«, gab Anna zu bedenken.

»Wir trennen die Leinwand vom Rahmen«, schlug Mia vor.

»Dann können wir sie einrollen und ihm unauffällig

unter die Decke legen«, ergänzte Tom zufrieden. »Das ist eine gute Idee. Hat jemand von euch ein Messer dabei?«

Anna und Mia schüttelten den Kopf.

»Schere?«

»Auch nicht.«

Sie sahen sich ratlos an.

»Autoschlüssel«, sagte Anna dann und Mia nickte, während Tom noch nachzudenken schien. Kurz darauf trennte Mia mit dem Wagenschlüssel und etwas Mühe die Leinwand vom Rahmen, rollte sie zusammen und hielt sie feierlich in den Händen.

»Sollen wir sie ins Hosenbein stecken?«, fragte sie, »Da guckt so schnell keiner nach.«

»Nein, lass es uns in die Innenseite seines Sakkos packen, da hat er es ganz nah bei sich«, antwortete Tom, dessen Stimme plötzlich ganz emotional klang.

»Okay.«

Mia zögerte. Seine Hände waren ihnen allen so vertraut, dass es ihnen schwerfiel, sie noch mal zu berühren. Schließlich nahm Tom die linke Hand und Mia die rechte. Sie hatten Mühe, die Arme zu bewegen, da die Totenstarre längst eingesetzt hatte. Vorsichtig öffneten sie sein Jackett und steckten das aufgerollte Bild hinein. Nachdem sie die Jacke wieder geschlossen hatten, konnte man von außen keinen Unterschied erkennen.

Dann standen sie einfach nur da und blickten auf den Leichnam. Anna versuchte, in Gedanken ein Gebet zu formulieren, was ihr schwerer fiel, als sie gedacht hatte. Es lag so lange zurück, dass sie das letzte Mal gebetet hatte. Etwas holprig formulierte sie in ihrem Kopf die Bitte, dass Gott oder wer auch immer da oben auf Papa wartete, ihn mit offenen Armen empfangen möge.

»Mach's gut, Papa«, flüsterte Mia und wischte sich eine Träne weg. Dann sah sie die anderen auffordernd an. »Wollen wir?«

Anna nickte und wollte sich gerade zum Gehen wenden, als Tom sie am Arm festhielt.

»Wartet. Ich hab noch nicht meine schönste Erinnerung mit Papa erzählt. Das würde ich jetzt gerne nachholen.«

»Ah, doch nicht in den Rhein gefallen?« Mia grinste ihn schief an und Tom erwiderte ihr Grinsen.

»Nein.« Er schüttelte den Kopf und räusperte sich. Dann blickte er auf seinen toten Vater. »Es sind unsere regelmäßigen Kaufhausbesuche, die wir früher gemacht haben. Als ich sechs oder sieben Jahre alt war, sind wir samstags häufig in die Stadt gefahren und haben es uns in der Spielwarenabteilung im Kaufhof gemütlich gemacht. Vor der großen Lego-Vitrine, in der fast jede Woche etwas Neues aufgebaut wurde, stand ein gelbes Ledersofa. Dort saßen wir Ewigkeiten und bestaunten die Lego-Bauten. Mal war `ne Dino-Welt aufgebaut, mal `ne Mondlandschaft. Papa hat irgendwann gesagt, dass das unser Männerausflug ist, dass das eine Tradition begründen würde und wir auch später, wenn ich erwachsen wäre, solche Ausflüge machen sollten. Leider haben wir das aus dem Auge verloren.«

»Schade«, meinte Anna. »Man verliert viel zu viele Dinge aus den Augen.«

»Ja. Jedenfalls erinnere ich mich gerne an unsere kleinen Männerausflüge. Damals war Papa für mich der Größte und ich hatte das Gefühl, wenigstens an diesen Samstagen sein Ein und Alles zu sein. Vielleicht weil er mich als Kind durch und durch akzeptieren konnte, womit er dann später Probleme hatte.«

Anna sah ihren Bruder ernst an. »Versuch, ein bisschen nachsichtig mit ihm zu sein. Er kommt aus einer anderen Generation.«

»Ich weiß. Ich mache ihm auch keine Vorwürfe«, meinte Tom, ohne den Blick von der Leiche zu nehmen. »Ich fand es schon immer zu einfach, die Schuld für die eigenen Probleme nur auf die Eltern zu schieben. Ein paar Jahre bin ich ja schließlich auch schon erwachsen und spätestens seitdem für mein Leben selbst verantwortlich. Und auch für meine Probleme.«

Anna nickte nachdenklich. Wir waren alle geformt durch unsere Vergangenheit und somit natürlich auch durch unsere Eltern. Aber wie wir in der Gegenwart und auch in der Zukunft klar kamen, lag einzig und allein in unseren eigenen Händen, dachte sie. Vielleicht hatte es etwas mit Papa zu tun, dass sie sich auf eine Affäre mit Bernie eingelassen hatte, aber wie sie in der Zukunft damit umging, war einzig und allein ihr überlassen. Sie würde mit ihm Schluss machen und hoffentlich mit Jonas und dem Kind glücklich werden. Eine andere, leise Stimme in ihr, flüsterte zwar, dass es nicht in Ordnung war, Jonas womöglich ein Kuckuckskind unterzujubeln und dem Baby eventuell den echten Vater zu verwehren, aber diese Stimme würgte sie schnell ab. Ein Vaterschaftstest würde zu viele Menschen verletzen und zu viel Schaden anrichten, davon war sie überzeugt.

Mia ging einen Schritt nach vorne und gab Papa einen Kuss auf die Stirn.

»Grüß Mama von mir«, sagte sie leise.

Dann trat sie etwas zur Seite um Platz für Tom zu machen. Er nahm die Hände seines Vaters und legte sie mit etwas Mühe auf dem Bauch zusammen, ohne sie zu falten.

»Wir sehen uns«, murmelte er.

Als Letztes kam Anna an den Sarg heran und beugte sich an das Ohr ihres Vaters herunter.

»Herzlichen Glückwunsch, Opa«, flüsterte sie.

Sechs

Blut ist dicker als Wasser.
Wilhelm II. (1859–1941)

Scheiß drauf. Blut oder Wasser – Familie ist Familie!
Mick Römer (1954–2017)

Mick stand vor Mias Bettchen und starrte auf das schlafende Kind. Nachdem er zunächst wütend herumgebrüllt hatte, hatte er tagelang nicht mehr mit Hanna gesprochen. Mit Mühe konnte sie ihn davon abbringen, zu Bernie zu fahren und ihm die Visage zu polieren. Er wusste nichts von seiner Vaterschaft und Hanna wollte auch auf keinen Fall, dass er etwas davon erfuhr. Und so war Bernies Besuch, bei dem er Hannas Bild für einen echten Pechstein hielt, sein letzter. Danach hatte Hanna Mick alles gestanden. Es war ein Ausrutscher gewesen, ein einmaliger, eine Party, zu viel Alkohol, da war es passiert. Mit ungeahnten Folgen.

Jetzt sah Mick auf die Folgen und betrachtete jeden Millimeter des kleinen süßen Gesichtchens. Er suchte nach Zeichen, die er vorher nicht gesehen hatte. Aber er konnte Bernie genauso wenig entdecken wie sich selbst. Mia sah aus wie ihre Mutter, daran gab es nichts zu rütteln.

Hannas Mutterschaft stand ja auch außer Frage, dachte er bitter.

Was machte ihm eigentlich mehr zu schaffen? Dass die Frau, die er mehr liebte, als alles andere auf der Welt ihn betrogen hatte oder dass Mia, die er als einzige genauso liebte, gar nicht seine Tochter war?

Mick ging in die Knie und griff durch die Gitterstäbe nach Mias Hand. Als er ihre warmen, kleinen Finger in seiner großen Hand spürte, wurde ihm klar, was er die ganze Zeit gewusst hatte.

Dieses kleine Mädchen war seine Tochter, völlig egal, welche Gene sie sonst noch mitbekommen hatte. Er war ihr Vater, er würde sie auch weiterhin mit Liebe überschütten, sie behüten und beschützen und dafür sorgen, dass sie ein glückliches Leben hatte. Er würde immer stolz auf sie sein und er wollte alles dafür tun, dass sie auch stolz auf ihn sein konnte.

»Mia«, sagte er zärtlich und schluckte seine Tränen runter. »Meine geliebte Tochter.«

Und plötzlich kam ihm der Gedanke, dass Mia vielleicht noch ein Geschwisterchen bekommen sollte, gar nicht mehr so fremd vor. Ein Bruder oder eine Schwester oder vielleicht auch beides.

Diesmal aber von ihm.

Mia, Tom und Anna

Am Tag der Beerdigung herrschte eine fast heitere Stimmung und keiner wusste, warum. Tom hatte die fünf Tage, die zwischen dem Tod seines Vaters und der Bestattung lagen, in seinem Elternhaus verbracht, während Anna, Mia und Mark zwischendurch nach Hause gefahren waren. Die Zeiten, in denen sie alle drei unter einem Dach lebten, lagen einfach zu lange zurück, um konfliktfrei durch den Tag zu kommen. Tatsächlich hatte es schon am Morgen nach ihrem nächtlichen Besuch in der Totenhalle wieder Streit gegeben. Energischen Schrittes hatte Mia das Badezimmer betreten, zu der Uhrzeit, zu der sie immer ins Bad ging, und war fast in den splitterfasernackten Tom gelaufen.

»Was zur Hölle machst du hier?!« Sie kreischte fast und hielt sich demonstrativ die Hand vor die Augen.

»Ich putze mir die Zähne.«

»Nackt?!«

»Ich komm grad aus der Dusche!«

»Warum schließt du dann nicht ab? Wenn man sich schon nackt die Zähne putzen muss, was ehrlich gesagt vollkommen unnötig ist, weil man sie entweder vorm Duschen im Schlafanzug putzen kann oder danach, wenn man schon angezogen ist, aber *wenn* man diesen Akt der Zahnhygiene nun unbedingt nackt an sich vornehmen muss, dann kann man doch wohl wenigstens abschließen!«

»Was du dich aufregen kannst.« Tom war wirklich aufrichtig verwundert. Dann grinste er seine Schwester an, drehte sich zu ihr um und wackelte mit den Hüften, dass sein Penis hin- und herschlackerte. »Ist doch nur der Schwanz deines Bruders!«

Mia kreischte auf, wie sie es als Teenager vermutlich das letzte Mal getan hatte. »Du bist echt ekelhaft!« Sie knallte die Tür von außen zu und hörte, wie Tom im Bad laut loslachte. Auch Mia konnte sich ein Grinsen nicht verkneifen, hatten sie diesen Badezimmerstreit in ihrer Jugend doch tausendfach gehabt.

Trotz aller Trauer, die immer noch auf ihnen lag, hatte dieses Zusammensein auch etwas Schönes gehabt. Die Geschwister waren sich näher gekommen, auch wenn damit die üblichen Streitigkeiten noch lange nicht aus der Welt geschafft waren. Denn natürlich gingen sie sich noch gegenseitig auf den Geist, das hatten sie schließlich immer getan. Toms schusselige Art nervte Mia, deren spitze Zunge wiederum ihn und Anna fast zur Weißglut brachte. Und Anna schien Mia allein schon aufgrund ihrer Schwangerschaft zu provozieren, abgesehen davon, dass ihre Neigung, sich um alle und jeden kümmern zu müssen, den Geschwistern fürchterlich auf den Keks ging.

Dennoch hatten sich ihre Streitigkeiten verändert, die Art, wie sie sich stritten, war leichter geworden. Die Grundsätzlichkeit, die viele Konflikte früher mit sich brachten, hatte sich abgeschwächt. Sie spürten das alle, aber keiner von ihnen sprach darüber, was auch nicht nötig war. Man musste das Offensichtliche nicht immer benennen, sonst bestand die Gefahr, dass der Zauber verschwand, den diese Veränderung innehatte.

Als Constanze endlich die Treppe herunterkam, nachdem sie bestimmt zwei Stunden in ihrem Schlafzimmer vorm Spiegel gestanden und verschiedene schwarze Blusen ausprobiert hatte, reagierten die drei Geschwister so, wie sie es immer getan hatten.

»Sehr elegant, Mama«, meinte Tom bewundernd. »Dem Anlass angemessen.«

»Danke, mein Junge.«

»Ziehst du noch was drüber?«, fragte Mia. »Bisschen durchsichtig ist die Bluse ja schon.«

»Findest du?«

»Du kannst das tragen, Mama. Aber eine Jacke würde ich trotzdem mitnehmen«, vermittelte Anna, »ist ganz schön frisch draußen.«

Als Mark den Wagen holte und draußen vor der Tür auf sie wartete, gingen sie alle, als hätten sie sich abgesprochen, noch mal ins Wohnzimmer, standen vor dem Kamin und starrten auf den nackten Nagel, an dem so viele Jahre der falsche Pechstein gehangen hatte. Tatsächlich waren in den letzten Tagen einige Nachbarn vorbeigekommen, um zu kondolieren oder einen Kuchen zu bringen. Erstaunlicherweise schien niemandem der fehlende Pechstein aufgefallen zu sein. Keiner hatte ein Wort darüber verloren, dass er weg war.

»Dass das niemand gemerkt hat«, meinte Tom nachdenklich.

»Dass das Bild weg ist? Ja, irgendwie komisch«, sagte Mia.

»Nicht komisch, sondern schön«, meinte Anna versonnen.

»Wieso schön?«, fragte Constanze erstaunt. »Ich finde es auch eher merkwürdig. Das Bild war so oft Thema bei uns. Ich verstehe gar nicht, wie jemand so unaufmerksam sein kann, dass ihm nicht auffällt, dass es weg ist.«

Anna lächelte ihre Mutter an. »Es ist schön, dass eure Nachbarn und Freunde nicht auf das blöde Bild achten. Sie waren hier, weil sie dir beistehen und gemeinsam mit dir um Papa trauern wollten. Nur darum. Deshalb ist es ihnen nicht aufgefallen.«

Die Augen ihrer Mutter füllten sich mit Tränen. Langsam streckte sie ihre Hand aus und strich über die nackte Wand, die so lange von dem Bild bedeckt war.

»Du hast Recht, Anna.«

»Vielleicht war ihnen das Bild nie so wichtig, wie ihr es immer gedacht habt«, fuhr Anna fort. »Schließlich sind sie ja nicht eure Freunde geworden, weil ihr so ein wertvolles Bild im Wohnzimmer hattet.«

»Nein?«

»Aber Mama!« Tom war sichtbar erschrocken.

»Ich weiß, ich weiß«, beschwichtigte ihn seine Mutter. »Vielleicht haben wir in dem Bild viel mehr gesehen, als alle anderen«, fügte sie dann nachdenklich hinzu. »Es war so wichtig für euren Vater. Ich bin froh, dass es jetzt bei ihm ist.«

Die anderen nickten.

»Und du wirst dadurch nicht mehr ständig an meine Mutter erinnert«, sagte Mia. »Das finde ich auch gut.«

Lächelnd legte Constanze den Arm um sie. »Danke, dass du das sagst.« Dann atmete sie hörbar aus und senkte den Blick. »Ich hoffe, er ist mit ihrem Bild vor Augen friedlich gestorben. Und hat mein hysterisches Geschrei nicht mehr gehört.«

Dann erzählte sie ihnen, wie sie ins Wohnzimmer gekommen war, als ihren Vater der Schlag traf. Wie sie zu ihm eilte und wie er, der schon zwischen Leben und Tod schwebte, nur von Hanna sprach.

»Er glaubte, ich wäre sie«, sagte Constanze traurig. »Und da habe ich ihn angebrüllt, habe geschrien, dass ich es bin, ich, Constanze, seine Frau. Ich hoffe, das war nicht das Letzte, was er von dieser Welt mitgenommen hat.«

Nun war es Mia, die Constanze tröstend in den Arm nahm, während Tom gleichzeitig von der anderen Seite seinen Arm um die Schulter seiner Mutter legte.

»Selbst wenn«, meinte Anna in diesem Moment. »Papa hat dich geliebt, Mama. Wahrscheinlich hat er sich in dem Augenblick nur verwundert gefragt, warum du dich mal wieder so aufregst.«

Zögerlich, aber mit einem leichten Lächeln im Gesicht, nickte ihre Mutter.

Es klingelte und Anna hüpfte fast zu Tür.

»Erwartest du noch jemanden?«, fragte Mia überrascht, aber Constanze schüttelte den Kopf.

»Vielleicht für Anna.«

Tom nickte. »Bestimmt. Die hüpft ja sonst nicht so.«

Mit einem Strahlen im Gesicht riss Anna die Tür auf und fiel Jonas im nächsten Augenblick um den Hals. Innig drückte er seine Freundin an sich, überrascht davon, dass sie in einer so guten Verfassung war.

»Hey, mein Schatz«, flüsterte er und nahm ihr Gesicht in seine Hände. »Dir scheint es ja ganz gut zu gehen. Gott sei Dank. Ich hatte mir schon Vorwürfe gemacht, dass ich dich die ganze Zeit allein lassen musste.«

»Keine Sorge«, sagte Anna und drückte ihm einen Kuss auf die Lippen. »Ich war ja nicht allein. Ich hatte ja meine Familie.«

Jonas sah sie für einen Moment erstaunt an, lächelte dann aber. »Ja«, sagte er dann. »Das ist ein Riesenglück.«

Die anderen betrachteten das junge Paar lächelnd.

»Der eine geht, der andere kommt«, flüsterte Constanze und blickte auf Annas Bauch, von dem Jonas noch nichts wusste. Tom drückte seine Mutter kurz und gemeinsam verließen sie das Haus.

Die Stimmung in der Totenhalle war sehr emotional. Die vier Brüder von Mick Römer waren gekommen, außerdem alle Freunde und alte Weggefährten. Der Trauerredner fand die passenden Worte und stellte vor allen Dingen Micks Liebe für seine Familie in den Vordergrund, und seine Frau und seine Kinder dachten in dem Moment alle dasselbe:

Alles, was er getan hatte, hatte er auch für seine Familie gemacht. Sicherlich nicht nur, aber eben auch. Mit dem falschen Pechstein wollte er nicht nur die Anerkennung für sich bekommen, die ihm durch den Analspreizer sein Leben lang verwehrt geblieben war, sondern er wollte auch seiner Familie etwas geben, auf das sie stolz sein konnten, und ihnen dadurch das Gefühl geben, etwas Besonderes zu sein. Aber jetzt brauchten sie den Pechstein nicht mehr, jetzt hatten sie etwas ganz anderes, auf das sie stolz sein konnten.

Jetzt hatten sie sich.

Versöhnt blickten sie auf den Sarg, in dem der Pechstein neben ihrem Vater lag, was außer den drei Geschwistern niemand wusste. Sie würden ihren Vater schmerzlich vermissen, alle drei auf ihre eigene Art. Aber jener Tag, der nun eine Woche zurücklag und an dem sie alle zusammen waren und ihren Vater hatten sterben sehen, würde ihnen bei allem Schmerz für immer auch in guter Erinnerung bleiben. Es war der Tag des Abschieds, aber gleichzeitig auch des Neuanfangs gewesen und das hatte für alle etwas sehr Tröstliches.

»Was haltet ihr davon, wenn ich die Gestaltung von Papas Grab übernehme«, raunte Tom seinen Schwestern zu, als die Trauergemeinde zu einem Lied ansetzte.

»Du?«, fragte Mia überrascht. »Du hast doch überhaupt keinen grünen Daumen!«

»Ehrlich gesagt doch«, erwiderte Tom grinsend. »Einen ziemlich grünen sogar.«

Mia zog erstaunt eine Augenbraue hoch, nickte dann aber.

»Finde ich eine gute Idee«, flüsterte Anna. »Vielleicht kannst du das Grab so machen, wie die Wiese auf dem Pechstein?«

»Du meinst auf dem Bild meiner Mutter.«

»Das meine ich.« Anna und Mia grinsten sich an.

»Mit ganz vielen Mohnblumen«, fügte Mia noch leise hinzu. »Das wäre schön.«

Tom nickte zufrieden. Daran hatte er auch schon gedacht.

Als sie wenig später am offenen Grab standen und eine rote Rose auf den Sarg warfen, fiel Tom der Bestatter auf, der etwas abseits darauf wartete, dass die Beerdigung zu Ende ging. Er starrte die drei Geschwister unverwandt an.

»Der beobachtet uns«, raunte Tom seinen Schwestern zu.

»Ist mir auch schon aufgefallen«, flüsterte Anna zurück. »Der starrt uns schon die ganze Zeit an.«

»Ist das derselbe, mit dem du im Krankenhaus gesprochen hast?«, fragte Tom leise und Anna nickte. »Haben wir irgendwas nicht bezahlt?«

»Quatsch. Ich hab mich um alles gekümmert.«

Nun warf auch Mia einen Blick auf den Bestatter, der längst gemerkt haben musste, dass die Geschwister auf ihn aufmerksam geworden waren. Trotzdem wandte er sich nicht ab, sondern starrte sie nach wie vor unverblümt an.

»Mist«, zischte Mia. »Ich kenn den irgendwo her. Hoffentlich ist das nicht irgendein Elternteil.«

»Hier? Warum sollten denn hier Eltern von deiner Schule sein?«

»Keine Ahnung. Aber warum glotzt der mich dann so an?« Tatsächlich schien der Bestatter in erster Linie Mia zu beobachten. »Wie heißt der Typ?«

»Das ist Herr Klausen, vom Bestattungsinstitut«, sagte Anna leise. »Kein Elternteil.«

»Klausen?« Mias Stirn legte sich in nachdenkliche Falten. »Sagt mir irgendwas …«

Mit einem großen Schritt war Mark hinter sie getreten und schob die drei Geschwister sanft vom Grab weg.

»Ich will ja nichts sagen«, flüsterte er, »aber meint ihr nicht, dass ihr ein bisschen viel labert? Soll ich euch noch mal kurz daran erinnern, wo wir gerade sind?«

Mia verdrehte die Augen, verkniff sich aber einen weiteren Kommentar. Ohne den Bestatter aus den Augen zu lassen, der sie ebenfalls weiter beobachtete, gingen sie vom Grab zu dem breiten Kiesweg, der zur Totenhalle und damit zum Eingang des Friedhofes führte. Als sie an dem Bestatter vorbeigingen, streckte der plötzlich die Hand aus und reichte sie Mia.

»Mein Beileid«, sagte er und musterte sie.

Sie hatten sich extra gegen Beileidsbekundungen am Grab ausgesprochen, um diesem dauerhaften Händeschütteln zu entgehen. Aber diese Hand, die nun direkt vor ihr auftauchte, konnte Mia unmöglich einfach übersehen, so gerne sie das auch getan hätte. Sie ergriff sie kurz, murmelte »Danke« und wollte gerade weitergehen, als der Bestatter erneut das Wort an sie richtete.

»Mia, richtig?«

Erstaunt sah sie ihn an. Die braunen Augen des Mannes waren von dunklen Schatten umgeben, was zusammen mit seinem dunklen Haarkranz vielleicht recht düster gewirkt hätte, wären da nicht die zahlreichen Lachfältchen in seinem dicklichen Gesicht gewesen.

»Kennen wir uns?«

Der Bestatter nickte. »Arne Klausen. Von allen nur AC genannt«, stellte er sich vor, wobei er seine Initialen »EyZie« aussprach.

Tom und Anna waren stehen geblieben und schauten Mia erwartungsvoll an, die offensichtlich Schwierigkeiten hatte, ihre Gesichtszüge unter Kontrolle zu bringen.

»EyZie?« In ihrer Stimme schwang Erstaunen und Freude mit. »Was zur Hölle machst du denn hier?«

»Arbeiten.«

»Natürlich. Meine Güte, wie lange ist das her?«

»Dass wir hier gekifft haben? Zwanzig Jahre mindestens.« Er grinste sie an. »Inzwischen wird das gesamte Gebäude übrigens kameraüberwacht.«

Mias Gesicht wurde innerhalb von Millisekunden knallrot und auch Anna und Tom war der Schreck anzusehen.

»Du hast uns …«

»Gesehen, ja. Aber ich hab dich gleich erkannt. Zuerst dachte ich, du wolltest mit den beiden einen rauchen. So wie früher.« Er kicherte und auch Mia konnte sich ein Grinsen kaum verkneifen. Sie versuchte, sich zusammenzureißen, zumal sie sich vorstellen konnte, wie verstörend es auf die anderen Trauergäste wirken musste, wenn sie mit dem Bestatter hinter dem Grab kicherte.

Dann sah sie ihren alten Kumpel ernst an. »Wirst du uns anzeigen?«

Er schüttelte den Kopf. »Ihr habt nichts kaputtgemacht. Da drücke ich noch mal ein Auge zu.«

»Danke.«

»Kein Problem. Ich würde nur zu gerne wissen, was ihr eurem Vater in den Sarg gelegt habt.«

»Hast du es rausgeholt?«, fragte sie erschrocken.

»Nein. Ich hab auch nicht nachgeschaut. Das fand ich pietätlos. Was war es denn?«

Mia zögerte kurz und warf einen hilfesuchenden Blick zu Tom und Anna. Aber die konnten ihr offenbar auch nicht weiterhelfen.

»Ein Bild«, sagte sie schließlich, ohne zu lügen. »Hat jemand aus der Familie gemalt. Wir wollten gerne, dass Papa es auf seiner letzten Reise mitnimmt.«

»Eine schöne Geste«, sagte AC und nickte lächelnd. »Schön, wenn man so eine Familie hat«, fügte er dann noch mit versonnenem Blick hinzu. »Ich hab mir früher immer Geschwister gewünscht, hat aber leider nicht sein sollen. Muss toll sein, wenn man sich in so schweren Zeiten gegenseitig unterstützt.«

Mia lächelte ihn an und nickte. »Ist es auch«, sagte sie

noch, bevor sie zu ihren Geschwistern ging, jeden von ihnen unterhakte und gemeinsam mit ihnen den Weg hochging.